KB271031

탈식민주의를 넘어서

beyond postcolonialism

탈식민주의를 넘어서

beyond postcolonialism

민족문학연구소
고명철 광운대 교양학부 교수
고인환 경희대 교양학부 교수
김재용 원광대 교수
박수연 카이스트 강사
서영인 경북대 강사
하상일 동의대 교수
홍기돈 중앙대 강사

탈식민주의를 넘어서

1판 1쇄 인쇄 2006년 1월 10일
1판 1쇄 발행 2006년 1월 20일

지은이 / 민족문학연구소
펴낸이 / 박성모
펴낸곳 / 소명출판
출판고문 / 김호영
등록 / 제13-522호
주소 / 137-878 서울시 서초구 서초동 1621-18 (란빌딩 1층)
대표전화 / (02) 585-7840
팩시밀리 / (02) 585-7848
somyong@korea.com / www.somyong.com

ⓒ 2006, 민족문학연구소

값 13,000원

ISBN 89-5626-201-2 93810

탈식민주의를 넘어서

beyond postcolonialism

민족문학연구소

소명출판

비민족주의적 반식민주의

　식민주의에 대한 저항으로서의 민족주의(nationalism)는 그 역사적 역할에도 불구하고 자종족중심주의(ethnocentrism)에 기반을 두고 있기 때문에 한계를 가질 수밖에 없다. 바깥으로는 식민지로부터 벗어난 이후 독립된 국민국가를 형성하면서 다른 국민국가를 배척하는 배외주의에 빠지기 쉬워 식민주의로부터 근본적 단절을 행하기 쉽지 않다. 안으로는 국민국가의 통합을 위해 계급적 차이나 성적 차이 같은 것을 무시하기 때문에 또 다른 억압의 가능성을 내장하게 된다. 이런 점 때문에 식민주의에 대한 저항과 비판으로서의 민족주의는 제국주의 지배하의 역사에서 긍정적 역할을 하였음에도 불구하고 식민주의를 제대로 넘어서기 어렵다.

　식민주의에 대한 저항으로서의 민족주의가 갖는 이러한 문제점을 비판하면서 나온 것이 탈식민주의(postcolonialism)이다. 탈식민주의는 민족주의가 갖는 문제점으로부터 자유롭다. 하지만 탈식민주의는 식민주의에 대한 저항으로서 취약점을 내장하고 있다. 탈식민주의자들은 식민주의에 대한 고든 저항을 무조건 민족주의라고 간주하면서 이를 '단절 속의 반복(repetition in rupture)'에 지나지 않는다고 비판한다. 과거 제국주의에 대하여 저항하였다가 독립 후 국가주의자로 변신하여 억압을 자행한 경우를 고려할 때 이러한 비판은 타당성을 가진다. 하지만 식민주의에 맞서 저항한 주체들의 움직임을 무화시키는 결과를 초래하여 궁극적으로 식민주의의 폭력을 용인하고 연장하는 의도하지 않은 결과를 야기할 수 있다는 치명적인 한계를 안게 된다. 식민주의에 대한 모든 저항이 민족주의로 환원될 수 없으며, 그 저항 중에는 사회주의적 국제주의, 페미니즘 등이 있을 수 있다.

비민족주의적 반식민주의는 민족주의가 범한 자종족중심주의의를 피해가면서도 탈식민주의의 주체 해체를 극복하는 방안이다. 이 책에 실린 글들은 다소의 차이에도 불구하고 이러한 공통의 인식 기반 위에서 쓰여졌다. 저항을 다룬 글들은 물론이고 협력을 다룬 글 역시 이러한 시각 위에 서 있다. 그런 점에서 친일협력을 비판하는 것이 민족주의의 소산이라고 하는 비난은 본 연구에는 해당되지 않는 것이다.

민족문학연구소는 우리 문학의 제반 문제를 현재의 실천적 문제의식 하에서 해석하고 평가하는 모임이다. 이번 『탈식민주의를 넘어서』는 그 첫 성과로 향후 이루어질 연구들과 마찬가지로 우리 사회와 문학의 현재에 이론적으로 개입하려고 하는 노력의 결과이다. 많은 분들의 애정어린 비판을 기대한다.

2005년 12월
김 재 용

탈식민주의를 넘어서

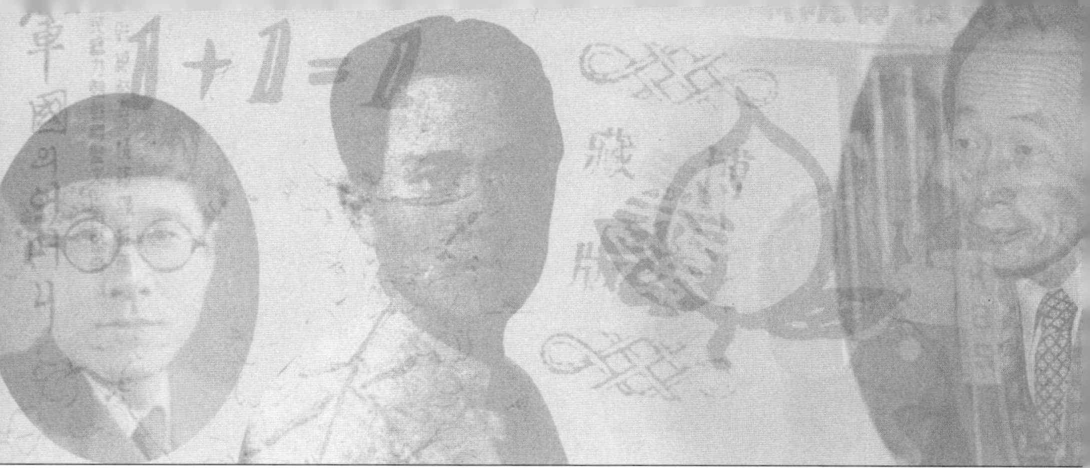

김남천의 신체제 인식과 우회적 글쓰기 · 171

서영인

이육사의 사회주의 사상과 비평의식 · 192

하상일

1부

'대동아문학'의 함정

최재서의 친일 협력

김재용

1. 자유주의 비판으로서의 근대 극복과 국가주의

1) 파리 함락과 서구의 몰락

히틀러의 독일에 의해 파리가 함락되는 것을 지켜보면서 최재서는 그 동안 자신을 떠받쳐 주었던 자유주의로부터 탈피하여 국가주의에 기울어 갔다. 1938년 무한 삼진의 함락을 겪으면서도 흔들리지 않았던 그가 파리 함락을 계기로 급속한 정신적 전환을 겪은 데에는 프랑스 혁명 이후의 서구에 대한 강한 비판이 깔려 있다. 봉건주의에 대한 저항을 기치로 인민들이 봉기했던 것은 구체제를 혁파하고 새로운 체제를 건설하고자 하는 바람 때문이었다. 하지만 근대가 무르익으면서 내부의 문제점이 심각하게 노출되었고 자유주의는 자신을 구출할 방도를 내부에서 찾아내지 못하였다. 자유주의 내부의 자정적 노력이 실패로 끝나는 것을 목격하면서 국가주의의 전체주의를 새로운 체제의 대안으로 간주하였다. 서구에서는 독일과 이탈리아가, 동양에서는 일본이 이러한 대안을 마련할 수 있는 국가라고 보았던 것이다.

파리 함락을 계기로 구체제가 종말을 고했고 이제 새로운 체제가 도래하고 있다는 역사적 예감을 표현한 작가는 비단 최재서에 국한되지 않는다. 이 시기의 신체제론에 대해서 공감을 표현하면서 식민주의에 협력하였던 채만식의 경우도 비슷한 정신적 전환을 경험한 경우이다. 하지만 최재서가 채만식과 다른 것은 근대의 특징을 다르게 보고 있다는 점이다. 채만식은 근대의 가장 큰 특징으로 자본주의를 든다. 자본주의의 극복이란 문제의식을 갖고 있던 채만식에게 신체제란 것은 바로 자본주의 자체를 극복할 수 있는 대안으로서의 전체주의였다. 물론 자유주의에 대한 문제의식이 없었던 것은 아니지만 그것은 부차적이었다. 하지만 최재서는 자본주의에 대한 극복이 아니라 자유주의에 대한 극복으로서의 근대 극복을 생각하고 있었던 것을 보인다. 그렇기 때문에 많은 지면을 자유주의와 개인주의에 대해서 할애하면서도 자본주의의 폐해에 대해서는 이렇다할 언급을 하고 있지 않는 것이다.

채만식과 달리 최재서가 자유주의의 극복으로서의 근대 극복을 이야기한 것은 그 이전 자신이 가졌던 문제의식의 연장선상에서 나온 것이다. 1930년대 중반 이후 최재서가 당면했던 문제는 침몰해가는 근대를 어떻게 구해낼 수 있는가 하는 것이었다. 근대 자유주의의 문제점이 심각하게 노출되는 상황을 겪으면서 이를 극복할 수 있는 대안에 비평적 사유를 집중하였다. 시인 엘리오트와 소설가 토마스만을 주시하였던 것은 그들이 이러한 근대 시민 사회 내에서 문제점을 극복할 수 있는 사유를 진행하고 있는 문제적인 작가였기 때문이다. 특히 카톨릭에 경도하던 엘리오트보다 근대 서구 시민사회의 내재적 비판을 통한 새로운 사회의 건설을 도모하였던 토마스만에 더 많은 관심을 경주했던 것 역시 바로 이러한 문제의식에서 나온 것이다.

1935년 파리에서 열렸던 지식인 대회를 특기하였던 것 역시 이러한 문제의식과 떼어놓고 생각할 수 없다. 파시즘의 진군에 맞서 새로운 대안을 마련하고자 구미의 지식인들이 모였던 이 회의를 소개하였고 또한 이 회의에서의 토마스만의 발언에 대해 큰 흥미를 가졌던 이 무렵만 하여도 최재서는 국가주의는 근대 자유주의의 대안이 될 수 없다고 믿었다. 오히려 국가주의의 파시즘이 가져올 수 있는 위험성을 감지하고 있었다. 그러다가 갑작스럽게 국가주의로 경도하게 된 것은 역시 파리 함락이라는 역사적 사건이 준 정신적 충격 때문이다. 구미 자유주의의 최후의 보루라고 믿었던, 한때는 유럽의 지식인들이 국가주의에 맞선 자유주의의 새로운 대안을 찾기 위해 모이기도 했던 유럽의 심장 파리가 함락되는 것을 보면서 최재서는 더 이상 근대 자유주의에 기대를 가질 수 없다고 생각하였던 것으로 보인다. 그런 점에서 이러한 정신적 전환은 급작스러운 것이기도 하지만 최재서의 정신적 궤적에 비추어 보면 우연적인 것이라고 볼 수 없다.

파리의 함락을 프랑스 혁명 이후의 서구 전체의 몰락이라고 보는 최재서와 달리 단지 유럽의 위기일 뿐이고 서구의 역사적 전통에 이어져 있는 미국에서는 근대의 유산이 다른 방식으로 전수되어 나가고 있다고 본 사람들도 존재하였다. 파리 함락은 어디까지나 유럽의 위기일 뿐 서구 전체의 위기는 아니라고 보았던 사람들은 미국에서 새로운 가능성을 읽고 있었기 때문에 그렇게 민감하게 반응을 하지 않았던 것이다. 하지만 최재서는 파리 함락을 곧바로 서구의 위기라고 보았기 때문에 깊은 절망에 빠지게 되었다. 사회주의에 대해 불신하였던 최재서가 미국을 시야에 넣지 않았을 때 선택할 수 있는 것은 결국 근대 자유주의의 포기이며 이의 대안으로서 국가주의였다. 또한 자유주의가 암암리에 전제하고 있었던 세계주의의 포기이다.

1930년대 중반 이후 최재서가 심취하였던 서구 근대의 위기에 대한 탐색은 결국 국가주의로 귀결되었다. 그 자신이 몸담았던 이러한 지적 흐름에 대한 다음과 같은 자기 비판은 그가 친일 협력을 한 것이 결코 외부의 물리적 억압에 의해 이루어진 강제적인 것이 아닌 어디까지나 자발적인 것임을 명확하게 보여주고 있다.

> 우리가 유럽으로부터 전해온 문학 위기의 소리를 최초로 들었을 때 우리는 사태를 바르게 인식했다고는 말할 수 없다. 마치 천둥소리에 겁을 내는 어린 아이와 같이 그 정신적 효과를 받은 것만으로 그 객관적 실체에 대해서는 자타 공히 명확한 인식을 갖지 않았다고 하는 것이 사실이다. 즉 우리는 유럽의 문화가 한 둘의 독재자의 반달리즘에 의해서 위협받고 있다고 말하는 지극히 단순한 해석을 하고 있었을 뿐이다. 우리에게 문화의 위기를 들려준 사람들이 대부분 영불 계통의 평론가나 작가였던 것을 생각하면 이것은 오히려 당연한 것으로 수긍될 수 있는 것이다. 현재에 있어서도 아니 사태가 그 절정에 달한 현재에 있어서야 말로 이런 류의 해석은 영미 저널리즘에 있어서 지도적이라는 사실을 알아야 한다. 그러나 전후 10년간 직접 체험으로 겪어온 비상시 체험을 통해서 우리는 이것과는 다른 해석을 가지게 되었다.[1]

최재서가 파리 함락을 목격하면서 국가주의자로 전환한 것은 이미 내적으로 축적되어 온 서구문명의 위기에 대한 깊은 고뇌가 작용했다는 점에서 결코 우연이라고 할 수 없는 것이다. 문명적 위기를 타개하려는 내적 노력이 파리 함락을 계기로 하여 극적인 전환을 한 것이다. 그렇기 때문에 그 방향 전환이 극적이기는 하지만 그 내적 연속성이 이미 존재했다는 점에서 우연이라고 하거나 혹은 이질적이라고 말하기는 어려운 것이다.

---

1) 최재서, 「문학정신의 전환」, 『전환기의 조선문학』, 인문사, 1943.

2) 국가주의의 문화적 표현으로서의 국민문학

독일이 프랑스를 이기는 것을 목격하면서 최재서가 가장 충격을 받은 것은 국가주의가 세계주의를 능가한다는 사실이다. 독일은 개개인이 아니라 국민 전체를 하나로 묶는 강한 힘을 가지고 있고 이를 국민문화로 제도화하는 반면, 프랑스는 개인주의에 기초하여 국가를 넘어선 세계주의를 표방하였기 때문에 결국 패할 수밖에 없다는 것이다. 그리하여 그 동안 자신이 암암리에 내면화하고 있던 세계주의를 비판하면서 국가주의에 강한 기대감을 갖게 된다. 국가주의에 기초한 세계의 연합과 공존이야말로 근대세계를 넘어설 수 있는 새로운 가능성의 세계라고 보고 있는 것이다. 최재서는 이것이 파리 함락에서 얻을 수 있는 교훈이라고 생각하였다.

파리의 함락은 많은 교훈과 동시에 많은 문제를 우리에게 제공해주었다. 프랑스는 그 문화가 극도로 발달했기 때문에 독일군에게 패배했다고 흔히 일컬어지고 있다. 그러나 이것은 피상적 관찰이라는 것은 부인할 수 없다. 문화의 발달이 국민을 약체화한다는 것은 사리에 맞지 않는 이야기로 역사적으로 증명되지 않는다. 예를 들면, 페리클레스 시대의 희랍, 엘리자베스 시대의 영국은 문화적으로 보아서 그 절정에 달했을 뿐만 아니라 국력에 있어서도 가장 충실해 있었다. 이치적으로 말해도 문화유산을 가지지 않은 야만인은 문명인보다도 전쟁에 강하다고는 말할 수 없다. 오히려 조국의 문화를 지키려는 자세에서, 이론을 초월한 전투력은 생겨날 수 있는 것은 아닐까? 따라서 프랑스의 패배는 그 원인을 다른 방향에서 탐색해야 한다는 것을 암시하는 것이다. 즉 프랑스는 1790년의 혁명 이래 스스로 그 요람으로 변한 문화의 코스모폴리타니즘 때문에 문화의 국가성을 등한시한 것은 아니었던가? 그런 까닭으로 훌륭한 문화마저도 말발굽 아래 유린되는 비운에 빠졌던 것은 아닐까? 이것이 바른 해석이 아닐까 하고 생각해본다. 이라하여 문화의 옹호와 국가의 옹호는 다른 문제가 아니고 뗄래야 뗄 수 없는 관계라는 것을 우리는 프랑스의 비극에서 배웠다. 문화를 옹호하기 위해서 국가를 옹호한다고 하게 되면 어폐가 있지만 원래 양자는 동일한 것이니까 문화를 위해서라도 국가를 수호해야 하는 것이라고 주장하는 것이 지당할 것이다. 이것을 그렇지 않다고 생각한 것은 역시 19세기 코스모폴리탄니즘의 환상이었던 것이다. 국가적 기반을 벗어나야만 문화는 발달할 수 있는 것이라는 문화주의적 사고는 19세기적 환상으로 이번 대포소리에 날라가 버렸다.[2]

파리 함락에서 받은 그러한 교훈으로 하여 최재서가 얻은 것은 문화의 국민화였다. 이것은 결국 국민문학의 건설로 이어질 수밖에 없었고 이 시기 이후 그가 지향한 문학론은 국민문학론이었다. 이러한 국민문학론을 수립하기 위해서는 비평가는 국책에의 협력을 해야 한다고 하면서 이전과는 다른 비평관을 드러냈다. 비평가는 관청이 시달하는 것을 그대로 받아 옮기는 그런 것과는 다른 방식으로 국책에의 협력을 하는 것이 국민문학을 위해서 필요하다는 것이다. 문화적인 입장에서 국책을 소화하여 이를 선전하고 계몽하는 것이 국가주의시대의 비평가의 직분이라고 하는 것이다.

국가주의의 정당성에 대한 인식과 이에 기초한 비평가의 직분을 이야기한 것은 역시 국민문학론이다. 1941년 11월에 창간된 『국민문학』에 발표한 「국민문학의 요건」은 국민문학을 정식화하는 것이면서 이전부터 탐색해오던 국민문학론의 결정적 표현이다.

국민문학에서 가장 중요한 것은 국민의식인데 이것의 요체는 한 개인이 아니라 한 사람의 국민이라는 의식 즉 자기 혼자 만으로는 의미도 가치도 없는 것이고 오로지 국가에 의하여 규정될 때에만 의미를 갖는다는 의식이다. 국가와 개인은 결코 배치되는 것이 아니고 어디까지나 내적으로 깊이 결속되어 있다는 의식을 가질 때만이 국민의식이 가능하고 이것이 전제되어야 비로소 국민문학은 가능하다는 것이다. 국민 내부의 계급적 차이 혹은 성적 차이를 강조하는 것은 국민의 하나됨을

---

2) 최재서, 위의 글, 위의 책.

방해하는 것으로 근대 개인주의의 유산이라고 보는 것이다. 결속된 국민으로서의 자의식을 기초로 하는 이러한 국민문학론은 국책을 편협하게 선전하는 것이 아니고 포괄적인 차원에서 계몽하는 것이라는 점을 최재서는 강조한다. 아마 국책에의 협력이라는 국민문학론의 전제가 자칫 정책의 선전 정도로 축소되는 것을 막기 위하여 이러한 단서를 달았을 텐데 이것이 국민문학론의 국가주의를 희석시키는 것은 결코 아니다. 오히려 국가주의의 내면화 혹은 국민문학론의 철저화를 의미하는 것일 터이다.

최재서가 이렇게 국민으로서의 자각을 강조하고 이것의 기초 위에서 국민의식과 국민문학을 이야기하는 것은 당연히 일본 국민의 입장에 서 있는 것을 전제로 한다. 일본 국가의 한 성원으로서의 국민의식을 말하고 있는 것이다. 그렇기 때문에 그는 비평가에게 서구의 교양 대신에 일본의 전통 사상을 체득할 것을 주문한다. 일본의 전통적 교양에 젖줄을 대고 비평을 해야만 국민문학이 된다는 것이다.

> 오늘 우리가 짐지고 있는 근대문학의 교양이라는 것은 일반인이 생각하는 이상으로 큰 것이기는 하지만 그것을 보정(補正)해야 할 교양은 다행히도 풍부한 일본의 고전에서 비교적 용이하게 얻을 수 있을 것이 분명하다. 이것은 일본에 있어서는 다행스러운 일이다. 전혀 전통이 없는 곳에서 갑자기 서양문학의 영향을 받았다고 하는 것과는 근본적으로 경우가 다른 것이다. 이 점 비평의 본성이 보수적이라는 불편은 크게 쓸모가 있는 것이다. 복고는 유신에 통한다고 하는 일본정신이 여기에서도 나타난다고 생각한다. 이런 식으로 일본적 교양이 비평가 사이에 행해짐에 따라 작품을 대하는 방식이나 사고방식 특히 가치판정의 방법 등에서 일본적인 사고방식이 수립되어 간다는 것은 당연히 고무적이다.3)

---

3) 최재서, 「새로운 비평을 위해서」, 위의 책.

3) 동아공영권과 지방문학으로서의 조선문학

일본 국민으로서의 자각에 기초한 국민문학, 일본인과 조선인을 창작가로 하면서 2천만 독자가 아니라 1억 나아가 10억 대동아인들을 독자로 하는 일본어의 국민문학을 수립하려고 할 때 조선에서 이루어지는 조선문학을 어떻게 이해할 것인가 하는 점은 최재서가 풀어야 할 난제였다. 한편에서는 조선문학의 존재를 완전히 부정하고 일본문학만을 이야기하는 사람들이 있었다. 동경에서 창작 활동을 하면서 급진적인 내선일체론을 주장하던 장혁주의문학을 조선문학이 도달해야 할 모습으로 인정하는 일본인 작가들이 이에 해당한다고 할 수 있다. 다른 한편에서는 조선의 독립을 염두에 두면서 일본문학의 일환이 아닌 독자적인 조선문학을 상정한 경우이다. 한설야나 일제 말의 김사량 등이 여기에 속한다고 할 수 있다. 최재서가 택한 것은 일본문학의 일환이면서도 엄연히 지방적 성격을 갖고 있는 그러한 조선문학이었다. 일본문학의 일환이라는 점에서 독자적인 조선문학론과는 다르고, 조선의 지방성을 강조한다는 점에서 조선문학을 부정하는 일본문학론과도 다른 것이다. 급진적인 내선일체론이 아닌 점진적 내선일체론이라고 부를 수 있는 이 견해는 최재서의 국민문학론에서 있어서 핵심적인 사안으로 이후 약간의 성격을 달리하면서 일제 말까지 이어지고 있다.

지방문학으로서의 조선문학이란 구주문학이나 북해도 문학과 같은 그러한 지방문학을 말하는 것은 아니다. 동경과 맞먹는 위상을 갖고 있는 경성의 문학으로서의 지방문학이다. 영국문학 내부에서 스코틀랜드 문학이 차지하고 있는 그러한 위상을 갖는 지방문학을 일컫는 것이다. 이러한 지방문학은 어디까지나 일본문학의 큰 범주 안에서 행해지고 있다는 점에서 일본문학과는 다른 독립적인 조선문학을 상정하고 작품 활동을 하거나 침묵한 작가들의 조선문학론과는 근본적으로 차이가 나는 것은 말할 나위가 없다. 그렇기 때문에 최재서는 일본문학의 지방문학으로서의 조선문학의 성격을 벗어나는 문학 즉 일본문학과는 독립된 조선문학을 상정하고 이에 기초하여 작품을 쓴 것에 대해서는 단호하게 반대한다. 독립을 지향하는 아일랜드문학은 결코 지방문학이 될 수 없다고 말한 것 역시 이러한 맥락에서이다. 일본어로 국민문학지에 발표된 한설야의 작품 「피」에 대한 최재서의 경고 역시 이러한 입장의 표현이다.

> 마지막으로 하나 쓴소리를 덧붙이려 한다. 시국적인 문제를 일부러 벗어나서 일상적인 소재를 다루려고 하는 것이 이 작자의 노리는 바로 보이는데 그러나 시국적인 문제를 어떻게 생각하고 있는지 그것에 대한 해답은 어딘가에 나와 있지 않으면 안된다. 그것이 나와 있지 않는 한 작자는 도망치고 있는 것이라고 비평받아도 어쩔 수 없을 것이다. 「피」에 대한 불만이나 분격은 이러한 부분에서 나온 것이라는 것을 작가는 미루어 짐작하고 있을 것이다.[4]

한설야의 문학에 대한 최재서의 신랄한 비판에서 그가 주장한 국민문학으로서의 그리고 지방문학으로서의 조선문학이란 것이 어떤 것인가 하는 것을 명확하게 알 수 있을 것이다. 일본문학과 독립된 조선문학은 결코 용납하지 않았던 것이다. 최재서는 자신의 이러한 미묘한 입장을 다음과 같이 표현하고 있다.

> 일본문학은 한편으론 그 순수화의 도를 더욱더 높이는 동시에 다른 한편 그 광대한 범위를 점점 더 넓히리라 본다. 전자는 전통의 유지와 국체의 명칭과 연결하는 면이며, 후자는 이민족의 포용과 세계 신질서의 건설과 이어지는 면이다. 전자를 천황귀일의 경향이라고 말한다면, 후자는 팔굉일우의 나타남이라고 할 수 있을 것이다. 두 면의 운동은 아무런 모순당착도 없이 동시적으로 이루어져야 함은 물론이다. 일본정신은 능히 이 양자의 조화를 성취하리라.[5]

---

4) 최재서, 「국민문학의 작가들」, 위의 책.
5) 최재서, 「조선문학의 현단계」, 위의 책.

최재서는 장혁주의 작품을 한번도 국민문학지에 실은 바 없다. 조선에 거주하는 많은 일본인 작가들의 작품을 실으면서도 동경에 거주하던 장혁주의 작품을 게재하지 않았던 것은 이러한 자신의 문학관 즉 지방문학으로서의 조선문학이라는 입론에 기초해 있기 때문이다. 당시 장혁주가 국민문학지 이외의 조선에서 발간된 잡지와 신문에 많은 글을 발표했던 것을 생각하면 최재서가 장혁주를 등장시키지 않았던 것은 단순히 개인적 이유가 아니라 이러한 문학관에 충실하려고 했기 때문이다. 반면에 일본 동경에서의 생활을 청산하고 평양에 돌아온 김사량의 작품을 귀국 즉시 싣기 시작하여 이후 많은 지면을 제공한 것을 보면 지방문학으로서의 조선문학에 대해 최재서 자신은 확고한 생각을 가지고 있었던 것으로 보인다.

일본문학이 조선문학을 받아들이기 위해서 더 넓은 시야를 준비해야 한다고 말하면서 대만문학과 만주문학에 대해서도 마찬가지일 것이라고 언급하는 대목을 볼 때 지방문학으로서의 조선문학은 결국 대동아문학으로 확대될 운명의 것이다.

2. 결전의식과 일본주의

1) 전세의 역전과 결전문학

태평양전쟁은 1943년 초반에 들어서면서 이전과는 다른 양상을 드러내었다. 1942년 2월 일본이 싱가폴을 점령하자 일본 제국 내에서는 일본이 미영을 격멸할 수 있으리라는 기대감이 팽창하였다. 하지만 1942년 중반을 넘어서면서 일본의 움직임은 한풀 꺾이기 시작하였고 1943

년 초반에 들어서는 전세가 역전되는 양상이 벌어졌다. 이 무렵에 이르면 일본 제국은 이 전쟁이 장기화되리라는 전망을 공공연하게 드러내었고 이를 대비하여 모든 분야에서 결전태세를 요구하기 시작하였다.

이러한 상황을 맞이하면서 문학 내에서는 현저한 대립이 이루어졌다. 일본 식민주의에 반대하던 이들은 이 무렵에 이르러 외국으로부터 들어오는 전황을 몰래 청취하면서 일본의 패배를 조심스럽게 점치기 시작하였고 그 이후를 대비하였다. 1943년 6월에 한설야 등이 경성방송국으로부터 일본이 점점 세를 잃어가고 있다는 단파 방송을 청취하고 이를 주변 사람들에게 전파하다가 일제 경찰에 잡혀들어간 사건은 이러한 모습을 단적으로 보여준다. 이와 다르게 일본주의에 경도되어 식민주의에 협력하는 이들은 지금이야말로 문학이 앞장설 때라고 주장하면서 사상전의 첨병으로서의 문학의 역할을 강조하였다. 최재서는 국민문학지 1943년 6월호에 「사상전의 첨병」이란 글을 발표하여 전쟁이 장기화되는 정세에서 문학이 앞장서야 할 이유에 대하여 강조하였다.

조선의 친일 협력 문학인들은 이러한 정황에 대처하기 위하여 이전의 문학조직인 조선문인협회를 해체하고 조선문학보국회를 조직하였다. 그 이름이 잘 말해주고 있는 것처럼 문학이 국가에 극단적으로 종속되는 양상이었다. 조선문인보국회 결성을 주도하였던 최재서 역시 본격적으로 결전문학으로 나아갔다. 이러한 차원에서 그가 먼저 한·일 중의 하나는 조선군 보도 연습에 나가는 것이었다. 전세가 불리하게 전개되자 일본 제국은 문학을 비롯한 문화인들의 사상적 역할에 주목하고 이들은 전쟁 동원의 견인차로 활용하기 위하여 보도 연습이라는 것을 조직하였다. 전쟁에 나가 직접 전황을 보도하는 것을 가상하여 연습하는 것이었다. 이것은 장차 있을 수 있는 전쟁에 대비하는 측면도 강하였지만 문화인들에게 전쟁을 실감하게 함으로써 전쟁 동원 선전에 이들을 활용하고자 하는 것이었다. 1943년 5월 평양에서 제1차 보도 연습이 이루어졌는데 최재서는 여기에 앞장서서 나갔고 이를 토대로 자전적 소설 「보도연습반」을 발표하였다.

결전태세를 갖기 위하여서는 실제 가상적인 전쟁을 체험하는 것이 긴요하다고 판단한 최재서는 이론이 아닌 체험을 강조하였다. 직접 총을 쏘면서 전쟁을 체험하였고, 막사 생활을 하면서 고달픈 군인 생활을 느꼈다. 이러한 과정을 통하여 그는 자신의 결전문학의 자세를 확인할 수 있었다.

> 이번 연습을 통해 체험한 바를 깊이 뇌리에 새겼다가 다른 날 그것을 문학으로 표현하면 됩니다. 이 점이 우리 미경험의 문학인에게는 이번 연습에서 대단히 값진 시련이었다고 생각합니다. 아까부터 문화인의 군사적 훈련이 기사거리가 되지 못한다는 말이 있었습니다만, 아무것도 모르는 문화인들을 어찌 됐건 연습장으로 끌어냈다는 사실은 전쟁의 새로운 양상을 나타내는 것으로 조선으로서는 획기적인 사건입니다. 적어도 우리 문학가에 있어서 말하자면 이것은 자신의 직업영역과 전쟁이 직접 결부된 최초의 기연으로 적어도 나는 이 연습에서 무엇인가 새로운 문학상의 열쇠를 쥐고 돌아가고 싶다는 일념으로 열심히 했습니다.

"직업영역과 전쟁이 직접 결부된 최초의 기연"으로서의 이 보도 연습은 실제로 최재서 문학에 있어 또 다른 전환점이라 할 수 있다. 여기서 하나 짚고 넘어가야 할 것은 소설 창작의 문제이다. 최재서는 「보도연습반」 발표를 계기로 이후 여러 편의 소설 작품을 발표한다. 「수석」, 「때아닌 꽃」 그리고 「민족의 결혼」이 이들이다. 그가 평론에 그치지 않고 이렇게 소설을 창작한 것은 결전문학의 자세를 이론이 아니고 실감으로 받아들이기 위한 결단이 아닌가 한다. 평론을 통하여 국민문학과 결전문학의 이념을 이야기하는 것으로는 이 사태를 체화하기 어렵다고 생각하고 소설 창작을 통하여 육화하고자 했던 것이 아닌가 하는 것이다. 소설을 통하여 전쟁을 몸으로 받아들일 때, 문학론만을 펼칠 때 가졌던 어떤 두려움과 주저를 넘어설 수 있다고 생각했던 것으로 보인다.

자신의 마음 속에 들어 있는 일말의 주저와 불확신을 이런 경험 영역인 소설 창작을 통하여 극복하려고 했던 것이라고 볼 수 있다. 이럴 정도로 이 시기의 최재서는 일본주의에 철저하게 함몰되어 가고 있었다.

2) 고대의 발견과 황도로서의 국가주의

근대 자유주의를 극복할 수 있는 대안으로 최재서가 국가주의를 선택하였을 때 풀어야 할 문제 중의 하나가 '조국'인 일본에 대한 태도이다. 그 동안에는 근대가 표방하였던 자유주의의 문제점 비판에 모든 것을 쏟아 부었기 때문에 국가에 대한 충성심 즉 조국 관념에 대해서는 깊이 성찰할 기회를 가지지 못하였다. 하지만 이 문제가 풀리지 않는 한 자신이 표방한 국민문학과 대동아문학이 내면화되기 어려운 것이다. 1944년 최재서가 石田耕造로 창씨개명한 후에 쓴 「받들어 모시는 문학」은 그의 이러한 고민을 잘 보여주고 있는 글이다.

문제는 늘 간단명료하다. 너는 일본인이 될 자신이 과연 있는가. 이런 질문은 다시 다음과 같은 의문을 일으켰다. 일본이란 무엇인가? 일본인이 되기 위해서는 어찌해야 하는가? 일본인이기 위해서는, 조선인이라는 것을 어떻게 처리해야 하는가? 이들 의문은 이미 지성적인 이해나 이론적인 조작만으로 되는 일이 아닌 마지막 장벽이었다. 그렇지만 이 장벽을 뛰어넘을 수 없는 한, 팔굉일우도 내선일체도 대공아공영권의 확립도 세계 신질서의 건설도, 통틀어 대동아전쟁의 의의조차 아리송해진다. 조국관념의 파악이라고는 하지만 이들 의문에 대한 명확한 해답을 지니지 않는 한, 구체적 현실적이라고 할 수는 없다. 여기서 나 자신의 체험을 말해보자. 나는 작년 말경부터 여러 가지로 자신을 정리하리라고 깊이 마음먹고 새해 첫날에는 우선 그 시작으로 창씨를 했다. 그리고 2일 아침에는 이것을 고하기 위해 조선신궁에 참배하였다. 그 앞에 깊이 머리 숙이는 순간 나는 맑은 대기 속에 빨려들어 모든 의문에서 해방된 느낌이었다. 일본인이란 천황에 봉사하는 국민이다.

일본인으로서 조국 관념을 갖는다는 것은 곧바로 천황에 봉사하는 것을 의미한다는 것이다. 천황에 봉사한다는 것은 신도를 체현하는 것이기도 하다. 신도를 이해하지 않는 한 황도에 들어가는 것은 허위일 수밖에 없다. 최재서는 일본 근세 후기의 신도학자였던 모토오리 노리나가(本居宣長)를 통하여 일본 고대를 발견하게 된다. 잘 알려져 있는 것처럼 노리나가는 유학과 불교에 습합되어 있던 신도를 비판하면서 유교·불교·도교가 들어오기 이전의 신도 즉 코카쿠(古學) 신도를 체계화한 사람이다. 『만엽집』과 『고사기』 등의 주해를 통하여 고대 일본의 신도를 재구성하여 거의 종교적 차원으로까지 해석하기도 하였다. 불가지론에 입각하여 고대 일본의 신도를 옹호한 노리나가의 이론을 통하여 최재서는 고대 일본의 신정일치의 단계를 대안으로 삼게 된다. 그리하여 '받들어 모시는 문학'을 제창하게 되었고 이를 통하여 국가주의의 품에 완전하게 귀속되고 그 속에서 안정감과 평화로움을 찾게 되었던 것이다. 근대의 분열에서 벗어나 고대 일본의 신도에서 합일을 느낀 최재서는 큰 숙제를 푼 셈이다.

이러한 최재서의 생각은 그가 한동안 몸담았고 현재 자신이 싸우고 있는 구미와 대비되어 한층 큰 울림을 갖게 되었다. 구미의 문학은 기본적으로 인간 중심의 문학인 반면, 고대 일본의 발견을 통한 일본의 국민문학은 신정합일의 것으로 자기 분열이 끝난 상태의 것이다. 그렇기 때문에 구미가 겪었던 그러한 분열을 경험하지 않고서도 우주적 합일에 이를 수 있다고 보았다.

그것은(일본문학을 가리킴―인용자) 인간의 욕망을 악착같이 이루려고 하는 인간 중심의 문학이 아니라 어디까지나 신위(神威)를 외경하고 신덕(神德)을 우러르려고 하는 신 중심의 문학이다. 때문에 거기에는 서양문학에서와 같은 심각한 체하는 것은 없지만 그 대신 깊은 영혼의 즐거움으로 온통 차 있다. 문학이라고 하면 19세기 구라파 소설밖에 모르고 더러 즐거움을 안겨주면 당혹한 얼굴이나 하는 현대문학 애호자들에게는 노리나가의 그 말이 더욱 음미되고 반성되지 않으면 안된다.6)

고대 일본의 신도에 뿌리를 두고 있는 일본문학에서 '깊은 영혼의 즐거움'을 확인한 최재서가 보기에 엘리오트는 가련하기 짝이 없는 인물인 것이다. 한때 최재서 자신이 깊은 관심을 갖고 주시하였던 엘리오트를 이제는 안쓰러운 눈빛으로 굽어보게 되는 것이다. 엘리오트는 구미의 자유주의와 개인주의의 폐해에서 벗어나기 위하여 고전주의문학과 왕도주의문학에 한때 기울어졌다가 결국 카톨릭에서 그 안식처를 구했는데 최재서가 보기에 이 역시 대안이 될 수 없다고 보았던 것이다. 카톨릭이란 종교를 통하여 오늘날 구미의 위기를 극복할 수 없다고 보는 것이 그 이유이다. 그가 보기에 구미의 근대를 넘어설 수 있는 것은 일본 고대 신도에 기반을 두고 있는, '받들어 모시는 문학'으로서의 일본문학만이다.

국가주의에 대한 최재서의 심취가 가장 여실하게 드러나는 것 중의 하나가 소설 「때아닌 꽃」(『국민문학』, 1944년 5월~8월)이다. 이 작품은 김유신의 아들 원술이 당나라와의 전쟁에서 죽지 않고 살아온 것을 그의 아버지 김유신과 어머니가 결코 아들로서 받아들이지 않는 것을 통하여 국가주의의 중요성을 고취하고 있는 작품이다. 원술은 전쟁에서 죽으려고 하였지만 그를 항상 돌봐주고 있던 담능의 재제로 인하여 죽는 시기를 놓치고 귀국한다. 문무왕의 용서에도 불구하고 김유신은 그를 더 이상 아들로서 인정하지 않는다. 국가를 위해 자기의 목숨을 바치지 못하고 패하여 돌아온 것은 신라 장수로서의 자격이 없다는 것이다. 임종을 원하는 아들의 마지막 소원마저도 거부한 채 김유신은 죽어갔고 아버지

---

6) 김규동·김병걸 편, 『친일문학작품선집』 1, 실천문학사, 1986.

의 장례 행렬을 보기 위해 산에서 내려온 아들을 김유신의 부인 지소부인은 내면적 갈등 끝에 끝내 거부하고 만다. 아들의 청을 거부한 김유신의 부인은 국가와 모성 사이에서 국가를 선택한 이후에 결국 출가하고 만다. 이후 원술은 당나라와의 전쟁에서 연승하여 나라로부터 인정을 받지만 결국 모든 것을 포기하고 산으로 들어가고 그를 사모하였던 남해 공주 역시 원술의 뒤를 따르는 것으로 마무리된다. 국가에 목숨을 바쳐야 할 때를 놓치고 나중에 승리를 했다는 의미에서 '때아닌 꽃'이라고 불렀던 것이다. 개인은 국가를 위해서 모든 것을 바쳐야 한다는 국가주의의 이상을 고무하기 위하여 최재서는 이러한 소설을 썼던 것이다. 국가를 위하여 죽음마저도 흔쾌하게 생각해야 한다는 이러한 태도는 당시 벚꽃처럼 사라져 간 많은 일본 특공대 병사들의 죽음과 겹친다. 작품의 마지막 대목에서 남해공주가 원술의 위훈을 이야기하는 것에 대해 반론을 하는 다음 대목은 그러한 느낌을 강하게 전해주고 있다.

> 살구꽃은 역시 봄에 피는 것. 만일 그것이 가을이나 겨울에 핀다면 과연 사람들은 때아닌 꽃이다라고 떠들겠지요. 그러나 그것은 마침내 미쳐서 핀 것에 지나지 않습니다. 열매도 그 무엇도 맺지 못하는 수꽃입니다. 저는 그만 때아닌 꽃입니다. 저의 이름은 앞으로 수십년 수백년 사람들의 입에 오르내리겠지요. 그것은 휘귀하기 때문일 것입니다. 저는 역시 예의 꽃잎들처럼 봄에 피어 봄에 지고 싶었습니다.

봄에 피고 봄에 지는 꽃이 되고 싶다는 원술의 발언에서 당시 특공대들이 자신을 벚꽃처럼 생각하면서 자살공격에 나서는 것을 연상하는 것은 그렇게 무리가 아닐 것이다.

3) 대동아공영권의 문학으로서의 조선문학

결전의식으로 무장된 최재서가 1943년 8월 동경에서 열린 제2회 대동아문학자대회에 참가한 것은 그의 의식은 물론이고 그가 주재하고 있던 국민문학에 있어서도 의미심장한 대목이라 할 수 있다. 1943년 8월 25일부터 3일 간 제국극장과 대동아회관에서 열린 이 대회에 참석한 최재서는 스스로 '대동아의식'이라고 불렀던 것을 실제로 체험하게 된다. 대동아공영권의 문학으로서의 조선문학을 의식한 것은 그가 자유주의를 비판하고 국가주의에 몰두하면서 시작된 것으로 그렇게 낯선 것이 아니다. 앞서 보았던 것처럼 지방문학으로서의 조선문학 역시 대동아의식과 밀접한 연관을 가지고 있는 것이다. 하지만 이것을 관념으로 이해하는 것과 실제 그 현장에서 느끼는 것과는 일정한 차이가 존재하였다. 1942년 11월 대동아문학자대회가 열렸을 때 이를 기념하는 그 어떤 글도 국민문학에 싣지 않았다. 하지만 그가 직접 참여한 제2차 대회에 대해서는 여러 편의 글을 싣는다. 국민문학 1943년 10월호에는 '대동아문학 건설을 위하여'라는 특집으로 각 지역에서 참가한 문학자들의 글이 실린다. 小林秀雄의 「문학자의 임무」, 田平의 「대동아문학건설강령의 수립」, 謝希平의 「중국 평화운동과 대동아전쟁」, 包崇新의 「미영문화로부터의 해방」, 그리고 周金波의 「황민문학의 성립」을 싣는다. 자기 자신이 참여하였기 때문에 자연스럽다고 할 수 있을지 모르겠지만 그 자신이 이 특집에 붙인 글 「대동아의식에 눈뜨며」를 보면 단순히 참가 자체의 문제만은 아닌 것으로 보인다. 각 지역에서 참가한 문학자들과의 교섭을 통하여 그는 대동아문학을 실감하게 되었던 것으로 보인다. 그리하여 그 동안 막연하게 생각되었던 대동아문학을 실제로 느끼게 되었고 이를 본격적으로 이론화할 필요성을 절감했기에 국민문학에 특집으로까지 발전시켰던 것으로 보인다.

여기서 하나 분명하게 짚어야 할 것은 최재서는 이 대동아문학자대회 참가를 통하여 대동아의식을 구체적으로 느끼는 차원의 것만이 아니라 대동아문학에서 가장 중요한 황도의식을 강조하고 있다는 점이다.

지금까지, 유교도 그러하며 불교도 그러하고 미술 역시 그러하지만 동양의 문화유산이 동양의 지식인들에 의해서 부당하게 멸시되어 왔던 것은 역시 서양의 영향에 유래하는 것이다. 말하자면 서양의 척도로 동양의 문화를 재었기 때문이다. 더욱이 보편성의 이름 아래에서. 그러한 그릇된 시각을 벗어나면 동양의 모습이 있는 그대로 나타난다. 그런 상태에서 동양의 문학자들이 새롭게 동양의 문화를 이해하려는 것, 이것이 지금의 상태라고 생각한다. 그렇다고는 하지만 나는 이러한 옛 종교나 미술을 진열하거나 해설한다고 하는 것만으로 곧바로 새로운 대동아문화가 생겨날 것 같은 편안한 생각은 하고 있지 않다. 거기에는 대동아 여러 민족의 민족적 창조의 힘이 더하지 않으면 안된다. 그 경우 동양의 문화유산은 공통의 지반(地盤)을 제공한다는 의미에 있어서 가치를 가지는 것이다. 몽고대표인 포숭신(包崇新)씨가 영미문화의 협잡물(挾雜物)을 제거하고 동아 여러 민족의 특성을 발휘해야 한다고 주장한 것은 그러한 의미에 있어서 귀중한 발언이었다. 그러나 여기에서 나는 또 한번 단서를 달지 않으면 안된다. 대동아문화가 동양의 문화유산을 기반으로 해서 새로운 여러 민족의 민족성을 발휘하게 할 토대가 될 수 있다고 하더라도 민족성의 평면적 나열이나 무차별적인 주장만으로는 아무 것도 이룰 수 없을 것이다. 중심이 없는 집단, 그것은 과연 데모크라식한 질서관에는 들어맞을지는 모르지만 거기에서는 새로운 문화창조의 원리는 생겨나지 않는다. 질서에는 중심이 없어서는 안된다. 모든 것을 포용하고 또한 모든 것을 집중하게 하는 중심이 있어야만 한다. 대동아 새질서에 있어서 중심이 되는 것은 천황이시다. 일본은 천황을 중심으로 해서 일가를 이룬다. 동양은 일본을 중심으로 해서 일가를 이룬다. 만방이 모두 천황을 향해야 하는 이유는 여기에 있다. 대회 석상에서 각국 대표의 발언이 모두가 황도(皇道)를 원리로 하고 있는 것을 알고 나는 깊이 감탄했다. 예를 들면 사토(佐藤春夫) 씨의 『황도 정신의 삼투(滲透)』, 오랑(吳郎)씨(滿)의 『만주국 정신의 철저』, 진요사(陳蓼士)씨(中)의 『대동아전쟁승리안』, 주금파(周金波)씨(臺)의 『황민문학의 이념』 등 모두다 황도 정신에 입각해서 대동아문화의 건설에

관해 시사하는 내용으로 일관된 발언이었다.[7]

유럽 중심주의에서 벗어나 동양을 자각하는 수준에 머무르면 대동아문학이 결코 될 수 없고 어디까지나 황도 정신에 입각하여야 한다는 최재서의 주장은 당시 이 대회에 참석한 사람들의 이질성을 의식한 것이다. 이 대회에 참석한 사람들 중에서는 유럽 중심주의에 함몰되었던 지난날을 반성하는 차원에서 동양을 이야기하는 사람들도 있었던 것이다. 이들은 동양문화에 대해 강조할 뿐이지 황도 정신 같은 것은 강조하지 않았던 것이다. 그렇기 때문에 최재서는 이 대회에 발표한 글 중에서 동양의 자각 못지 않게 황도 정신을 강조한 이들을 구체적으로 지목하고 있다. 일본의 佐藤春夫, '만주국'의 吳郎, 중국의 陳寥士, 대만의 周金波의 글을 "황도 정신에 입각해서 대동아문화의 건설에 관해 시사하는 내용으로 일관된 발언"이라고 평가했던 것은 바로 이러한 이유 때문이었다. 실제로 이 대회의 2일차에 발표된 글은 매우 많았다.[8] 그 중에서도 몇몇 문학자들의 글만 언급한 것으로 볼 때 최재서가 생각하는 대동아문학이 어떤 것이며 또한 그 일환인 지방문학으로서의 조선문학이 어떤 의미를 구체적으로 갖고 있는가 하는 것을 어렵지 않게 짐작할 수 있다.

대동아문학에 대한 최재서의 열정은 비단 대동아문학대회 참석에 그치지 않는다. '만주국'에서 열린 '만주결전예문대회'에도 깊은 관심을 갖고 참여한다. 이 대회에 참석하였다가 1944년 12월 9일 경성으로 돌아왔다는 『경성일보』의 보도[9]는 이를 뒷받침해주고 있다. 이 대회에의 참여가 단순한 의례가 아니고 그의 문학관 깊은 곳에서 우러나온 것임을 보여주는 것이 고정에게 보내는 편지 형식의 글이다. 『국민문학』

---

7) 최재서, 「大東亞 意識の目覺め」, 『국민문학』, 1943년 10월.
8) 이 대회의 2일차에 해당하는 26일 오전과 오후에 발표된 글의 목록에 대해서는 尾崎秀樹의 『舊植民地の文學硏究』(勁草書房, 1971) 참조
9) 『경성일보』, 1944.12.11.

1945년 1월호에 실린 이 글은 대동아문학에 대한 최재서의 열의가 얼마나 진지하고 또한 원대한 구상인가 하는 것을 그대로 보여주고 있다. 고정은 당시 '만주국' 문학자 중에서 가장 유명한 작가였다. 대동아문학자대회에 3번에 걸쳐 빠짐없이 참석하였고 3회에는 대동아문학상을 수상하기도 하였던 작가였다. 대만의 주금파와 더불어 대동아문학의 한 축을 담당하고 있는 이였다. 바로 이 고정에게 최재서는 대동아문학의 미래에 대한 자신의 생각을 적고 보낸 것이다. 신경에서 열린 결전대회에서 최재서는 고정과 많은 이야기를 나누었을 것이고 그 과정에서 서로 의기투합하였을 것이다. 이 흥분을 차분이 정리한 것이 바로 이 글이 아닌가 생각한다.

대동아의식과 대동아문학에 대한 최재서의 일관된 지향은 비단 평론과 수필에 그치는 것이 아니고 소설적 표현도 얻었다. 「민족의 결혼」(『국민문학』, 1945년 2월)은 최재서의 이러한 입장이 가장 잘 드러난 것으로 고대를 통하여 근대 이후의 새로운 세계를 말하고자 한 것이다. 신라 성골 출신인 김춘추가 가야족 출신의 김유신의 누이동생과 결혼하는 것을 그린 이 소설은 정체된 신라가 한 단계 뛰어넘기 위해서는 이질적인 것을 수용하여야 하며 이런 차원에서 신라와 가야족의 결혼은 신라의 도약을 위하여 매우 필요하였다는 것이다. 만약 신라가 자신의 순수성과 혈통만을 강조하게 되면 고인 물처럼 썩을 수밖에 없다는 논리로 이 결혼이 비단 개인적인 차원의 것이 아닌 종족과 종족의 결혼임을 말하고 있다. 이러한 논리는 일본이 조선 등과 합하여 새로운 일본으로 거듭나야 한다는 것을 강조한 것이다. 당시 이러한 최재서의 생각은 일본 종족의 혈통적 순수성을 강조하면서 조선을 비롯한 다른 종족과의 결합을 부정하는 일부 식민주의자들에 대한 비판의 의미를 갖고 있다. 오쿠마 에이지가 잘 말해주고 있는 것처럼[10] 당시 일본 식민주의자 내에

---

10) 小熊英二, 『單一民族神話の起源』, 新曜社, 1995.

서는 조선 등의 식민지 종족과의 결혼 등으로 인하여 일본 대화 종족의 순수성이 손상되는 것을 우려한 이들이 내선 결혼 등을 부정하였다. 최재서는 이들의 논리를 비판하기 위하여 이러한 작품을 썼던 것으로 보인다. 문제는 대등한 결합이 아니라 어디까지나 일본의 틀 안에서 이루어지는 결합에 지나지 않는다는 점이다. 일본의 틀 안에서 새로운 이질적인 요소를 끌어들이는 것에 불과한 것이다. 당시 일본 식민주의자 내에서는 내선결혼을 반대하는 논자들이 존재했는가 하면 다른 한편에서는 내선결혼을 적극 주장하는 식민주의자들도 존재하였다. 내선결혼을 반대하지 않는다고 해서 그들이 식민주의 자체를 비판하는 것은 아닌 것이다. 최재서가 서 있는 입장 역시 바로 이러한 것이다. 일본이 더 나은 일본이 되기 위해서는 이질적인 것을 포용해야 된다는 것이지 일본이 식민주의를 포기하면서 동등한 결합을 해야 한다는 것은 아니었던 것이다. 이 점을 제대로 이해하지 못하면 최재서에 대한 제대로 된 평가를 생각하기 어려워지는 것이다.

3. 근대 초극으로서의 아시아주의의 귀결

　근대성의 측면에서 볼 때 일제 말 친일 협력문학은 크게 두 가지로 갈라진다. 하나는 무한 삼진 함락 이후 등장한 것으로 근대화론에 기초한 것이다. 다른 하나는 근대 초극에 기초한 것으로 파리 함락 이후에 등장한다.11) 전자의 최대 이데올로그가 이광수라면, 후자의 최대 이데올로그는 최재서이다. 후자의 경향 안에서도 내부적인 차이가 존재하기

---

11) 이것에 대해서는 김재용, 『협력과 저항』(소명출판, 2004) 제1부 3장을 참고할 수 있다.

때문에 일반화시켜 말하기는 곤란하지만 이를 주도하면서 이론화를 꾀한 이로 최재서를 드는 것은 그렇게 어려운 일이 아니다. 그런 점에서 이 시기 최재서 문학의 내적 논리를 재구성하고 이를 비판 해체하는 일은 매우 중요한 의미를 갖는다.

그 동안 최재서에 대한 연구가 여러 번 이루어졌지만 1940년 10월 이후의 최재서 문학에 대해서는 다루지 않거나 혹은 다룬다 하더라도 부차적인 것으로만 취급하였다. 또한 이 시기의 최재서를 다룬다 하더라도 내적 논리의 재구성에는 이르지 못하였다는 것이 필자의 판단이다. 최재서의 친일 협력을 자발적인 것이 아니라 강제에 의한 것으로 보는 한 그 내적 논리를 규명하기는 원천적으로 불가능하기 때문이다. 필자는 이 시기 최재서의 친일 협력은 자발적으로 이루어진 것이고 또한 거기에는 그 이전부터 최재서가 추구하였던 문제의식의 연장선 속에서 나온 것으로 내적 논리가 분명하게 존재한다는 점을 강조하고 싶은 것이다.

근대 초극의 아시아주의가 결국 일본주의의 국가주의로 귀결되는 최재서의 지적 이력은 당시 비슷한 문제의식을 갖고 출발하였지만 전혀 다른 길을 걸었던 김기림과 대조된다. 최재서와 마찬가지로 자유주의의 위기를 파악하면서 이를 극복하는 대안을 탐구하던 김기림은 유럽 중심주의에 대해서 거리를 두면서 그 동안 역사에서 자신을 재현할 수 없었던 '동양'을 관찰하였지만 이를 아시아주의로 몰고 나가지는 않았던 것이다. 그렇기 때문에 김기림은 일본주의의 국가주의에 대해서 비판하면서 일정한 거리를 둘 수 있었던 것이다. 이 두 사람의 이러한 지적 행정은 '동아시아론'이란 이름으로 횡행하는 새로운 아시아주의를 넘어서서 유럽에 의해 일방적으로 재현되던 아시아가 어떻게 자신을 재현할 수 있을 것인가에 대한 반성적 성찰의 계기를 제공해준다.

순응적 여성성과 국가주의

최정희 친일문학의 내적 동인 연구

서영인

1. 친일문학과 여성성

최근의 친일문학 논의가 친일문학의 생산 구조, 내적 논리를 구명하는 쪽에 초점이 맞추어진 것은 독립된 주체가 아닌 '구성된 주체'를 인정하고 '이데올로기적 재생산 구조'[1] 속에서 친일문학을 파악하기 위해서이다. 친일문학은 개인의 윤리적 결단이나 배신의 문제가 아니라 지배이데올로기의 호명에 응답함으로써 그 이데올로기에 자발적으로 동의하고 그것을 내면화하며, 그래서 지배 구조를 재생산하는 실천의

---

[1] '이데올로기적 재생산 구조'는 '국가권력의 재생산 구조'의 하위 범주에 속한다. '이데올로기'라는 용어 대신에 '담론'이나 '상징질서'라는 용어를 써도 무방하나, 사회 관계의 모순과 대립, 갈등 양상을 사회구성체 단위에서 총체적으로 조망할 수 있다는 의미에서 이데올로기라는 용어가 더 적합하다고 볼 수 있다.

산물이 되는 것이다.[2] 일제 말기의 파시즘적 국가 지배와 전쟁 동원의 논리는 작가들에게 매우 강력한 압박과 폭력으로 작용한 것이 사실이지만 이러한 국가의 강요에 대응하는 작가들의 작품 생산은 단순히 강요-순응의 방식으로 이루어지지 않았다. 작가들은 자신의 의사에 반하여 국가의 강압에 복종한 것이 아니라 나름대로의 내적 논리를 통해 지배이데올르기를 내면화하는 과정을 거쳤고, 그래서 그들의 작품은 개별적인 차이를 간직하면서 국가주의 이데올로기를 다양한 방식으로 재생산해낸다.

일제 말기 여성 친일문인의 대표자라 할 수 있는 최정희의 문학 역시 이러한 관점 속에서 더욱 치밀하게 연구될 필요가 있다. 최정희는 논설과 좌담뿐 아니라 여러 편의 소설 작품을 통해 친일의 논리를 작품화하고 있어서 여성의 입장에서 일제 말기의 전쟁 동원 이데올로기를 받아들이는 양상을 대표적으로 보여준다. 작가들을 호명하는 식민주의의 이데올로기가 결코 강압과 폭력에 의해서만 이루어지지 않는다는 점에서, 다양한 차이를 함축하고 있다는 점에서, 최정희의 친일문학은 '여성'이라는 '차이'가 어떻게 식민주의에 동의하고 그것을 내면화했는가를 밝혀내는 데 중요한 단서가 될 것이다. 사실 최정희의 친일문학은 조선의 여성들을 전쟁 동원의 체계 속에 편입시키는 각종의 이데올로기를 충실히 반영하고 있고 이는 선행연구들에서 성실하게 구명된 바 있다.[3] 이 연구들은 '모성성'이 국가주의와 결합하는 방식,[4] '평등에의

---

2) '이데올로기에 의한 주체의 호명'에 관해서는 루이 알튀세르, 김동수 역, 「이데올로기와 이데올로기적 국가장치」, 『아미엥에서의 주장』, 솔, 1991을 참조할 것.
3) 일제 말기 여성의 전쟁 동원 이데올로기와 최정희의 문학에 대해서는 김재용, 「최정희-모성과 국가주의의 결합」, 『협력과 저항』, 소명출판, 2004; 이선옥, 「여성해방의 기대와 전쟁 동원의 논리」, 『친일문학의 내적 논리』(김재용 외), 역락, 2003; 「평등에 대한 유혹-여성 지식인과 친일의 내적 논리」, 『실천문학』, 2002년 가을; 이상경, 「일제 말기의 여성동원과 '군국(軍國)의 어머니」, 『페미니즘 연구』 제2호(한국여성연구소), 2002; 「식민지에서의 여성과 민족의 문제-일제 파시즘하의 최정희와 임순득」, 『실천문학』, 2003년 봄 참조

유혹'이라는 이데올로기적 작동 기제5)를 구명함으로써 식민주의가 여성을 호명하는 방식을 탐구하는 데 기틀을 마련하였다.

그러나 아직 최정희의 친일문학이 지닌 균열의 문제, 그리고 그것이 전작들과의 관계 속에서 어떻게 더 공고한 내적 논리를 갖추어 가게 되었는가의 문제가 충분히 밝혀져 있다고 보기에는 미흡한 점이 있다. 최정희의 친일문학은 일제 말기 전쟁 동원의 이데올로기를 충실히 반영하고 있기는 하지만 작품들마다 그 완성도에는 편차가 있다. 다시 언급되겠지만 이러한 편차, 작품 내적 균열은 식민주의의 이데올로기가 최정희의 작가적 특성과 만나면서 길항하는 과정의 산물이라고 할 수 있을 것이다. 그래서 최정희 친일문학의 문제는 친일 이데올로기의 반영성 여부뿐 아니라 이데올로기적 균열을 끝까지 주시하지 않고 봉합해 버린 점, 그리고 그 봉합을 가능하게 한 내적 논리를 찾아내는 과정에 관한 것으로 더 진행될 필요가 있다. 최정희의 친일문학은 여성의 문제와 모성의 문제에 오랜 동안 관심을 기울여 온 작가의 작품세계가 일제 말기 파시즘적 전쟁 동원의 이데올로기와 만나는 지점에서 생산된 산물이다. 그러므로 최정희의 친일문학을 깊이 있게 다루기 위해서는 이를 그의 작가적 이력에서 예외적으로 바라볼 것이 아니라 이전 작품과의 연속성 속에서 그의 작품세계가 포함하고 있는 이데올로기가 일제 말기의 국가주의와 어떻게 결합하는가에 관한, 내적 연속성의 계기들에 대해서 좀더 섬세하게 주목할 필요가 있다. 이 글에서는 최정희의 친일문학이 초기에는 국가의 이데올로기적 호명과 작가의 이데올로기가 균열을 일으키고 있다는 점에 주목하고 작가가 이 균열을 효과적으로 봉합할 수 있게 된 내적 계기를 전작들과의 관계 속에서 좀더 내밀하게 점검해 보고자 한다.

이를 위해서는 물론 최정희의 친일문학을 기준으로 하여 그 앞뒤에

---

4) 김재용과 이상경의 위의 글.
5) 이선옥, 앞의 글.

놓인 최정희 문학의 전반적 면모를 작품세계의 내적 연속성이라는 측면에서 조망해야 할 것이다. 그러나 최정희 문학의 전 영역을 한 편의 연구에서 모두 다루는 데는 무리가 따르며 또한 지나친 축약과 비약의 우려가 있다. 이는 작가의 차이와 작품의 균열에 주목하면서 그 사이에 내재한 논리에 좀더 내밀하게 주목하고자 하는 본고의 관점에도 어긋난다. 따라서 본론에서는 최정희 친일문학의 내적 동인을 가장 핵심적으로 드러낼 수 있는 작품들로 논의의 대상을 압축하고자 한다. 우선 논의의 대상이 되어야 할 작품들은 일제 말기 쓰여진 최정희의 친일소설들이 될 것이다. 그리고 최정희의 작품세계와 친일문학 사이에 놓인 내적 연속성과 동인의 문제를 고찰하기 위해 그의 대표작이라 할 수 있는 「천맥」·「인맥」·「지맥」을 검토하고자 한다. 작가 스스로가 카프 제2차 검거 사건 무렵에 창작된 이전의 작품 활동을 부정하면서 실질적인 처녀작으로 인정하고 있는6) 「흉가」도 작가의 새로운 문학적 출발을 알리는 작품이라는 점에서 함께 다룰 것이다. 본론에서는 최정희 친일문학에 내재된 균열의 문제에 주목하고 그 균열이 봉합되면서 친일의 논리를 갖추어 가는 과정을 밝힐 것이다. 그리고 이 과정에서 최정희 문학을 지탱하는 중요한 핵심이라 할 수 있는 순응적 여성성과 결핍된 가부장을 향한 욕망이 최정희 친일문학의 내적 동인으로 작용함을 확인할 수 있을 것이다.

---

6) 최정희, 「나의 문학생활 자서」, 『백민』, 1948.3, 47면.

2. 최정희 친일문학의 균열과 봉합

앞에서 언급했다시피 최정희의 친일문학은 일제 말기 일본이 여성들을 전쟁체제에 편입시키기 제반 이데올로기를 그대로 반영하고 있다. 내선일체와 동양의 발견을 일본인 병사와의 연애를 통해 드러낸 「환영 속의 병사」(일문, 「幻の兵士」, 『국민총력』, 1941.2), 애국반 활동과 싱가폴 점령의 환희를 소재로 한 「2월 15일의 밤」(일문, 「2月 15日の夜」, 『녹기』, 1942.4), 이를 개작하면서 신체제의 전시 생활 태도 개선 문제를 더 세밀하게 거론한 「장미의 집」(『대동아』, 1942.7), 서구사회를 적으로 돌리고 그들과의 전쟁을 합리화하는 「여명」(『야담』, 1942.5), 아들과 함께 지원병 훈련소를 방문하고 기꺼이 아들을 전쟁에 내 보낼 수 있는 군국의 어머니상을 보여준 「야국―초」(일문, 「野菊抄」, 『국민문학』, 1942.11), 징병열차 안에서의 연설을 통해 세계를 바꾸는 남성의 힘을 찬미하고 멸사봉공의 정신을 강조한 「징용열차」(『半島の光』, 1945.2) 등의 작품 면면을 보면 최정희가 얼마나 일본의 전쟁 동원 이데올로기에 충실하게 응답하였는지를 알 수 있다. 실제로 동양을 서구의 침탈에 유린당하는 공동운명체로 놓고 이를 방어하고 새로운 세계질서를 건설하기 위한 전쟁을 합리화하는 논리는 전체주의적 전쟁 동원과 대륙 침탈을 떠받치는 가장 강력한 논리 체계였다. 싱가폴 함락은 영국으로 대표되는 서구 세력을 아시아에서 축출하는 하나의 상징적 사건이었다. 전쟁으로 인한 물자의 부족과 생활의 피폐를 멸사봉공의 정신으로 견뎌내면서 절약과 검소의 생활 개선을 담당해야 할 총후부인의 역할 역시 여성을 전쟁체제로 끌어들이는 중요한 기제였다. 1940년 7월에 공포된 '사치품제조판매제한 규칙'공포, 1940년 말에 본격화된 '신체제운동'은 '내선일체, 거국 일치, 전시 국민 생활의 쇄신 긴장, 멸사봉공과 직역봉공'을 강조하면서 전시의 국민 생활을 규격화했다. 애국반은 1940년 10월부터 실시된 '신체제운동'의 일환으로 결성된

'국민총력연맹'의 최하부조직으로서 실제로 각 지역단위마다 애국반 활
동을 신체제운동의 가장 핵심적인 실천 방법으로 꼽고 있다.7) 애국반은
전쟁의 의의를 주민들에게 인지시키고 그들의 총후국민 생활을 지도, 계
몽하는 활동을 했던 조직이며, 실제로 1942년 무렵에는 주부가 애국반장
을 하는 것이 효과적8)이라는 언급까지 공식적으로 나오는 것으로 봐서
「2월 15일의 밤」과 「장미의 집」에서의 여주인공의 애국반 활동은 일본
의 정책을 그대로 반복, 선전하는 작품이라 볼 수 있다. 1940년 지원병제
도 실시, 1942년 징병제 실시 결정 후 아들을 전장에 보내는 군국의 어머
니로서의 역할 역시 당시 여성들에 대한 이데올로기 교육의 핵심항목을
차지하는 것이었다. 생활합리화, 절미, 저축 등 총력전 수행을 위한 가정
생활 개편의 담당자로서의 역할, 아들을 기쁜 마음으로 전장과 노동 현
장으로 보내는 군국의 어머니로서의 역할은 당시의 주부들에게 요구되
었던 가장 중요한 역할이라고 할 수 있다.9) 최정희 문학에 나타난 이러
한 양상이야말로 주부로서의 '직역봉공'을 강조하는 것인 한편 최정희
자신에게는 문인으로서의 '직역봉공'에 해당하는 셈이다.

　최정희의 친일소설은 당대의 지배이데올로기를 복사하고 선전하는
역할을 충실히 해내고 있다. 그러나 이상과 같은 면모만으로는 최정희
의 친일문학이 작가 최정희에게 충분히 내면화되어 발화된 것이라고
단정짓기 어렵다. 최정희의 작품 속에 나타난 이데올로기는 당대의 지
배이데올로기이긴 하지만 이것을 최정희의 이데올로기라고 보기는 힘
들다. 여기에 최정희가 개입하고 반응하면서 스스로 그 이데올로기를
내면화하고 재생산한 흔적을 만나 보기는 힘들기 때문이다. 최정희의
친일소설 속에 당대의 지배이데올로기는 생경하게 노출되지만 그것이
작품의 구조 속에 설득력 있게 녹아 있지는 않다. 이는 몇 편의 친일소

---

7) 「총력페이지―우리 도의 신체제」, 『조광』, 1941.3.
8) 가와 가오루, 김미란 역, 「총력전 아래의 조선여성」, 『실천문학』, 2002년 가을, 293면.
9) 가와 가오루, 김미란 역, 위의 글, 305~306면.

설이 구조적으로 상당한 결함을 지니고 있는 데서도 나타난다. 사실「2월 15일의 밤」이나「장미의 집」,「여명」같은 작품은 당대의 지배이데올로기를 충실히 전달하고 있는 데서는 성공하고 있을지 몰라도 작품을 이끌어가는 논리의 측면에서는 심각한 결함을 드러내고 있다.

세 작품 공히 애국반 활동이나 서구 세력에 대한 적개심이 주인공의 입을 통해 직접 전달되고 있을 뿐이지 작품 속에서 면밀히 구조화되어 나타나 있지는 못하다.「2월 15일의 밤」의 선주나「장미의 집」의 성례가 주장하는 애국반 활동의 정당성과 주부의 역할은 그대로 국가의 지배이데올로기를 직접적으로 설파하는 것에 불과하다.「여명」역시 서구 제국주의에 대한 적개심과 전쟁의 정당성은 은영의 입을 통해, 혜봉을 계몽하는 방식으로 주장된다. 또한「2월 15일의 밤」에서 선주의 애국반 활동에 대해 불만을 가진 남편 남준은 선주의 설득에도 불구하고 쉽사리 선주의 논리에 동의하지 못한다. 여전히 불만을 버리지 못하고 있던 남준이 선주의 애국반장 활동을 허용하는 것은 선주의 설득에 의해서가 아니라 일본 군대가 싱가폴을 함락시켰다는 라디오 방송에 의해서이다. 전과에 의해 가정에서의 여성의 역할에 대한 두 사람의 입장차와 논쟁이 종결되고 있는 것이다.「장미의 집」에서도 성례의 애국반 활동에 대한 영세의 못마땅함은 애국반 활동의 가치에 자발적으로 동의함에 의해서가 아니라 영세의 친구인 남식의 고민 ― 사치스럽고 철없는 아내에 대한 ― 을 들으면서 친구를 위로하는데 집중함으로써 자연스럽게 유보될 뿐이다.「여명」역시 마찬가지이다. 은영의 설득에도 이전 여학교 시절의 선교사들에 대한 호감 때문에 선뜻 마음을 열지 못하던 혜봉이 국가의 전쟁 이데올로기에 스스로를 완전히 동일시한 아이들의 행동 앞에서 마음을 바꾸는 것은 새로운 대상으로 문제의 위치를 옮겨버림으로써 마음속의 갈등을 봉합해 버리는 것과 같다. 최정희 친일소설이 지니는 구조적 결함은 지배이데올로기를 직접적으로 설파하는 주인공들의 언어와 거기에 계몽되는 대상과의 괴리, 그리고 그 갈등이 치밀하게 탐구되지 못하고 더 강한 힘이나 지배 담론의 힘으로 그 갈등을 봉합해 버린 결과라 할 수 있다.10)

최정희의 친일소설에서 나타나는 이러한 논리적 결함들은 최정희가 항상 문학 작품 속에서 제시된 갈등을 "기존에 주어진 것, 지배적인 권위에 순응하는"11) 것으로 해결해 버리는 것과 관련이 있다. 그리고 최정희의 친일 역시 당대의 지배적 권위를 가진 담론을 그대로 받아들이고 거기에 순응한 결과물이라고 해석할 수 있다. 실제로 「장미의 집」은 총후부인의 임무보다는 알뜰한 현모양처로서의 주부의 가치를 역설한 것처럼 보이고, 「여명」은 서구적 근대를 선망하며 살아온 시간들이 갑자기 근대극복과 서구 비판으로 선회한 것에 대한 당혹과 의식의 균열을 드러내고 있는 것처럼 보인다. 이는 최정희의 친일소설이 복사하고 있는 당대의 지배이데올로기 이면에 은폐되어 있지만 소설의 표면에 드러난 이데올로기와 갈등을 일으킨다. 소설이 드러내는 균열은 당대 현실과 이데올로기의 균열이기도 하다. 최정희는 이러한 균열을 밀고 나가는 대신 그 균열을 봉합함으로써 균열을 은폐하려고 했거나 혹은 균열을 의식하지 못했다. 그리고 최정희 소설에 나타난 균열을 가장 효과적으로 봉합하는 장치는 여러 선행연구에서 언급된 바와 같이 '모성'이었다.12) 이는 그의 친일소설들 중 내부적 균열과 갈등이 잘 드러나지 않

---

10) 삼천리사 주최로 열린 당대 여류인사들의 좌담회에서 최정희는 "물자의 절약과 생활의 간이화"에 동의하면서도 그 구체적 방법으로 제시된 '집단결혼'이나 '공동취사'에 대해서는 결혼과 식사에 대한 전통적 관념을 이유로 반대한다. 지배적 이데올로기를 생활 속에서 구체화시킬 정도로 내면화하지 못했다는 한 증거가 될 것이다. 최정희의 몇몇 친일 작품들이 작품 내적으로 균열을 일으키고 있는 것은 지배이데올로기가 당대인의 생활 감정에 온전히 내면화되지 못했음을, 최정희 역시 이러한 내면화를 완성하지 못했음을 드러내 주는 것이라 할 수 있다. 최정희는 이러한 균열을 끝까지 주시하기보다는 지배이데올로기의 힘으로 이 균열을 봉합하는 방법을 택했다. 「전쟁장기화—"가정생활" 주부 좌담회」, 『삼천리』, 1940.3 참조

11) 이상경, 「식민지에서의 여성과 민족의 문제—일제 파시즘 하의 최정희와 임순득」, 『실천문학』, 2003년 봄, 73면.

12) 김재용, 앞의 글과 이상경, 앞의 글 참조

는 작품이 「야국―초」[13]라는 점에서도 분명하다. 최정희의 친일문학에서 '모성'은 지배이데올로기를 내면화하는 가장 핵심적인 요소였다. 그렇다고 해도 문제는 남는다. '군국의 어머니'라는 상징은 최정희에게서만 나타나는 특성이 아니라 당대의 지배이데올로기가 여성을 호명하는 대표적인 형식이었다는 점, 그리고 병사를 교육하고 출전시키는 군국의 어머니상이 제시하는 모성은 오히려 모성의 말살[14]에 가깝다는 점에서 볼 때, 군국주의적 모성의 역할이 최정희의 문학에서 유독 설득력 있게 밀착한 이유를 더 점검해 보아야 할 것이다. 그리고 이는 최정희 문학 전반이 표방하는 여성성, 모성의 의미를 좀더 내밀하게 확인하는 작업을 거쳐야 한다. 최정희의 대표작으로 꼽히는 「지맥」(『문장』, 1939.9), 「인맥」(『문장』, 1940.4), 「천맥」(『삼천리』, 1941.1~4)이 그가 친일 활동을 본격화한 시기와 비슷한 시기에 창작되었다는 점도 전작들과의 관계 속에서 최정희 문학에서 '모성'이 지니는 의미를 검토해야 할 근거가 된다.

3. 모성에의 집착―'등록 없는 아내'의 콤플렉스

최정희의 소설은 대부분 여성의 삶을 소재로 하고 있으며 홀로 가장이 된 여성들의 고난과 갈등의 문제를 주로 다루고 있다. 「지맥」·「인

---

13) 이선옥은 최정희의 「야국―초」가 친일문학 중 드물게 형상화가 잘된 작품이라고 지적한 바 있다. 이 작품이 남성 작가의 작품보다 훨씬 치밀한 구성과 완결성을 보이는 이유는 젠더의 측면에서 보이는 기대감, 즉 가부장제의 희생물인 여성에게도 평등한 권리와 보호를 제공하는 일본을 선택하겠다는 논리가 구체화되었기 때문이라고 설명하였다. 이선옥, 「여성해방의 기대와 전쟁동원의 논리―여성의 친일작품과 논설」, 『친일문학의 내적 논리』, 역락, 2003, 258면.
14) 가와 가오루, 김미란 역, 앞의 글, 306면.

맥」·「천맥」은 그 대표작들이라 할 수 있는데 주인공과 사건은 모두 다르지만 여성-모성의 갈등15)을 다루고 있다는 점에서 내적 연관성을 지니고 있다. 그리고 이 여성-모성의 갈등에서 소설들은 대부분 자식을 위해 여성 주인공들이 자신의 욕망을 포기하고 모성적 의무와 육친애로 귀환하는 구조를 갖고 있다. 남편과 사별한 여성 주인공들이 다른 남성을 위한 욕망을 포기하는 것은 표면적으로 아이들 때문이다. 피가 섞이지 않은 남성들이 아이를 온전하게 제 자식처럼 사랑할 수 없을 것이라는 생각이 인물들의 머리 속에 뿌리깊이 박혀 있다. 실제로 최정희의 작품 속에서는 모성의 의무와 여성의 욕망이 절대로 화해할 수 없는 것으로 그려져 있고 그 이유는 바로 '피의 다름' 때문이다. 「지맥」에서 은영에게 호의를 베풀고 그에게 구애하는 이상훈은 그의 아이들을 받아들일 각오까지 되어 있지만 은영은 그가 피가 다르므로 아이들의 온전한 아버지가 될 수 없다는 생각에 거부한다. 「천맥」의 연이 역시 자식을 위해 재혼했지만 재혼한 남편 허진영은 그가 낳지 않은 자식을 학대하고 연이와 아이를 자꾸만 떼어놓으려고 한다. 최정희의 작품에서 드러나는 모성에의 집착이나 의무감이 결국은 핏줄의 문제임은 「천맥」에서 가장 잘 드러난다. 연이는 아이와 함께 보육원에 찾아가서 수많은 고아와 부랑아들의 어머니가 됨으로써 아이를 사랑으로 키우고 교육하는 어머니, 확대된 모성 속에 자리잡지만 그러한 모성의 역할에 만족하지 못한다. 다른 아이들과 자신의 아이와의 차별이 마음속에서 생기는 것을 발견하고 놀랄 뿐 아니라 보육원 원장으로서 보육원 아이들의 아버지로 살고 있는 성우 선생에게로 향하는 연정에 괴로워하는 것이다. 결국 최정희의 소설에서 절대적 가치로 자리잡은 모성의 문제는 엄밀히 말하자면 모성의 문제가 아니라 '핏줄의 문제'이다. 그렇다면 그는 왜 이렇게 '핏줄로서의 모성'에 집착하는 것일까.

---

15) 김동식, 「여성과 모성을 넘어서」, 『한국소설문학대계』 31, 동아출판사, 1995.

「홍가」를 통해 그 단서를 찾아 볼 수 있을 것이다. 「홍가」의 '나' 역시 남편 없이 어머니와 동생들과 아이를 건사해야 하는 가장의 신세이다. 집이 없어 고생하던 차에 의외로 싼 집을 얻어 좋아했지만 그 집에 든 후 불행이 닥친다. 폐병에 걸린 것이다. 그는 자신이 이사한 집이 흉가이기 때문에 자신에게 불행이 닥쳤다고 생각한다. 이 집에 살던 젊은 부처가 고되게 일하다 남편이 먼저 죽고 형에게 재산을 다 빼앗긴 아내는 그만 미쳐버리고 말았다는 것이다. 폐병선고를 받은 나의 꿈에 눈이 넷 달린 미친 여자가 나타나 내 머리채를 쥐어 잡고 나를 두들겨 팬다. 이 미친 여자의 꿈은 남편 잃은 여자의 강박 관념을 상징적으로 보여준다. '나'는 이 이야기를 숱붙이는 영감에게 들었을 때는 "그 여자의 운명에 나는 도리어 동정이 갈뿐 아니라"16) 덕분에 집을 싸게 얻어서 다행이라고 생각한다. 그러나 꿈에 나타난 그 미친 여자는 나를 위협하는 공포의 대상이다. 즉 '나'는 남편을 잃자 모든 것을 다 잃어버린 그 미친 여자를 의식적으로는 동정하면서도 무의식적으로는 그녀와 같은 처지인 자신이 그녀와 같이 불행해질까 봐 두려워하며, 그래서 그 미친 여자는 동정의 대상도 공감의 대상도 아닌 불길한 존재일 뿐이다. '남편 없는 여자'의 불행에 대한 강박적 두려움은 그의 작품 여러 곳에서 나타난다. 「지맥」과 「천맥」에서 이는 '등록 없는 아내'17)의 불행과 시련으로 더욱 구체화된다.

---

16) 최정희, 「홍가」, 『조광』, 1937.4, 212면.

17) 라캉은 상징질서로서의 아버지의 부재가 아버지에 대한 더 큰 집착과 향수를 불러 일으키는 현상을 '아버지의 이름 / 부재(nom / non de pere, 이때 이름과 부재는 발음이 같다)'라는 용어로 설명하고 있다. '등록 없는 아내'는 가정과 국가라는 상징적 아버지의 이중부재를 의미한다고 보면, 이중 삼중으로 소외되고 억압된 주체라고 볼 수 있다. 이때 이 주체는 강력한 대주체(지배이데올로기가 주체를 호명할 때 주체가 대면하게 되는 대상)를 더욱 더 열망하게 되고, 대주체의 절대적 권위를 선망하게 된다. 아들(핏줄)은 남편 또는 가부장제로의 편입을 위한 매개체를 의미함으로 아들 지향과 남편 지향은 결국 같은 의미를 지닌다. 그리고 이것은 나중에 보게 되겠지만 (군국적인) 국가권력을 지향하는 모습으로 이어진다.

　　나는 그가 죽지 않고 있는 날까진 그의 아내로 아이들의 행복된 어머니로
서 당당히 살아왔다. 그러나 남편이 금방 숨이 지면서부터 나는 세상에 가장
불행한 운명의 소유자인 것을 알았다. 남편이 죽던 날부터 나는 헌신짝같이
하잘 것 없는 여자가 되었다. 세상의 도덕이 나를 버리고 인습이 나를 버리
고 법규가 나를 버렸다. 남편이 살아서 그처럼 무섭고 싫어하던 큰마누라는
당당히 남편 시체 앞에 머리를 풀어헤치고 모여든 일가친척들에게 자긍스런
자세로 남편이 살아서 자기를 싫어한 것은 전연 내 탓이라 나를 조소하고 힐
난을 했으나 나는 거기에 대꾸할 아무런 용기도 없었다.[18]

　　불행한 처지에 놓인 여성 인물들을 통해 가부장제의 폭력과 모순을
지적하지단 이러한 모순에 대한 인식은 이후 제도적 편입에의 욕망으
로 진행된가. 본부인이 있는 남자의 아내로 아이를 낳고 살던 인물들은
남편이 죽자 모든 제도적 안전으로부터 버림받는다. ‘등록 없는 아내’
의 불행은 제도적으로 인정받는 안정된 가족과 가부장에 대한 욕망을
낳지만 그것은 이미 충족될 수 없는 욕망이다. 그는 이미 남의 등록 없
는 아내였고 다른 남자의 자식까지 있는 상태이므로 다른 사람을 만나
서 제도적으로 인정받는 가족을 꾸릴 수 없다. 그들이 핏줄로서의 모성
에 집착하는 이유는 이처럼 좌절된 욕망을 ‘대체’하고 그 욕망을 ‘보상’
하기 위해서이다. 법률적 근거 없는 어머니를 보상하는 가장 강력한 대
체물은 바로 법으로도 끊을 수 없는 핏줄이기 때문이다. “법률이 인정
하지 않는다 치더래도 나는 이미 남의 아내였고 또 현재 당당한 어머
니”[19]라는 자존심은 결핍된 가부장을 자식과의 관계를 통해 보상받으
려는 욕망의 표현이다. 그렇다면 최정희 소설 속의 주요 갈등 구조라고
일컬어지는 여성—모성의 갈등은 사실상 ‘결핍된 가부장에의 욕망’을
표현하는 다른 양상에 불과하다. 자식을 통해 훼손된 가족을 복구하려
는 욕망은 안정된 가부장을 얻을 수 없기 때문에 여전히 결핍된 채로

---

18) 최정희, 「지맥」, 『문장』, 1939.9, 40면.
19) 최정희, 위의 글, 위의 책, 46면.

남아 있고 이 결핍은 또 다른 가부장을 찾으려는 욕망으로 이어지는 것이다. 물론 이미 없는 가부장이 아닌 다른 남성에 대한 욕망을 단순히 결핍된 가부장을 대체하려는 욕망이라고 단정할 수는 없다. 그러나 그의 남성에 대한 욕망은 대체로 내용 없는 낭만적 동경의 성격을 띠며 그래서 그 욕망이 구체적으로 지향하는 바가 무엇인지가 불투명하다. "둥글고 우렁찬 음성", "삼림같은 사색과 얼음 같은 고독을 무한히 동경함직한 그이의 눈"[20]과 같은 외모가 여성 인물들의 욕망의 이유가 되는 것에서도 이는 분명하다. 이처럼 내용 없는 낭만성은 견고한 제도 속에서 그 의미를 충분히 확보하기가 힘들다. 이 말은 최정희의 소설 속에 드러난 여성성이 설혹 여성−모성의 갈등으로 표현될 수 있다고 하더라도 그 갈등의 내용을 최정희가 구체적으로 탐구하지 않았다는 의미도 된다. 이처럼 불투명한 낭만성은 견고하고도 구체적으로 존재하는 가부장 질서 속에 투사되면서 변형될 수밖에 없고, 그래서 이성을 향한 낭만적 동경은 결국 가부장의 대체물로 존재하게 된다. 그렇다면 최정희의 소설을 관통하는 지배 원리는 '여성−모성의 갈등'이 아니라 실상 '결핍된 가부장을 향한 욕망'인 셈이다.

이는 최정희가 「인맥」에서 제도적 가족 속에 안착한 여성의 삶이 얼마나 행복한가를 역설하는 데서도 나타난다. 남자처럼 활달하고 결혼 같은 것은 하지 않겠다는 친구 혜봉은 남편을 얻고 그의 사랑을 받으면서 충실하고 행복한 주부이자 아내와 어머니로 변모한다. 혜봉은 자신의 남편을 사랑하는 친구 영이마저도 포용할 만큼의 여유를 가지고 가부장적 질서 속의 주부의 안정감을 누린다. 영이가 권위적 가부장인 아버지에 의해 이루어진 사랑 없는 결혼 생활을 청산하려 하고, 혜봉의 남편을 향해 열정을 불태우다가도 다시 가정으로 귀환하는 것에서도 제도적으로 인정받는 가부장 질서의 위력을 확인할 수 있다. 돌아갈 가

---

20) 최정희, 「인맥」, 『문장』, 1940.4, 3~4면.

정이 있고 명목뿐이라 할지라도 가부장이 존재하는 곳에서 갈등은 쉽게 봉합된다. 그렇지 못한 경우 대체물로서의 가부장을 찾기 위한 끊임없는 갈등은 쉽게 해결되지 못한다. 「천맥」에서 연이는 보육원의 보모로서 대안가족과 확대된 모성의 보람을 경험하면서도 여전히 성우 선생에 대한 욕망을 포기하지 못한다. 성우 선생에 대한 연이의 욕망은 결국 아이의 죽은 아버지를 대체하는 또 다른 아버지에 대한 욕망이라는 점에서 최정희 소설 속에서 여성 인물들의 욕망은 근본적으로 결핍된 가부장을 향하고 있음을 확인할 수 있다.

> 아이가 아버지같이 된다고 말하는 아버지가 어느 아버지를 말하는 것인지 몰랐다. 죽은 아버지를 말하는 것인지 성우 선생을 말하는 것이지 알 수가 없었다. 그 저녁은 유별나게 아이가 성우 선생을 '아부지'라 말하는 때마다 섬뜩섬뜩해 올 뿐 아니라 또 자기가 아이에게 성우 선생을 일러 '아부지'라 말하는 것이 가슴 두근거리는 일 같기도 했다.21)

성우 선생이 보육원 모든 아이들의 아버지가 되고 자신이 어머니가 되어 사랑으로 아이들을 보살피는 속에서 아들 진호도 삐뚤어진 심성을 고치고 바르게 자랄 수 있었다. 연이는 그것을 다행스럽게 생각하면서도 한편으로는 아버지라 불리는 성우 선생을 죽은 아이의 아버지로 대체할 수 있었으면 하는 욕망이 생기는 것을 어쩔 수 없다. 보육원 아이들과 진호를 대하는 마음에 차별이 있음을 알고 성우 선생에게로 향하는 마음을 더욱 누를 수 없게 된 것 역시도 피로 이어진, 그리고 제도 속의 가족에 대한 욕망이 더욱 커진 때문이다. 「지맥」의 은영은 가부장의 결핍을 보상하기 위해 아이들을 위한 인내와 극기와 성실과 용기를 준비한다. 「인맥」의 영이 역시 다른 남성을 향한 욕망을 가부장적 질서 속으로 귀환함으로써, 그 질서 속에서 한 아이의 어머니가 됨으로

---

21) 최정희, 「천맥」, 『삼천리』, 1941.4, 288면.

써 해결할 수 있었다. 그러나 「천맥」의 연이는 이 아이들을 사랑 속에서 키울 수 있는 환경 속에서도 여전히 아이와의 혈연에 집착하고 다른 남성을 욕망하는 마음 때문에 갈등한다. 그의 욕망이 단지 모성의 문제이거나 자식 양육의 문제에 그치는 것이 아니라는 사실을 알기에 「천맥」은 쉽사리 갈등을 봉합할 길을 찾지 못한다. 아이를 결핍 없이 키울 조건을 갖추었으므로 모든 문제를 뿌리치고 귀환해야 할 모성의 자리는 그 근거를 잃는다. 「천맥」에서 드러났다시피 아이를 양육하는 모성은 피의 문제가 아니라 사랑과 포용에 의해 완성된다. 그럼에도 불구하고 연이는 피의 한계를 더 분명히 느끼고 성우 선생을 아이의 또 다른 아버지로 욕망한다. 그가 원하는 모성은 사랑과 포용의 가치가 아니라 피로 연결된 가족제도 속의 모성이었기 때문이다. 갈등의 근원은 더욱 분명하게 드러났고 그 과정에서 연이가 할 수 있는 일은 오직 절대적 신을 향해 자신에게 힘을 달라고 기도하는 것뿐이다.[22] 그럴 수밖에 없는 것이 최정희 소설 속의 여성들이 지닌 욕망은 자아실현이나 평등한 사랑, 혹은 자식에 대한 애정의 문제가 아니라, 가부장적 질서 속의 착하고 행복한 주부의 삶이었기 때문이다. 이성을 향한 낭만적 동경과 핏줄의 모성에 대한 집착은 이러한 결핍된 가부장을 대체하는 보상물이었을 따름이다. 이는 최정희 문학의 여성성이 그만큼 순응적이고 남성 의존적임을 의미하는 것이기도 하다.[23]

---

22) 대주체 혹은 제1원리로서의 신−아버지−아들이라는 로고스 혹은 남근 중심주의의 3축이 형성된다. 나중에 이것은 '국가'라는 항으로 수렴되며, 이때의 국가는 일본 제국주의를 의미한다. 가부장제에 대한 의존, 회귀 본능이 제국주의에 대한 찬양으로 이어지는 것은 마르크스주의−페미니스트들이 주장하는 가부장제와 제국주의의 유사성을 염두에 둘 때 흥미로운 '대상전이'라고 볼 수 있다.

23) 김동식은 최정희의 작품에서 '모성'과의 갈등 관계 속에서 '여성'이라는 이름을 부여 받는 욕망에 대해 "내면의 공허를 메우려는 욕망, 낭만적 동경, 남근(phallus)에의 근원적인 욕망과 동일"하다고 지적한 바 있다(김동식, 앞의 글, 604면). 최정희의 문학은 여성의 내면과 낭만적 동경, 혹은 거대 담론과 사회적 지위에 대한 욕망을 남성과의 결합을 통해 달성하려 했다는 점에서 의존적인 여성성을 드러낸다. 그리고 이는 결국 가부장 질서에의 회귀 내지는 회귀로의 욕망이라는 보수적 여성 가치와 이어진다.

4. 결핍된 가부장의 대체물로서의 국가

앞서 밝혀진 바와 같이 최정희 소설 속의 모성은 사랑과 포용과 생명의 가치를 실천하는 모성이 아니라 결핍된 가부장을 보상하기 위한 대체물로서의 모성이다. 법으로 인정받지 못하는 '등록 없는 아내'의 콤플렉스는 법으로도 끊을 수 없는 핏줄의 모성에 더욱 집착하게 만들었던 것이다. 그리고 이성에 대한 낭만적 동경 역시 자신이 의존할 수 있고 자신을 시련과 고난으로부터 보호해 줄 수 있는 대상에 대한 추구라는 점에서 궁극적으로 가부장을 향한 욕망으로 설명될 수 있다. 여기에서 최정희가 친일소설들에서 '군국의 어머니'로 표현된 국가주의적 모성에 적극적으로 동의하고 그것을 내면화할 수 있었던 근거가 드러난다. 세계를 정벌하고 신질서를 건설하는 국가의 힘은 최정희에게 있어서 결핍된 가부장을 대체할 수 있는 가장 강력한 가치였던 것이다. 핏줄에의 집착으로 왜곡된 모성은 그래서 자식을 침략전쟁의 희생물로 삼는 것을 전혀 회의하지 않는 국가주의적 모성으로 이어질 수 있었다. 「야국―초」의 '나'가 자신을 버린 남자를 원망하면서 아들을 더욱 강인하게 키우는 모성으로 거듭나겠다는 각오를 표할 수 있는 것도 이 때문이다. 「야국―초」에서 주목할 것은 아들에 대한 강인한 모성뿐 아니라 이 소설에서 비로소 이성에 대한 분노와 원망이 표현되고 있다는 점이다. 최정희의 전작들에서 남성들은 전혀 원망의 대상으로 형상화된 바가 없다. 죽은 남편들은 본부인을 두고 다른 여성을 취했지만 하나같이 자상한 아버지였고 든든한 남편이었다. 남의 아이를 제 아이처럼 사랑하지 못함으로써 원망의 대상이 될 법도 했던 「천맥」의 허진영마저도 당연한 본성의 발로로 이해되었을 뿐 아니라 헤어지는 마당에서는 아내를 이해하고 걱정해 주는 모습으로 형상화된다. 이는 최정희 문학이 표출하는 여성성이 순응적이고 남성의존적임을 의미하는 한 증거이기

도 하다. 최정희 소설 속에서 남성상이 이상화되고 왜곡되어 있는 것도
이 때문이다. 그런데 「야국—초」에서는 이러한 이성에 대한 태도가 완
전히 변화되어 나타난다. '당신'은 나의 손을 잡아 주고 나를 위험으로
부터 지켜 주리라 믿었지만 자신의 명예와 지위 때문에 아이를 가진 나
를 배신한 남자로 형상화된다. 그리고 나는 그런 당신을 원망하면서 아
이를 훌륭히 키워 나를 버린 당신에게 복수하겠노라고 다짐한다. 최정
희 소설에서 남성에 대한 형상화가 이렇게 변화한 것은 결핍된 가부장
을 보상할 수 있는 더욱 강력한 대체물인 '국가'의 존재 때문이다.

　최정희의 소설 속에서 여성 인물들이 남성에 대한 의존성을 버렸다
고 해서 그들이 완전히 독립적인 주체성을 지닌 여성으로 거듭나는 것
은 아니다. 그녀들이 의지했던 남성의 자리를 대신 차지하는 것은 이제
자식들이다. 「야국—초」에서 흔들리는 다리를 건너며 나의 손을 잡아
주었던 과거의 '당신' 대신, 흔들리는 다리의 위험을 주지시키며 나의
손을 잡아 주는 것은 아들 '승일'이다. 이는 서구인들을 혐오하고 전쟁
의 정당성을 확신하는 자식들을 따라 자신의 갈등을 모두 지워 버리고
백지 상태로 만들겠다는 「여명」의 어머니들에게서도 드러난다.

　그러나 이 자식들은 이제 어머니의 보호 아래 양육되고 교육받는 존
재가 아니다. 표면적으로 이는 자식들의 미래를 위한 어머니의 각오나
다짐의 형태를 띠지만 이 자식들은 군국주의의 이데올로기를 온몸으로
체현하며 국가의 가치를 상징하는 상징물일 뿐이다. 1941년 전시국민의
소양을 더욱 철저히 교육하기 위해 전국의 소학교를 국민학교로 개편
하는 국민학교제도가 실시되었던 것을 생각하면 아이들에 대한 전시교
육이 얼마나 철저했을지를 짐작하기는 어렵지 않다. 국가의 지배적 이
데올로기를 온전히 자기 것으로 받아들인, 지배이데올로기의 살아 있는
발현체인 아이들은 곧 국가의 가치를 대신하는 존재라고 할 수 있다.
이 아이들은 "'소국민'으로서 일본의 정신을 대신하는 대리물"24)인 것
이다. 최정희의 소설들에서 여성들이 자신을 의탁하고 지향하려 했던

남성은 이제 국가로 대치된다. 그리고 그 국가는 불행한 여인들의 콤플렉스, 안정된 제도적 장치로서의 가부장 지향을 해결해 줄 절대적인 가치가 되는 것이다. 전작들에서 핏줄로서의 모성이 결핍된 가부장의 보상물이었듯이 '군국의 어머니'라는 전쟁 동원의 논리 속에 있는 모성 역시 '등록없는 아내'의 불안한 존재감을 해결하는 결핍된 가부장의 대체물이다. 그리고 그 국가의 힘은 다른 대체물을 찾을 필요가 없을 정도로 너무도 견고하고 강력해서 더 이상 다른 갈등과 회의가 필요하지 않는 완결성을 갖춘다. "파시즘의 논리가 가족과 국가를 동일시하는 상상력에서 출발했"25)음을 기억한다면 파시즘적 국가주의 이데올로기하에서 국가가 결핍된 가부장을 대체하는 것은 충분히 가능한 일이다. 다른 친일문학 작품들에서 국가주의적 전쟁 동원의 논리와 여성의 역할에 대한 최정희의 인식이 균열을 일으켰다면 「야국─초」에 이르러 이러한 균열은 봉합된다. 이는 '여성'에 대한 최정희의 인식이 '결핍된 가부장을 향한 욕망'에 근원을 두고 있었기 때문에 가능한 일이다. '결핍된 가부장'을 대체할 수 있는 강력한 국가를 발견하면서 작품에서 드러났던 모든 균열은 '국가주의'의 논리 속으로 흡수된다.

「야국─초」의 승일이 전쟁에 나선 국가의 대리물인 것과 마찬가지로 지원병 훈련소의 병사들 역시 국가의 대리물이다. 「징용열차」에서 연설대에 오른 여학교 교장이 남성의 힘을 찬미하면서 그들에게 절대적 존경을 표하는 것 역시 그 연설의 대상자가 전쟁을 수행할 전사들이기 때문이다. 그 여성이 찬미하는 남자의 힘은 곧 그들을 동원하는 국가의 힘이기도 하다. 1945년에 발표된 이 소설에서 이제 명목뿐이라 하더라도 모성의 위치는 없다. 오직 국가의 힘에 자신을 동일시하고 그것에 절대

---

24) 이선옥, 「여성해방의 기대와 전쟁 동원의 논리」, 『친일문학의 내적 논리』(김재용 외), 역락, 2003, 260면.
25) 김양선, 「친일 문학의 내적 논리와 여성(성)의 전유 양상─이광수와 채만식의 친일 소설을 중심으로」, 『실천문학』, 2002년 가을, 286면.

적으로 의존하는 여성이 있을 뿐이다. 결핍된 가부장을 대체하는 보상
물로서의 모성은 보상이 필요하지 않은 절대적 동일시의 힘에 의해 그
의미를 상실하게 되고 그래서 서사에서 사라지는 것이다. 신체제 건설
과 대동아 공영을 명분으로 했던 제국주의전쟁의 이데올로기가 여성을
호명하는 논리는 총후부인과 군국의 어머니라는 이데올로기였다. 그리
고 이 이데올로기에 응답했던 최정희의 논리는 결핍된 가부장에의 욕망
에 근거를 두고 있었다고 할 수 있다. 인정된 제도의 안정성에서 제외된
불안한 여성의 위치에서 최정희가 보여준 것은 자신의 위치가 지닌 차
이를 근거로 그 제도의 안정성이 은폐하는 배제의 논리를 포착하는 것
이 아니라, 자명한 이데올로기의 안정성 속으로 편입하려는 욕망이었다.
그리고 이 동일성에의 욕망은 남성－여성의 지배 구조뿐 아니라 식민－
피식민의 지배 구조를 용인하고 재생산하는 것으로 귀결된다.

5. 순응적 여성성의 행로

　본문에서 밝힌 바와 같이 최정희의 친일문학은 작가가 국가주의의
강압적 이데올로기에 순응한 결과이기도 하면서 또한 결핍된 가부장을
욕망하는 순응적 여성성의 발로이기도 했다. 국가주의와 여성성은 최정
희의 친일문학을 떠받치는 이데올로기의 중요한 두 측면이라고 할 수
있다. 최정희의 경우 이 이데올로기가 길항하면서 지배이데올로기의 균
열을 드러내는 쪽보다는 서로 상호작용을 하면서 더욱 강력한 이데올
로기에의 응답으로 이어지는 모습을 보여준다. 이 글은 최정희의 친일
문학이 남성－여성의 지배 구조와 식민－피식민의 지배 구조를 유지,
강화키는 실천임을 밝히고자 하였다. 기존의 지배질서에 순응하는 여성

성은 결국 국가주의의 파시즘적 동일성에 순응하는 것으로 이어졌다. 여성성의 문제가 당대 현실 구조와의 관계망 속에 존재한다는 사실을 다시 확인할 수 있다.

최정희는 해방 후 자신의 친일 경력에 대해서 별다른 언급을 한 적이 없다. 해방 후의 작품에서는 친일 지주의 만행과 그에 복종하는 무력한 소작민들의 행태를 비판하기도 하였고(「풍류잡히는 마을」), 친일을 살기 위해서는 어쩔 수 없는 행위, 약한 나라에 태어난 국민들의 숙명인 것처럼 해명하기도 했다(「인간사」). 작품 속에서 친일행동이 이처럼 일관성 없이 그려진다는 것은 최정희가 자신의 친일 행위에 대해 깊이 있는 작가적 반성과 고민을 거치지 않았다는 것을 의미한다. 국가주의의 지배이데올로기에 대한 작가적 반성의 결여는 그의 작품 속에서 드러난 순응적 여성성의 문제가 반성 없이 반복, 강화되는 결과로 나타나기도 한다. 「인간사」에서 남편을 버리고 더 좋은 조건을 가진 남성의 품으로 옮겨갔던 마채희가 병신 자식을 낳고 그 자식들을 부양하면서 처참하게 훼손된 모습으로 나타나는 것을 한 예로 들 수 있을 것이다. 이는 가부장 질서에 순응하지 않은 여성에 대한 잔인한 징벌을 의미한다는 점에서, 여성 억압의 이데올로기를 더욱 확대, 강화시키는 측면이 있다. 일제 말기 최정희의 친일문학이 최정희 문학 전체에서 예외적으로 다루어져서는 안 되는 이유가 여기에 있다. 순응적 여성성과 지배이데올로기의 관련 양상은 이후의 최정희 작품에서도 지속적으로 나타나고 있으며 이는 여성작가들의 작품을 여성성의 문제만으로 바라보아서는 불충분한 연구 결과를 낳기 쉽다는 점을 다시 확인하게 한다.

미당의 친일시

시적 영원성에 대하여

박수연

1. 문학성의 이면

이렇게 나는 국민문학이란 전연히 괴테나 푸쉬킨 같은 태도의 보편적이요 건실한 작가에게 의하여 씌어지는 문학이어야 한다고 생각하였다. 아들과 손자의 대에는 또한 넉넉히 한 개의 전통이 될 수 있는 문학의 창건을 이름이라고 생각하였다.

―「시의 이야기」, 『매일신보』, 1942.7.13~17

그것이(영생이―인용자), 내가 오십을 넘어서 큰 손자가 생겨나 성장하고 있을 무렵부터는 상상해볼 것이 아니라 현실적인 한 실감으로서 비로소 내게 인식되기 시작했다. 별스럽게 어렵거나 신비하거나 한 그런 것이 아니라 '자 어떻게 하면 나와 내 자식들과 손자들이 내 선대(先代)가 살아온 길을 이어서 별 다른 실수 없이 살아나갈 것인가? 그래 되도록 쬐끔씩의 좋은 발전이라도 자자

손손 이어서 가져오며 살 수 있을 것인가?' 하는 피할래야 피할 수도 없는 절박하다면 절박한 뚜렷한 한 현실감으로서 말이다.

—「영생에 대하여」, 『문학정신』, 1988.11; 이상 강조는 인용자

두 편의 미당의 글 중 전자는 일제 말기의 소위 국민시가에 대한 설명으로 씌어져 『매일신보』에 연재된 것이며 후자는 그가 정부의 지원을 받아 『문학정신』을 발간하며 권두언으로 쓴 것이다. 40여 년을 격하고 있으면서도, 강조된 부분에서 드러나듯이, 미당은 문학적 전통 내지는 영생 감각을 가족사적 차원으로 유비함으로써 그의 신라 정신이 저 일제 말기의 동양 황국 반도 전통론과 비교될 수 있는 근거를 마련해 놓은 셈이다.

그런데 미당의 친일 행적에 대해 행해진 무수한 비판은 역으로 그의 문학적 비중이 그만큼 녹녹치 않음을 확인시킨 일이 될 수도 있겠다. 미당의 친일 작품은 여타의 친일문인들에 비해 양적으로 그리 많은 분량은 아닌데(물론 문학적 양심을 평가하는 데 있어서 양이 중요한 것은 아닐 것이다), 그에게 유독 많은 비판이 가해졌던 데에는 그의 한국문학사 속에서의 비중을 고려하면서 그의 친일 행각에 대해 갖게 된 일종의 보상 심리가 없지 않은 것이다. 한편 그의 친일 행각을 인정론에 기대어 눈감으려는 관점 또한 그의 문학적 비중을 강조한다는 사실이 주목되어야 하겠다. 문학적 성취라는 결과에 비추어 그 성취가 있기까지의 과정 전체가 용납되는 일에 대해서는 문학의 윤리학이라는 측면으로, 이를테면 비난의 윤리학이 아니라 현실 구성의 윤리학으로 그 과실이 꼼꼼히 살펴져야 하겠지만, 미당의 문학적 성과[1]가 사실이라면 그 성과 자체를

---

1) 이 성과가 긍정적인 것인지에 대해서도 얼마든지 비판적인 논의가 가능하겠다. 구모룡, 「초월미학과 무책임의 사상」, 『포에지』, 2000년 겨울; 황현산, 「서정주 시세계」, 『창작과비평』, 2001년 겨울; 김진석, 「초월적 서정주의에 스민 파시즘적 탐미주의」, 『주례사비평을 넘어서』, 한국출판마케팅연구소, 2002가 그것이다. 미당이 한국 시문학의 한 차원을 성취해 놓았다고 평가되는 근거 중의 하나가 그의 신라 정신으로서의 영생감각일 터인데 그러나 그것은 이분법적 흑백 논리의 배타적 미학에 기초하는 것이었

부인할 필요는 없을 것이다. 문제는 그 성과가 있기까지의 그의 그 '어쩔 수 없었다'는 고백을 문면대로 받아들이거나 그랬으리라고 추단하는 행위에 있다. 바로 그 '어쩔 수 없지 않았겠느냐'라는 주관적 판단 뒤에는 다시 한국 근대문학의 형성이 필유곡절의 인과론에 놓여 있었음을 긍정하는 관점이 있기 때문이다. 개별적 노력으로는 뛰어넘을 수 없을 정도로 압도적인 어떤 힘(그것은 그 자체로는 필연의 논리일 것이다)이 있었음을 인정하는 것이 그것인데, 미당이 위의 두 글에서 40여 년이라는 시간을 사이에 두고 반복 진술하는 것이 바로 그 힘의 존재를 증명할 터이다. 그러므로 진정한 비판과 긍정은 윤리적 비판이나 인정적 긍정의 전제된 결론을 넘어서서 그 필유곡절의 실제 내용을 분석하는 일을 동반해야 한다. 다시 말해 한국 근대문학이 운명적으로 안고 있는 근대적 경험의 문학적 문제 설정을 파악하는 일이 필요한 것이다.

　미당의 두 글을, 비록 유비의 차원이기는 하지만, 미리 살펴본 이유는 그 때문이다. 일제 말기의 친일 파시즘문학이 소위 '암흑기'[2]의 타

______

다. 이에 대해서는 본고의 후술 참조.

2) '암흑기' 혹은 '민족말살시대'라는 말은 백철의 『신문학사조사─현대편』(백양당, 1949)에서 기인한다. 이 책의 5장이 '제2차 세계대전의 열풍과 조선현대문학사상의 암흑기'이고 5장의 1절이 '일제 일색의 민족말살시대'이다. 그의 구체적인 시기 구분에 따르면 1941년 『문장』과 『인문평론』이 폐간되고 『국민문학』이 발간되는 때부터 1945년까지가 이에 해당하는데, 이 '암흑기'라는 말에는 그러나 그 자신 혐의를 받을 수밖에 없는 저 간의 정황을, 그의 표현을 빈다면, "백지로 돌려야 할 부랑크의 시대"로 묻어두려는 의도가 있는 것으로 보인다. 실로 이 시기는 문인들 개인의 개별성이 이전과 같이 자유롭게 보장되었던 시대는 아니었다. 그러나 그 개별성으로부터의 전환이 또 다른 자유로 인식되고 있었다는 사실, 즉 서구적 개인주의의 극복과 동양적 공동체정신으로의 '귀환', 그리고 그에 따른 '신체제─신윤리'의 수립이 문제되고 있었다는 사실을 염두에 두고 보면 이 시대가 반드시 "부랑크"의 시대였던 것은 아니다. 지금에 와서는 그 '귀환'이 하나의 근대적 '반동'인 것으로 평가되고 있지만, '파시즘문학의 가능성'이 설문으로 응답되고 있는 당시의 정황 속에서는 분명 그것은 하나의 가능성이었다고 여겨진다. 이를테면 그 시대는 새로운 근대의 모색기, 정확히 말하면 '왜곡된 모색기'였다고 해야 할 것이다. 우리가 친일문학을 논의하는 것은 '암흑기' 문인들의 역사적 도덕성을 문제삼는 것 이외에도, 지금에는 더욱이나 그 '암흑기'의 경험으로 총괄되는 바의 식민지의식의 내면화라는 문제가 있겠기 때문이다. 근대의 굴절된 경험이 오랜 시간 투과된 결과로서의 '친일'이 현재에도 문제적인 이유는 여기에 있다.

의에 의해 행해진, 더군다나 생존의 문제가 걸린 문학 이전의 행위였다
는 변명이 그 동안 유통되어 왔던 실정이고 보면, 위와 같은 내용들이
몇몇의 예외를 빼고 나면 본격적 연구의 결과로 모아지지는 않았다고
여겨진다. 실로 친일문학에 어떤 필연성이 있다면 그 필연성은 한국문
학이 새로운 윤리학의 설정과 실천이라는 기획을 통해 피해가야만 하
는 필연성일 것이다.

2. 근대 초극의 동양주의와 영원성

우선, 미당이 자신의 친일적 글쓰기에 대해 진술해 놓은 두 편의 글
을 살펴볼 필요가 있다.

> 이때 조선의 어느 직장이나 마찬가지로 국민총력연맹 인문사 지부라는 또
> 하나 강요된 간판을 더 붙이고 지내야 했던 이곳에서 한 반년쯤 몸담아 지
> 내는 동안에, 사장인 최재서 씨가 그의 두 개의 일본말 문학잡지에 쓰라고
> 지시하는 것은 물론 이때의 조선 총독부 기관지였던 유일한 우리말 신문인
> 『매일신보』에서 쓰라는 것도 두루 다 응해서 써주어야 했었다. 어기다니? 그
> 촘촘한 국민총력연맹의 감시의 그물 속에서 그들의 눈밖에 나면 살아올튼지
> 죽어올튼지 모르는 그 무서운 징용만이 기다리고 있었던 것도 엄연한 사실
> 이었는데 말인가?[3]

미당이 생존의 논리를 동원하여 친일 행위의 불가피성을 합리화하는
글이다. 일제의 전시 동원체제에 맞춰 1940년 10월에 국민총력연맹이 조
직되고 조선사상범예방구금령(1941.2.12), 대동아공영권건설(1942.1.21), 조선

---

3) 서정주, 「일정 말기와 나의 친일시」, 『신동아』, 1992.4, 495면.

식량관리령(1943.8) 등이 시행되면서 조선의 정치·경제·사회는 물론이고 문화의 전 분야에 걸쳐 통제와 억압이 이루어졌음을 지적하는 것은 새삼스러운 일이 되겠다. 미당이 예술가의 저항적 자유정신을 따라가기보다도 그 저항에 뒤따를 결과에 대해 더 큰 두려움을 가지고 있었으며 그래서 「종천순일파」로 표현되는 바의 순종의 삶을 살아갔다는 사실은 익히 알려져 있다. 이승만의 전기에 얽힌 일화나 전쟁 당시의 정신병적 징후들은 그 좋은 예이다. 어쨌든 위의 진술은 미당의 심리 상태가 감시와 통제 그리고 죽음에 대한 공포 속에 있음을 보여준다. 그는 그 공포를 겪지 않아도 되는 대가로『국민문학』등의 매체에 '명령을 어기지 않고' 글을 쓰고 있는 것이다. 그 글의 내용을 다시 살펴볼 필요는 없겠다. 그러나 염두에 두어야 할 것은 미당이 그 글을 자의에 의해서가 아니라 목숨을 위협하는 권력의 강제에 의해서 쓰고 있다는 사실이다. 자의가 아니라는 것은 그가 쓰는 글이 민족의 삶의 행로에 악영향을 끼치는 방향으로 나아간다는 사실, 바로 그것을 그가 알고 있었음을 의미한다. 이를테면 미당은 쓰지 않아야 할 글을 쓰고 있다는 사실을 자각하고 있었던 셈이다. 당연히 이것은 그 자체로 비판받아 마땅한 행위이겠다.

그런데 다음 글은 자신의 글이 반민족적이라는 것을 알고 있었음을 간접적으로 알려주는 위의 진술과 묘한 대비를 이룬다.

내가 이 인문사 입사를 전후해서부터 쓴 일본어 시론 앞서 말한 「항공일에」 외에 또 한 개, 제목은 잊었지만 일본 군인들의 그 옥쇄라는 것을 다룬 게 있다. 소형 비행기에 혼자서 타고 가서 미국이나 영국의 배에 그대로 떨어져 내려 바스러져 버린다던 그것 말이다. 나는 이 옥쇄부대에는 우리 학병들도 많이 끼여 있단 말을 듣고, 그들의 그런 비행과 종말의 정신에 맞출 양으로 이걸 하나 썼었다.

미국이나 영국에 대한 적대 감정이라는 것은 또 어떻게 해서 일어났나 하면, 확실하다는 일본측 보도로 영·미국인들은 일본병의 포로들을 불도우저로 밑에 무더기로 넣고 깔아 뭉갠다는 둥, 그 시체의 뼈로 페이퍼 나이프로

깎아 만들어 그걸로 종이를 썰고 있다는 둥, 간단히 말해서 그런 것들 때문이었다.

그 페이퍼 나이프에는 우리 나라 병정의 뼈로 된 것도 더러 있겠다는 생각—그런 생각은 내 적대 감정을 불러 일으키기에 충분한 것이었다.[4]

그의 친일 시 「마쓰이 오장 송가」를 설명하고 있는 글이다. 미당은 조선과 일본을 하나의 운명공동체로 파악하고 있다. 일본의 입장에서 적성국가인 미국과 영국이 미당에게는 조선에게도 마찬가지로 적성국가로 비쳐지고 있는 것이다. 그 스스로 현실에 대한 불철저한 인식 탓에 그런 시를 쓰게 됐다고 자기 비판하고 있기는 하지만, 실은 그 불철저한 인식의 근원이 무엇이었는가가 중요해지는 대목이 아닐 수 없다. 위의 진술은 미당에게 「마쓰이 오장 송가」를 지을 당시의 시적 화자의 심리 상태, 곧 적성국에 대한 적개심이 상당히 능동적인 것이었음을 알려주는데, 이를테면 일본의 적은 곧 조선의 적이라고 미당은 생각하고 있었던 셈이다. 이런 왜곡된 정세 인식의 근원은 무엇이었을까.

이 두 진술이 갖는 차이는 당시 미당의 심리가 두 갈래로 나뉘어 미묘한 갈등의 상태에 놓여 있었음을 시사해준다. 하나는 일본의 전쟁에 조선 민족이 강제로 동원되고 있다는 반일의 감정이고 또 하나는 일본의 전쟁 승리가 조선의 미래에 도움이 될 것이라는 생각이다.[5] 이 갈등이 미당에게만 있었다고 보는 것은 당시의 정황을 너무 가볍게 파악한 결과일 것이다. 실제로 일제로부터의 해방은 조선 민족에게는 '도둑처럼' 온 것이었다. 그러나 상황이 이렇다고 해도 문제되는 것은 일제의 전황 선전과 대동아공영권 건설에 대해 조선 지식인들이 택한 내면화의 길이다. 미당이 행한 위의 진술들 중 두 번째 것은 정확히 그 내면화의 결과를 보여준다. 그 내면화의 내용은 무엇이었던가.

---

4) 서정주, 「창피한 이야기들」, 『나의 문학적 자서전』, 민음사, 1977, 126면.
5) 후자의 경우에 대해서는 서정주, 위의 글, 121면.

일본 문부성은 1937년 『국체의 본의』를 출판하고 학교에 배포함으로써 황국 정신을 통치 이데올로기로 공식화하고 국가에 의한 사상 통제 대상을 마르크스주의에서 자유주의와 개인주의 사상으로까지 확대하였다. 1937년 중일전쟁을 기점으로 일본의 문단은 이 국체 보존과 천황귀일(天皇歸一), 팔굉일우(八紘一宇)의 표어 아래 거의 모두가 전향을 이루게 된다. 이 전향은 따라서 단순히 프롤레타리아문학에서 순수문학으로의 전향만을 의미하는 것이 아니라 서구 정신에서 동양 정신—일본 정신으로의 전향을 의미하는 것이었다. 1930년대 후반 이후 일본의 문학은 그 전반기의 좌파문학뿐만 아니라 초현실주의 등의 모더니즘문학까지도 부정되는 황국 정신의 문학이었다. 모든 서구적 모더니즘은 부정되고 소위 전통서정파—순정예술파에 의해 『사계』(1933)나 『일본낭만파』(1935~38)6) 등의 잡지가 발간되고 있었다. 이를테면, 일본에서 서정성은, 모든 서정시인이 그렇다고는 말할 수 없겠지만, 대부분 황국 정신으로의 자발적 전향과 연결되는 것이었다.

일본에서 일본정신론이 주장되었다면 조선에서는 1930년대 후반에 조선문화론·동양정신론·고전론이 나타났다. 내선일체와 황국신민화를 거쳐 대동아공영 건설로 나아갈 길에서 일본 국체와 황국 정신은 조선인들에게도 공히 숙지되고 권장되어야 했을 것이다. 이런 상황을 이어서 『인문평론』지가 동양문학, 일본문학, 지나문학, 조선문학을 특집으로 삼았다는 사실은 익히 알려진 것이다. 혹시 조선의 문인들에게 그러한 경향의 내재화는 없는지 살펴보아야 할 필요성이 그래서 제기된다. 일본인들에게 모든 서구적 정신을 버리고 황국 정신으로 돌아가는 일이 필연적 경향이었다면 조선인들에게 그 경향의 자발적 내재화는 없었던 것일까? 이것은 근대적 국가나 민족 관념을 일본을 통해 형성시켰던 조선의 역사적 특수성 속에서 얼마든지 제기해 봄직한 질문이겠

---

6) 『일본낭만파』는 일본 파시즘과 직접적으로 연결된다.

다. 특히 일본의 동양정신론이 조선에서 동일하게 전개되고 마찬가지로 유사한 형식으로 문학적 전향이 진행되던 당시의 정세 속에서는 일본 문단의 경향이 조선으로 직수입되는 일은 얼마든지 가능한 것이었다. 주목해야 할 항목은 동양 정신과 서정성이다. 동양 정신의 주장이 당시 일본의 근대초극론으로 합리화되는 것이었다면, 서구적 모더니즘의 흐름을 부정하면서 강조되었던 전통적 서정성으로의 귀환은 무엇을 의미했을까? 일본 문단의 지배적 경향으로 자리잡고 그들의 국체론으로 연결될 이 서정적 경향의 내재화가 조선 지식인들에게 나타났을 때 우리는 친일문인들의 행동이 잘못된 것으로 자각되었겠느냐라는 문제의식을 가져볼 수 있다. 이를테면, 친일에 대한 자각의 층위를 고찰하는 일이 필요한 것인데, 이 문제를 고찰하기 이전에 미당의 문학적 내면을 살펴볼 필요가 있다.

미당에게 문학은 무엇이었을까? 사회주의의 세례를 받고 만주로의 탈출을 결심했다가 어느 공원의 벤치에서 고리키의 소설을 읽고 사회주의 리얼리즘의 단순성에 실망하게 되었다는 미당의 고백[7]을 고려할 때 그의 문학적 지향이 내면적 심리적 복잡성 쪽으로 나 있다고 생각할 수 있을 듯하다. 다른 말로 하면 갈등 구조의 지향이라고도 할 수 있을 텐데, 이것이 내적 생명의 충동과 좌절이라는 방식으로 『화사집』에 표현되고 있는 것이다. 그의 잘 알려진 시들에서 몇 구절을 보도록 하자.

찬란히 틔워오는 어느 아침에도
이마우에 언친 시의 이슬에는
몇방울의 피가 언제나 서꺼있어
볓이거나 그늘이거나 혓바닥 느러트린
병든 수캐만양 헐덕어리며 나는 왔다.

—「자화상」 부분

---

7) 서정주, 『미당산문』, 민음사, 1993, 204면.

내 나체의 예레미야서
비로봉상의 강간사건들

미친 하눌에서는
미친 오픠이리아의 노래소리 들리고

원수여. 너를 찾어 가는 길의
쬐그만 이 휴식

—「桃花桃花」 부분

아라스카로 가라 아니 아라비아로 가라
아니 아메리카로 가라 아니 아프리카로
가라 아니 침몰하라. 침몰하라. 침몰하라!
오—어지러운 심장의 무게우에 풀닢처럼 훗날리는 머리칼을 달고
이리도 괴로운 나는 어찌 끝끝내 바다에 그득해야 하는가.

—「바다」 부분

    시들은 격정적인 언어들로 시적 화자의 충동적 감정을 표현한다. 이 감정 상태가 식민지 청년의 참담하면서도 격렬한 의식 구조를 드러내 준다는 사실을 우리는 부인할 수 없다. 시는 어떤 방식으로든 시인의 삶에 반향하기 때문이다. 그러나 이 시 자체로서 미당의 시적 정서가 현실을 지향한다고 말하기에는 시의 언어들은 지나치게 시인 자신의 감정 내부로 향해 있다. 시가 드러내는 것은 격렬한 감정의 출발점인 현실이 아니라 그 감정이 자기 폭발하는 내면적 정서이다. 이를테면 이 시들은 시적 정서의 내면에 머무르면서 추상적으로 현실을 환기한다. 이로써 미당은 그의 시와 현실 사이의 거리를 추상으로 만들면서 시적 내면의 현실을 창조해낸다. 그의 내면은 피흘리는 내면이지만 그 피는 현실의 피가 아니라 내면적 정서의 절망하는 피이며 그의 언어는 내면적 과격성의 언어이다. 그의 출세작 「벽」은 이러한 내면적 갈등 구조의

시적 출발편이라 할 만하다.

> 덧없이 바래보든 벽에 지치어
> 불과 시계를 나란이 죽이고
>
> 어제도 내일도 오늘도 아닌
> 여긔도 저긔도 거긔도 아닌
>
> 꺼저드는 어둠속 반딧불처럼 까물거려
> 정지한 〈나〉의
> 〈나〉의 서름은 벙어리처럼….
>
> 이제 진달래꽃 벼랑 햇볓에 붉게 타오르는 봄날이 오면
> 벽차고 나가 목매어 울리라! 벙어리처럼
> 오—벽아.
>
> ―「壁」 전문

시인은 캄캄한 백색의 자리에 있고 시는 전체적으로 출구 없는 세계를 형상화한다.[8] 벽은 그 막힌 세계의 상징일 것이다. 어느 정도로 막힌 세계인가 하면 새로운 탄생을 가져올 "불과 시계"마저 죽어 버린 세계이다. 시인은 그곳에서 시공간이 사라져 버린 경험을 한다. 이 절망의 경험 다음에 독자를 더욱 절망에 빠지게 하는 것은 그 막힌 세계에 대한 반응이 분노도 울분도 아닌 설움이며 더욱이 그 설움은 벙어리의 설움이라는 사실이다. 이를테면, 벽을 차고 나가 소리를 질러도 그것은 아무 반향 없이 안으로만 울려 퍼질 속울음에 지나지 않는 것이다. 울음을 울되 그것이 내면으로 되돌아간다는 사실은 그대로 시인의 내적 갈등을 표상하지만, 그러나 그 갈등은 현실을 내파하지도 않고 현실을

---

8) 이에 대한 선행 연구로는 엄경희, 「서정주 시의 자아와 공간·시간 연구」, 이화여대 박사논문, 1998, 29~41면 참조

초월하지도 않는 내면적 정서의 격렬함만을 보여줄 뿐이다.

밖으로 난 길이 없을 때 시인이 갈 수 있는 곳은 상상 속의 길이다. "귀기우려도 있는 것은 역시 바다와 나뿐 / 밀려왔다 밀려가는 무수한 물결우에 무수한 밤이 왕래하나 / 길은 항시 어데나 있고, 길은 결국 아무데도 없다"(「바다」)라고 미당은 쓴다. 이 말은 그대로 시인이 자기 안에 머물 수밖에 없는 정황을 비유하지만, 그 정황을 견디는 방식에도 주목할 필요가 있다. 충동적이고 격렬한 언어의 사용이 그것이다. 이 언어들이 미당을 생명파 시인이라고 분류하게끔 만들었던 것임은 주지의 사실이다.

그런데 이 충동적 내면의 세계가 남도적 정한의 서정과 맞물리고 있다는 사실은 『화사집』 전체를 통해 확인되는 바이다. 우리는, 일본의 전향문학이 『만엽집』의 서정성을 보수적으로 복권시키는 것을 한 방편으로 했다는 사실과 일찍이 김수영이 미당의 이 토속성을 그의 비현실성으로 연결시킨 바 있다는 사실[9]을 고려해 볼 수 있겠다. 미당, 혹은 노천명과 같이 1930~40년대에 서정적 내면의 길을 밟은 조선 시인들에게 이 내면성이 일본의 그것과 동일한 것이라고 주장하기에는 시가상으로나 내용상으로 논증되어야 할 것이 많음 또한 사실이다. 그러나 식민지시대 일본의 문학이 조선문학의 무의식일 수밖에 없었다는 점을 고려하고 보면 1930년대 초반부터 일기 시작한 일본문학의 반동적 서정성으로의 경향이 조선문학에 내재화되었으리라고 생각하는 것은 충분히 추론 가능한 일이기도 하다. '일본 근대문학의 기원'은 '근대 한일 관계의 기원'이기도 하다는 가라타니 고진이 주장하는 것은 메이지시대와 1960년대 일본문학의 내면으로의 전환이 당시 정치체제에 대한 긍정과 맞물린다는 사실이다.[10]

앞에서 인용된 미당의 두 번째 진술은 이와 같은 내면성의 정치적

---

9) 김수영, 「현대성에의 도피」, 『김수영전집―산문』, 민음사, 2003, 530면.
10) 가라타니 고진, 『일본 근대문학의 기원』, 민음사, 1997, 9면.

무의식이라고 판단된다. 이것이 일본에서 진행된 서정성의 보수주의가 조선의 문인에게 내재화되어 나타난 사태의 미당판본이다. 미당은 아마 그 사실을 몰랐을 수도 있을 것이다. 당연히 시인이 자신이 쓴 글의 모든 문맥을 아는 것은 아니다. 하지만 이 경우 문제되는 것은 그의 역사의식이다. 그가 자신의 글의 역사적 의미를 알지 못했다고 말하는 것은 당시 한국 지식인의 역사의식이 어느 수준이었는가를 간접적으로 알려주는 것이 아닐 수 없는데, 일본의 대동아공영 건설론이 조선의 지식인들에게 내재화되었을 때 바로 그 역사적 무지의 상태가 나타날 것이다. 조선과 일본이 운명공동체인 것처럼 인식되는 사태는 정확히 이런 무지와 동일한 궤도에 있다. 이런 역사의식이 내재화된 상태라면, "조선인은 전연 조선인인 것을 잊어야 한다고. 아주 피와 살과 뼈가 일본인이 되어야 한다고."11) 생각한 것이 이광수만은 아니었을 것이다. 물론 이런 정황이었다고 해도 식민지 조선의 역사가 완전한 진공 상태에 빠져든 것은 아니다. 미당은 그랬을지 몰라도 모든 지식인이 그랬다고 이야기할 수는 없기 때문이다. 가령 윤동주의 경우는 자신의 창씨개명 때문에 내내 괴로워하며 참담한 심정을 기록하고 있는 것이다.

어쨌든 이로써 미당은 두 가지 내면화의 길을 밟게 된다. 하나는 역사적 측면에서 일제의 지배를 내면화하는 길이다. 이 길이 민족 허무주의의 길이며 역사적 패배주의의 길이라는 사실을 강조할 필요는 없겠다. 이 길에서 미당은, 친일문학의 최종 종착지가 그랬듯이, 조선과 일본의 운명공동체라는 환상에 사로잡히고 그것은 일본이라는 새로운 국가의 획득으로 이어질 것이었다. 미당의 「시의 이야기—주로 국민시가에 대하여」(『매일신보』, 1942.7.13~17)는 당시 그가 생각했던 문학의 요체를 보여주는 글이다. 그 한 단락을 본다.

---

11) 이광수, 「心的 신체제와 조선문화의 진로」, 『매일신보』, 1940.9.4.

국민문학이라든가, 국민시가라는 말이 기왕에 나왔거든 이제부터라도 전일(前日)의 경험을 되풀이하지 말고, 정말로 민중의 양식이 될 수 있는 시가 내지 문학을 만들어 내기에 일생을 바치려는 각오를 가져야 할 것이다. 이것은 심히 전통의 계승 — 동방전통의 계승과 보편성에의 지향과 밀접한 관계가 없을 수 없는 것이다. (…중략…) 시인은 모름지기 이 기회에 부족한 실력대로라도 좋으니 먼저 중국의 고전에서 비롯하여 황국(皇國)의 전적(典籍)들과 반도(半島) 옛것들을 고루 섭렵하는 총명을 가져야할 것이다. 동양에의 회귀가 성히 제창되는 금일이다.

『매일신보』에 1942년 7월 13일부터 17일까지 연재되었던 「시의 이야기―주로 국민시가에 대하여」의 일부이다. 일본에서 펼쳐진 근대의 초극론에 강하게 영향받고 직접적으로는 미요시 다쓰지(三好達治)의 「국민시에 대하여」의 형식과 내용을 뒤따르고 있는 이 글12)(『친일문학작품선집』 2, 실천문학사 1986)에 대해 미당은 다른 생각을 갖고 있는 듯하다. 미당은 그의 친일 행각을 여러 글에서 밝혀 놓은 바 있다. 그런데, 그는 최초로 친일 작품을 쓴 시기에 대해 경우에 따라 달리 진술하고 있으니, 「창피한 이야기들」13)에서는 첫 친일시 「항공일에」를 1944년 가을 『국민문학』에 발표했다고 쓰고, 「일정 말기와 나의 친일시」14)에서는 그 시기를 1943년 가을로 잡는 것이다. 밝혀진 자료에 의하면 후자가 맞다. 그러나 문제는 다른 데 있다. 「시의 이야기」가 씌어진 때는 1942년 7월이니 미당이 스스로 밝힌 친일 작품의 범주에서 이 글은 벗어나 있는 것이다. 객관적으로 본다면, 위의 글이 "황국의 전적"이라는 용어를 사용한다거나 위에 인용된 부분 이외의 곳에서 서구 제국의 문화와는 다른 동양의 정신문화를 논하면서 "동아공영권이란 또 좋은 술어가

---

12) 이 사실을 최초로 밝혀놓은 사람은 최현식이다. 최현식, 「민족, 전통 그리고 미」, 『실천문학』, 2001년 여름, 64면, 각주 3 참조 이 글은 그의 지적에 고무받은 바 크다.
13) 서정주, 『나의 문학적 자서전』, 민음사, 1975.
14) 서정주, 「일정 말기와 나의 친일시」, 『신동아』, 1992.4.

생긴 것이라고 나는 내심 감복하고 있다"고 진술하는 것은 그대로 친일 문학의 논리로 해석되기에 부족함이 없다. 이 글의 내용이 이미 밝혀진 터에 미당은 왜 자신의 친일적 글쓰기를 밝혀 놓는 자리에서 이 글을 언급하지 않은 것일까? 미당의 진술에 기대어 판단한다면 이는 그의 기억력과 자료 부재 탓일 수도 있다.15) 그러나 우리는 문제를 다른 각도에서 접근할 수도 있다. 그것은 전통의 발견을 통해 영원성의 구체화라는 과제에 답한 미당의 심리적 조건을 탐사해보는 일이다.

미당에게 영원성이라는 화두의 철학적 근거가 이미 그의『화사집』시기에 마련된 것이었고 그것이『삼국유사』등에 대한 관심을 거쳐 우리의 정신적 전통이라는 문제로 구체화되었다는 점을 상기할 필요가 있다. 미당의 전통관이 신라 불교와 영통주의로 구체화된 시기는 명백히 6·25를 거치면서부터이다. 그런데 그것을 준비한 시기가 따로 있었음을 보여주는 글이 바로 위의 글「시의 이야기」이다. "전통의 계승─동방전통의 계승"이라는 구절은 이후 미당 사유의 행보를 충분히 예견케 하는 내용이다. 더구나, 그로써 이루어질 국민문학이 "아들과 손자의 대에는 또한 넉넉히 한 개의 전통이 될 수 있는 문학"(「시의 이야기」, 289면)이 되리라는 진술은 "어떻게 하면 나와 내 자식들과 손자들이 내 선대(先代)가 살아온 길을 이어서 별다른 실수 없이 살아나갈 것인가?"16)라는 진술로 이어져서「시의 이야기」를 쓸 무렵과 신라 정신 시기의 미당 전통론의 유사성을 그 형식으로 증명하고 있는 것이다.

미당의 '전통 → 영원성'론이 이런 뿌리와 가지를 내리고 뻗는 데 무엇이 영향을 끼쳤을까? 우리는「창피한 이야기들」에 나오는 한 인물에 주목할 필요가 있다. 위에서 언급했던 미요시 다쓰지(1900~1964)이다.

---

15) 이미 밝혀진 자료를 미당이 확인하지 않았을까? 그랬을 수도 있을 것이다. 그리고 정말로 그렇다견 그것 또한 문제가 아닐 수 없는 것이, 자신의 친일 행적을 밝힌 글에서의 반성적 태도와는 달리 그것은 과거를 잊혀진 과거로 묻어 두려는 오불관어의 자세에 다름 아니기 때문이다.

16) 서정주,「영생에 대하여」,『문학정신』, 1988.11, 35면.

내가 「국민문학」에 발표한 내 맨 처음의 일본어 시 「항공일에」라는 것은
내 예상과는 달리 일본인 문학인들의 눈에도 상당히 좋게 보였던 모양으로,
則武三雄이라는 시인은 내가 인문사에 입사하자 바로 찾아와서 "오래 만나
기를 기다렸다"고 했다. 그리곤 자기 집으로 나를 초대해서 맛있는 우동(가락
국수)도 끓여 주고, 드문 막걸리도 병째 내놓아 같이 마시고, 자기는 시인 三
好達治의 제자라는 것과, 우리가 앉아 있는 그 방이 바로 三好達治가 중국
갈 때 들러 하룻밤 묵어 간 방이라는 것도 말했다. 三好達治는 나도 좋아서 한
동안 읽은 일이 있는 당대 일본의 제일 좋은 시인 중의 하나였다. 그래 三好의
제자라면 안심해도 좋겠다고 나는 생각했다.

　　여기에서는 미요시 다쓰지를 당대 일본의 제일 좋은 시인 중 하나로
고평(高評)하는 미당의 심리 구조가 문제적이 된다. 미요시 다쓰지는 어
떤 인물인가?17) 그는 일본의 초현실주의 계간지 『시와 시론』(1928~1931)
에서 안자이 후유에(安西冬衛), 하루야마 유키오(春山行夫) 등과 함께 동인
활동을 했고, 모더니즘을 표방하면서 반프롤레타리아문학의 거점 역할
을 한 『작품』(1930~1940)지의 성원이기도 했다. 그는 또 『사계』(1933)를 편
집하면서 전통적인 서정정신을 옹호했고, 드디어 파시즘과 연관된 『일
본낭만파』(1935~1938)에 가담함으로써 '일본적인 것'을 주장한 인물이다.
1942년 7월에 개최된 「지적 협력 회의—근대의 초극」에서 그가 발제한
내용은 '서구 합리주의에 기초한 과학주의로서의 근대를 일본 고전에
담긴 이념으로 초극해야 한다'18)는 것이었다. 그는 중일전쟁이 발발한
직후 중국에 파견된 문인단의 일원으로 활동했는데, 위 인용문에서 '미
요시가 중국에 갈 때 서울에 들렀다'는 진술은 바로 그 사실과 관련될
것이다. 그런 시인의 시를 좋아하고 있는 미당의 심리는 어디에 그 축을
두고 있었을까? 유럽 모더니즘에서 순정 예술파를 거쳐 일본 정신과 파

---

17) 미요시 다쓰지에 대해서는 호쇼 마사오 외, 고재석 역, 『일본현대문학사』 상, 문학과
　　지성사, 1998 참조.
18) 김윤식, 『한국근대문예비평사연구』, 일지사, 1984, 417면.

시즘의 세계로 나아가고 전후에는 일본 서정성의 세계를 탐구한 미요시 다쓰지, 그리고 니체와 보들레르의 세계에서 동양 정신을 거쳐 『삼국유사』와 신라 불교의 세계로 나아간 미당의 거리가 그리 크게 멀어 보이지는 않는다는 점을 지적해두기로 하자.

물론 이러한 사실이 미당의 친일 행각에 직접적인 계기였다고 판단하는 일은 보다 더 세심한 주의를 요하는 것임에 틀림없다. 일본인들이 서구의 사상을 버리고 국체로 돌아가는 일에는 일본 군국주의의 강요 이외에 근대의 초극이라는 논리로 표면화된 자발성이 작용하고 있었다. 그래서 일본인들에게 전향은 자발적 전향이었다. 그러나 식민지 조선의 지식인들에게는 자발적으로 돌아갈 곳이 없었다. 그들에게는 초극할 근대가 없었으며, 있더라도 그것은 식민 본국의 근대였으니 자연히 돌아갈 곳은 일본 정신일 수밖에 없었다. 1934년부터 시작된 국내의 조선론과 조선주의, 동양문화론이 일본의 국책론, 국민문학론으로 귀결된 것은 당연한 일이었다. 이것이 논리 이전에 생존의 문제였다는 미당의 변명이 인정될 수 있다고 해도, 일제가 패망한 이후에 미당에게 있어서 그것은 논리 자체의 자기 인식에 도달하게 된다.

'修身, 齊家, 治國, 平天下'의 네 개의 단어는 진부한 대로 아직도 충분히 정확한 방법론이다. 적으나마 세계보다 먼저 민족을 둔 것은 엄정한 數學이다. 실로 민족문화의 구성 없이는 세계 문화에의 참가도 작용도 있을 수는 없는 것이다.

그러하거늘 요즘은 수신과 제가와 치국의 삼단계는 까맣게 잊어버리고, 엄청나게도 인류와 세계만을 문제삼는 사람들이 너무나 많다. 그것은 제일 크고 위대한 태도 같으나 사실인즉 제일 허망하고 제일 부화한 태도인 까닭은, 그것이 순서와 방법을 잊어버리고 고무 풍선처럼 둥둥 떠 있는 데 있는 것이다.

— 「문학자의 의무」(『서정주문학전집』 4권, 일지사, 1975, 205면) 부분

애초에 『동아일보』 1946년 7월 16일자에 수록되었던 이 짧은 글에서 미당이 강조하는 것은 "유럽이니 러시아니 유물변증법이니" 하는 것들 앞에서 비굴할 필요가 없다는 것이다. 비굴하지 않기 위해서는 "인류 천년을 투시하는 명철한 지혜"가 필요한데, 그런 지혜로써 미당이 내세운 것이 민족문화의 구성이다. 당시의 각 문화단체에서 반드시 고려하고 있는 사항이 곧 민족문화였다는 점에서 위 글에 나타난 미당의 논리는 궁색한 면이 없지 않다. 좌파 진영에서는 민족 문제를 등한시한다는 억지 논리가 작용하고 있기 때문이다. 그러나 어쨌든 그는 이후 천년을 거스르는 신라 정신의 발굴로 이 과제에 답했다. 미당이 정작 자신의 논리를 날카롭게 세우는 곳은 다른 곳이다.

1948년에 발표된 「시와 사상」은, 시가 사상과 무관한 것도 그리고 사상 자체도 아니라는 일반론으로 시작된다. 시는 무엇보다도 시이며 이때 비로소 사상이 시에서 연역될 수 있는 것이라는 진술은 일반론이라기보다는 차라리 시인의 상식이라고 해야 할 것이다. 이 상식을 지키지 못하는 사람들은 따라서 시인이라고 호명될 수 없게 될 터인데, 그들은 다름 아니라 "마르크스 레닌주의의 선전원인 프롤레타리아 시인들과 같은 아류의 사상가"들이라고 미당은 말한다. 2년 전에 씌어진 「문학자의 의무」가 사회주의 사상에 대해 비판적 거리를 확보하고 있음을 보여주고 있다면, 이 글은 그 거리가 무시와 힐난의 차원으로 변한 것임을 보여준다.

이로써 미당은 남은 생애 동안 그가 이룰 업적의 반면을 성취하게 된다. 그것은 해방 이후 한국 근현대사를 사상적 맹목지대로 만들어버린 반공 이데올로그로서의 그의 면모이다. 해방 직후로부터 1990년대에 이르기까지의 그의 산문의 상당 부분은 바로 그 반공 이념의 확산에 기여한다. 그런데 사회주의에 대한 그의 공격은 정공법이라기보다는 우회적이다.

여기서부터 원류되어서 서양의 사색력은 이래 감정과 지성을 한몸뚱이로 다루는 일이 거의 없이 늘 두 別立의 班의 적대적인 것으로서, 적대까진 안 가도 동체가 될 수 없는 것으로 다루어 온 데서 빚어져온 결과로 보인다.

(…중략…)

그래 칸트에서 헤겔로, 헤겔에서 사회주의의 원조인 마르크스로 다시 그에게서 소련 성립의 공산주의 혁명의 제일 지도자 레닌에 이르기까지도 그런 정신 경영의 사고방식은 그대로 남아서 저 레닌을 시켜 "우리가 계급투쟁에 이기기 위해서라면 수단과 방법을 가리지 말라"고까지 하게 한 그 인정으로선 차마 못 견딜 명령까지를 내게 한 것 아닐까?

사회주의의 지성이라는 것을, 그 생모와도 어느 경우에는 된장찌개도 합심해서 먹을 수 없는 그 사회주의의 지성이라는 것을 재고해보시기 바란다.

이건 아무래도 사람의 정과 지성이 종합된 한 몸이라야 할 걸 잊고 분리시켜온 데서 파생된 비극일 것만 같다.

— 「새벽의 지성들」(『세대』, 1973.6) 부분

과거의 지성을 '저항의 지성'으로, 현재의 지성을 '영생의 지성'으로 설명한 후 압제적 지성을 비판하는 대목이다. 그런데 이 글은 사회주의 사상을 분석 비판하는 글이 아니라 영원을 지향하는 지성을 주장하는 글이다. 이를테면 사회주의 비판이 이성과 감정의 조화를 통해 영원으로 뿌리를 대는 지성을 옹호하기 위해 이용되고 있는 것인데, 이런 논법은 사회주의 비판을 수사학적 장치로 활용하면서 반공주의를 확산시키는 미당 특유의 방식이다.[19] '나는 파란 색인데 너는 빨간 색이니까 네가 잘못되었다'는 식의 비판은, 비판을 지속시키면서 잘못된 것으로서의 예로 '너'를 떠올리도록 하고 결국 '너'를 비판하는 것이 '나'의 올바름을 증명하는 것으로 되는 담론을 구성한다. 미당이 이런 논법을 반복적으로 구사한다는 것은 그의 반공주의가 하나의 신념으로 무의식화

---

19) 이런 논법을 잘 보여주는 예로 몇 편을 들면, 「서사시의 문제」(1948), 「후진 육성과 공동이익을 위해서」(1960), 「역사의식의 자각」(1964), 「문학작품의 현실이란 것」(1964) 등이다.

되었다는 사실을 뜻할 것이다. 우리는 앞에서 전통의 발견을 통해 영원성의 구체화에 답한 미당의 심적 구조가 유럽 모더니즘에 대한 대타의식으로 형성되는 과정을 살펴보았는데, 이제는 다시 무의식적 반공 이데올로기를 통해 영원성의 화두를 장식하고 있는 미당을 만나게 된다.

> "민족이나 인류의 영생을 왜 좀더 거시적인 안목으로 직시하고 실감치 못하는가?" 하고 누가 호통하며 덤벼올 것을 모르는 바는 아니나, 민족이니 인류라는 연설꾼들이 참 많이 써먹는 이 말씀은 내게는 아직도 너무나 많이 까마득한 추상으로만 멎어 있을 뿐인 것이다. 더구나 요즘 그것들과의 제휴까지가 논의되고 있는 모양인 북조선 인민공화국이라는 공산주의 정권 동포들을 생각해보면 그건 너무나한 가시돋힌 추상만 같아서 내가 느끼는 영생감각으론 아무래도 일치를 느낄 수 없으니 말씀이다.
> —「영생에 대하여」(『문학정신』, 1988.11) 부분

요컨대, 그의 영생은 포괄의 영생이 아니라 배제의 영생이라는 사실이 밝혀지는 셈이다. 우리가 앞에서 문제삼은, '근대의 초극'을 바라보는 또 하나의 시각이 여기에서 언급될 필요가 있다. 근대의 초극은 "서양＝근대를 대립항으로 놓지 않으면 자신의 정체성을 확립할 수 없었던 근대 일본의 분열이 만들어 낸 '상상의 공동체'에 불과"[20]하다는 지적이 그것이다. 이것이 일종의 역전된 오리엔탈리즘에 근거하고 있다는 사실을 염두에 둘 수 있거니와, 미당의 "가족사적 영생감"(「영생에 대하여」) 또한 근대초극론의 배타적 보편주의가 상상의 공동체로 구체화된 형태라고 할 수 있다.

그렇다면, 미당의 정신세계를 이렇게 정리해 놓을 수도 있다. 그의 영생관은, 일본의 '근대의 초극'론에 영향 받아 전통에 대한 관심으로 드러나던 잠재적 영원주의의 시기로부터 뿌리를 내리고(해방 이전), 반공 이념을 대타의식으로 하는 '상상의 공동체'로서의 "가족적 영생감"으로

---

20) 강상중, 이경덕·임성모 역, 『오리엔탈리즘을 넘어서』, 이산, 1999, 178면.

가지를 뻗은 영원주의라는 것. 이 과정에서 처음에는 서양에 대비되는 동양관이, 이후에는 좌편향에 대비되는 우편향의 공동체가 미당 사유의 근원을 이루고 있는 것이다. 미당의 세계를 절대적 긍정과 절대적 부정의 결합으로 이해할 수 있는 이유가 여기에 있다. 그의 시를 순응주의로 이해하도록 한 절대적 긍정의 세계는 '이심전심과도 같은 생의 근본적 긍정'이라는 논리화된 표현을 얻고 있지만, 그 긍정이 실체화되기 위해서는 긍정함으로써 억압하는 또 하나의 미당이 있었으니 일체의 모든 현실 논리를 배제하는 순수 전통주의자로서의 모습이 그것이다. 그런데 이것이 대립의식으로서만 자신을 증명할 수 있는, 역전된 오리엔탈리즘의 무의식이라는 점을 주목하도록 하자. 이것은 미당 개인만의 불행이 아니라 한국 근현대사의 불행이 된다. 절대적으로 긍정해야만 하는 보편주의 밑에 절대적으로 부정해야만 하는 세계가 은폐되어 있는 것이다.

요컨대 미당은 일본의 근대초극론을 내재화한 상태로 그것을 긍정하면서 서양의 근대에 대한 대타적 인식에 도달한 셈이다. 당연히 문제는 일본의 근대초극론을, 그것의 정치적 역사적 맥락을 삭제시킨 채, 조선의 근대초극론으로 내재화하는 일이다. 이를 통해 미당이 향후 신라 정신의 세계를 준비하게 된다고 판단하는 것은 충분히 가능한 일이다. 이로써 미당은, 김윤식이 지적했듯이, 하나의 고전에 불과한 것을 살아 있는 역사의 상태로 되살려 놓는 길로 나아간다. 그 길은, 현실에 없으되 상상의 역사로 만들어낸 길이다. 이것이, 친일문학의 시기로부터 분명해진 동양정신론과 관련된 그의 신라 정신일 것이다.

미당이 밟은 두 번째 내면화의 길은 미적 자의식으로 침잠하는 길이었다. 이것은 주지하다시피 현실 망각의 길이며 개인 보신주의의 길이다. 이 길이 문학에서의 전통적 정신을 강조하는 미당의 주장과는 정반대로, 전통적 문인의 절개와는 거리가 먼 윤리 상실의 길이었음은 널리 알려진 것이다. 그가 영원성의 가족사적 역사주의로 빠져나간 것은 그

가 개척한 나름의 미적 영토를 일종의 절대적 관념으로 추상하는 과정
과 상통한다. 그에게 윤리가 있다면 동일자의 윤리가 있을 뿐인데, 이
동일성의 세계가 한국 근대사를 관통한 통치이데올로기와 함께 한다는
사실을 아는 것은 어렵지 않다.21) 동시에 이 동일성의 세계가 서양을
타자로 삼아 형성된 일본의 근대초극론에 그 뿌리를 두고 있는 것이라
는 점에서, 동일자의 권력을 향한 그의 끝없는 구애는 이미 일찍이 준
비되었던 바라고 해야 할 것이다.

3. 친일과 문학적 내면

　미당의 친일·친독재 행위가 그의 이성적 판단과는 무관한 것이었을
까? 일제 말기 민족의 미래가 전혀 가늠될 수 없었던 시대에 대한 절망
감이 문학인들을 친일로 내몰았으리라고 판단하는 관점은 그 당시의
지식인들이 모두 시대 상황에 대해 이성을 버리고 감정적으로 대응하
고 있었다는 논리를 세우는 것과 마찬가지이다. 그러나 인간은 언제 어
떤 상황에서도 자신의 행위와 행위 대상에 대한 이성적 판단을 수반하
는 법이다. 그리고 그 이성적 판단이 문학인들에게 반향되는 것은 바로
그들의 문학을 통해서이다. 친일문학의 내적 논리를 문제삼아야 하는
이유는 그 때문이다.
　실제로 저간에 있어 왔던 친일문학론은, 일제에 대한 문학적 협력이
불가피한 선택이었다는 사면론의 경우든 그럼에도 불구하고 비판받아
야 한다는 처벌론의 경우든 모두 문학 외적인 기준을 논의의 중심으로

---

21) 미당 문학의 절대적 관념과 동일성의 세계에 대해서는 박수연, 「절대적 긍정과 절대
　　적 부정」, 『포에지』, 2000년 겨울 참조

삼고 있었다고 여겨진다. 두 관점이 동의하는 것은 당시 일제의 조선 문학인들에 대한 관제문학 강요이다. 문학이 그 문학을 산출한 시대와 필연적 연결고리를 가질 수밖에 없다는 사실을 지적하는 것은 이제 불필요한 일이 되겠다. 문학은 현실을 따라가지만 그러나 그것은 반영하기 위해 따라가지 않고, F. 모레티의 말처럼, 해결하기 위해 따라간다. 친일문학이 여전히 문제되는 것은 그 문제적 사건을 통해서 무엇인가가 새롭게 해결될 것이 있기 때문이다.

미당의 친일문학을 바라보는 관점이 새롭게 제기되어야 하는 이유는 바로 그로부터 비롯된다. 우선 종래의 대립 구도, 가령 민족 / 반민족, 저항 / 협력 등의 틀로는 더 이상 해명할 수 없는 요인이 주목되어야 할 것이다. 예컨대 일제의 정치체제와 해방 이후의 정치체제는 어떻게 다르고 어떻게 같은가. 미당의 문학은 그 체제들의 특이성을 어떻게 내재화하고 있는가. 이것은 서정주 시의 미적 원리가 무엇인가를 해명하는 일이 필요하다는 것을 뜻하는 동시에 그의 시학을, 종래에 그래왔듯이, 시학 자체로 혹은 그 자체의 자족적인 구성물로 해명하는 것이 아니라 수미일관한 정치적·정세적 복합물로 이해해야 한다는 것을 뜻한다. 여기에서 필요해지는 일이 서정주 시의 근대주의적 미학관에 대한 해명이다. 이것은 그의 친일 경력뿐만 아니라, 때로는 정부의 교서로 착각될 정도로 투철했던 그의 친권력적 발언들과 행적들을 분석하는 데 없어서는 안 될 중요한 요소들이다. 어떠한 미학주의, 심미주의라고 하더라도 그것이 삶과 예술의 종합을 꾀하면서 부정적 현실을 전복하느냐 아니면 은폐하느냐에 따라 자신의 긍정성이나 부정성을 획득하게 될 것이기 때문이다. 이를 위해 또 다른 관점을 도입해볼 수도 있겠다. 직접적인 영향 관계가 밝혀진 바는 없다고 하더라도, 내적 생명의 철학에서 국가 철학으로 옮겨간 니시다 기타로의 철학적 전회와 생명파에서 일본 정신을 거쳐 신라 정신으로 나아간 서정주의문학적 전회의 유사성이 언급될 필요가 있는 것이다. 이는 현재적 수준에서는 필연성의 차원이 아니라 개연성의 차원에서 고려될 수 있는 것이기는 하지만, 한국 근대 서정시의 두 얼굴, 즉 내면적 언어의 얼굴과 정치체제 긍정의 얼굴을 이해하기 위해 요청되는 것이기도 하다. 실제로, 내면의 언어로 대변되는 문학적 자율성의 극대화가 파시즘과 한 길을 달려간다는 것[22]은, 과도한 일반화의 위험을 동반하는 것이기는 해도, 문학적 진정성의 증명을 위해서라도 점검되어야 하는 것이 아닐 수 없다.

또한 미당이 자신의 문학을 투철한 국가관 속으로 투신시키고 있다는 점을 고려할 때 위의 진술들과 관련하여 그의 언어적 특성이 해명되어야 할 것이다. 한국 현대시에서의 민족 언어의 재발견이라 할 만한 그의 시어는 방언과 구어체를 특징으로 하는 것이다. 이 언어들의 시적 성과가 그 동안 과장되어 온 바 없지 않은데, 그러나 그것은 설화체의 느슨한 서정과 결합하면서 시적 언어의 산문화로 나아가고 말았다는 점 또한 지적되어야 할 것이다. 그런데도 미당의 언어가 효과를 발휘한 이유는 무엇일까. 그의 전 생애와 관련시켜서 이해한다면, 그의 시어는 오히려 민족적 동질감으로 동일성의 이데올로기를 나쁘게 확산시킴으로써 궁극적으로는 파시즘의 공동체론에 기여하는 것 아니었을까? 그의 시의 일부가 애초에, 불가능하지는 않더라도 번역을 어렵게 하는 방향으로 씌어지고 있었다는 점 또한 이와 관련하여 주목될 필요가 있겠다.

모더니즘의 언어도 내면의 언어이고 미당의 언어도 내면의 언어이다. 진정한 모더니즘이 현실로부터 분리된 것인가라는 문제를 논외로 하고 말한다면, 모더니즘의 언어는 그러나 가장 속도 있게 현실을 내파시키려는 문학이라는 점을 주목해야 할 것이다. 그에 비해 미당의 문학은 현실을 내파하기보다는 현실 속의 한 구성 요소로, 그것도 현실의 지배를 은폐함으로써 그 지배를 정당화는 구성 요소로 문제를 환원하는 언어이다. 물론 미당의 내면화의 길이 친일과 친파시즘의 길을 준비했다

---

22) 이에 대해서는 김철·신형기 외, 『문학 속의 파시즘』, 삼인, 2001 참조

고 해서 모든 내면화의 길이 친일과 친파시즘으로 치닫는다고 할 수는 없다. 미당의 내면화는 그 결과를 초래했지만 이상의 내면화는 현실을 내파하는 언어로 나아갔다는 점을 지적해두기로 한다.

야지로베에(균형인형)의 사이비지성(似而非知性)

조연현의 친일 평론에 대하여

홍기돈

1. 은폐와 왜곡으로 덧칠된 자전 기록

식민지시대 말기 석재(石齋) 조연현(趙演鉉)의 행적을 복원하기는 무척
이나 지난하다. 물론 1982년 1월 『현대문학(現代文學)』이 마련한 '석재(石
齋) 조연현(趙演鉉) 추도특집(追悼特輯)'의 「석재(石齋) 연보(年譜)」를 참고할
수는 있다. 간단히 생각했을 때, 연보 작성자인 조정래와 조연현의 절친
했던 관계를 염두에 두어 「석재 연보」에 대해 신뢰를 가질 수도 있겠다.
사실, 대부분 연구에 적용되는 조연현의 연보가 「석재 연보」이기도 하
다. 조정래는 「석재 연보」를 작성하기 위해 조연현이 살아 있을 때 작성
해 놓은 『내가 살아가는 인생(人生)』(태창, 1978)의 「조연현(趙演鉉) 연보(年
譜)」에 크게 의지한 것으로 판단된다. 기록의 내용은 물론 표현까지도 엇
비슷하기 때문이다. 그런데, 조연현이 자기 생애의 한 시절을 은폐하고

자 의도적으로 사실을 왜곡하였다면 어찌할 것인가. 식민지 말기 조연현의 행적 복원이 어렵다는 지적은 바로 이를 가리킨다.

가령 「석재 연보」에 나타난 1945, 1946년의 조연현을 보자. "1945年 8·15 광복과 함께 上京. 『藝術部落』을 創刊. 주로 詩作을 발표. 1946年 金東里·徐廷柱·趙芝薰·朴木月·郭鐘元·金潤成 등과 從遊, 靑年文學家協會, 全國文筆家協會, 全國文化團體總聯合會 등의 발족에 참여함. 이 무렵부터 詩에서 評論 쪽으로 활동의 방향이 점차로 옮겨져 갔음. 이 해 崔祥南과 결혼."[1] 「조연현 연보」 또한 이와 마찬가지 내용이다. 그렇다면, 조연현이 시의 영역에서 평론의 영역으로 넘어갔던 이유는 무엇이며, 그는 왜 이것을 표나게 강조하고 있는 것일까.

조연현은 「나와 광복(光復) 30년」이란 수필에서 시 장르에서 평론 장르로 옮겨가게 된 이유를 다음과 같이 밝혀놓고 있다. "해방 전부터 나는 조금씩 시를 써왔고, 해방 직후에도 얼마 동안은 시를 썼지만 해방 이후 점차적으로 나는 시에서 평론으로 아주 그 영역을 바꾸게 되었다. 이것은 내 취미나 기호의 탓에서보다는 해방 30년의 세월이 나를 이렇게 만들었다. 해방 전후의 문단의 혼란은 새로운 이론을 요구했고, 좌우익의 대립이 이를 더욱 부채질했다. 시를 쓰는 다른 한 편으로는 한두 번 평론에 손을 대기 시작하자 우리 문단은 나에게 평론을 요구하는 쪽으로 기울어졌다. 어느 사이에 나는 시인이 아니라 평론가로 되어 있었다. 해방 30년의 세월이 나를 그렇게 몰고 온 것이었다."[2] 요약하자면, 시대의 요구에 부응했기 때문이라는 내용이다.

그렇지만 실상은 이와 아주 다르다. 해방 직후 조연현이 창간한 『예술부락(藝術部落)』만 봐도 금세 드러난다. 창간호에서 그는 「새로운 문학(文學)의 방향(方向)－조선문학(朝鮮文學)의 과거(過去)와 진로(進路)」라는 평론을 발표하였고, 이에 대한 김명인의 판단은 다음과 같다. "대표적인

---

1) 趙廷來 作成, 「石齋 年譜」, 『現代文學』, 1982.1, 88면.
2) 趙演鉉, 「나와 光復 30년」, 『내가 살아가는 人生』, 태창, 1978, 36~37면.

우익논객으로 활동하게 되는 조연현의 글이라 하기엔 낯선 느낌이 들 정도로 너무나 명백한 '유물사관'적인 역사인식을 보여주고 있어 주목을 요한다."3) 식민지시대에도 그는 평론을 발표했다. 김규동·김병걸이 편찬한 『친일문학작품선집(親日文學作品選集)』 2(실천문학사, 1986)에 벌써 세 편 「자기의 문제로부터」, 「아세아부흥론(亞細亞復興論) 서설(序說)」, 「문학자의 입장」이 묶여 있을 정도이다. 김재용은 이러한 조연현의 친일 작품 목록에 세 편의 논문을 덧붙였다. 「동양에 대한 향수」, 「오카쿠라 텐신(岡倉天心)에 대하여」, 「평단의 1년」.4) 김명인은 이 외에도 「짜라투스트라를 생각한다」, 「니체적 창조」, 「예술의 기능」, 「소설 이전의 문제」 등 네 편의 평론이 존재함을 밝히고 있다.5) 이렇게 식민지시대에 씌어진 열 편의 논문은 모두 친일의 색채를 띠고 있기도 하다.

일제에 협력했던 전력이라든가 좌파 평론가로서의 면모는 조연현에게 삭제하고 싶은 과거였을 것이다. 이승만, 박정희 정권과의 밀월을 통해 실권을 행사하던 그로서는 아픈 부분일 수밖에 없기 때문이다. 「나의 광복(光復) 30년」과 연보에 나타나는 기록은 그러한 욕망의 발현으로 볼 수 있다. 다시 말해서, 자신의 치부를 감추기 위해 의도적으로 사실을 왜곡했다는 말이다. 조연현의 자전적 기록을 보면 이러한 시도가 자주 나타난다. 그 가운데에서도 식민지 말기의 부분에서는 정점을 이룬다. 아직까지 그 부분을 해명하고자 했던 체계적인 시도가 없었다. 따라서 식민지 말기 조연현의 논리를 이해하기 위해서는 먼저 그의 행적을 복원할 필요가 있으리라 판단된다.

---

3) 金明仁, 「趙演鉉 硏究」, 인하대 박사논문, 1998, 67면.
4) 김재용 정리, 「친일문학 작품목록」, 『실천문학』, 2002년 가을.
5) 김명인, 앞의 논문, 55~56면.

2. 식민지시대 말기의 행적

조연현은 제도적인 등단 절차를 통과하지 않았다. 1947년 『경향신문
(京鄕新聞)』 신춘문예에서 가작으로 뽑힌 「우리 문학(文學)의 성격(性格)」
이 데뷔작이라면 데뷔작이라고 할 수는 있겠다. 그렇지만, 이 시기에
이미 그는 평론가로 활발하게 활동하고 있었을 뿐 아니라, 해방 직후
발표한 「새로운 문학(文學)의 방향(方向)」에 나타났던 좌파로서의 면모가
이 글에서도 여전히 이어지고 있다. 그러니 「우리 문학(文學)의 성격(性
格)」을 통해 알 수 있는 사실은 두 가지 정도가 된다. 첫째, 제도적인 등
단 절차의 통과에 그는 많이 집착하고 있었다. 자신의 이름을 숨기고
'조석동(趙石童)'이란 가명으로 응모했던 것은 그 사실이 알려지는 것을
꺼렸기 때문일 것이다. 둘째, 시대의 조류에 상당히 깊이 휩쓸리고 있
었다. 1946년 4월 4일 기독교청년회관(YMCA)에서 좌파의 문학가동맹에
맞서기 위해 청년문학가협회(청문협)의 결성대회가 열렸고, 조연현이 청
문협 발의자의 한 사람이었다는 사실을 염두에 둔다면 이는 명확히 드
러난다.

비록 제도적인 등단과는 거리가 멀었지만, 조연현의 문학 활동은 식민
지시대부터 활발하였다. 1937년 동인지 『아(芽)』를 펴냈는가 하면, 1938
년에는 동인지 『시림(詩林)』을 발간하기도 하였다. 유동준의 회고에 따
르면, 이 즈음 그는 신문지면에도 많이 투고했던 듯하다. "1938년이라
고 생각되는데 그 해 이른봄부터 우리말 신문들은 1주일에 한번씩 학
생란을 만들어 학생들의 투고를 추려서 실었다. 그 때 학생란에 자주
투고하던 사람들의 이름을 지금 기억할 수는 없으나 石齋형을 비롯해
서 鄭泰榕, 趙敬嬉, 鄭廣鉉형 등이 자주 투고했고 芝薰형도 趙東卓이
라는 본명으로 썼다."6) 1938년 배재고보를 졸업한 후, 그는 1년여 만주
하르빈에서 생활하다가 1940년 귀국하여 혜화전문학교에 입학하였다.

하지만, 「석재 연보」에 따르면, 혜화전문 시절은 그리 순탄하지 못하였
다. 거기에는 "1941年 學生事件에 연좌되어 同校 中退. 이 때부터 어
려운 나날을 보냄"이라고 적혀 있다.

사뭇 거창하게 '學生事件에 연좌되어'라고 기록되어 있지만, 기실 그
렇게 심각한 것은 아니었고 그저 우발적 사건에 가까울 따름이다. 이를
밝혀주는 기록은 세 가지가 남아 있다. 하나는 김장호의 「동국문단사 1」
(『동국대학교 국어국문학과 50년』, 동국대 국어국문학과, 1996)이고, 다른 하나는
유동준의 「인간(人間) 석재(石齋)－투고시절(投稿時節)부터 8·15까지」이
며, 마지막 하나는 조연현의 「나의 동대시절(東大時節)」(『내가 살아가는 人
生』)이다. 세 기록을 비교해 보면, 연도라든가 정황 묘사의 구체성에서
유동준의 내용이 비교적 정확하게 느껴진다. 김장호의 기록에서 새롭게
참조할 내용은 문제가 된 조연현의 시 제목이 「자화상(自畵像)」이라는
사실 정도이다. 1941년 어느 늦가을의 상황을 유동준은 다음과 같이 기
록하고 있다.

> 한동안 만나지 못했었는데, 하루는 石齋형이 초췌한 모습으로 찾아왔다.
> 심상치 않아 웬일이냐고 물었더니 "오늘 아침에 동대문경찰서에서 나왔다"
> 는 것이다. 그 때의 사건은 혜화전문학교의 학생 몇 사람이 일본어로 同人
> 誌를 냈는데, 거기 실은 詩들이 모두 불온하다 하여 동대문경찰서 고등계에
> 의해 일망타진되었다. 그 때 말썽이 된 石齋형의 日本語詩 첫째 구절만은
> 지금도 기억하고 있다.
> "나의 얼굴은 / 植民地처럼 파리하다 / 植民地처럼 파리하다"
> 우리말로 옮겨놓으면 대충 이런 구절이었다. 石齋형은 몸이 약해 보이고
> 엄살을 심하게 해서 그래도 1주일만에 나왔는데 詩 「憤怒」를 쓴 鄭泰榕형
> 은 아직 못 나왔다는 것이다. 그 날 나는 石齋형과 같이 병원식당에서 점심

---

6) 兪東濬, 「人間 石齋－投稿時節부터 8·15까지」, 『현대문학』, 1982.1, 51면. 당시 투
  고에 관한 내용은 조연현의 「내가 처음 詩를 썼을 때」(『내가 살아가는 人生』)에도 잘
  드러나 있다.

을 먹고 고향 함안으로 내려가는 石齋형을 서울역까지 배웅했다.7)

'혜화전문 필화 사건'으로 조연현은 무척 커다란 충격을 받았던 듯하
다. 이 사건으로 인해 퇴학을 받았다고 기록한 것은 분명한 왜곡이지
만,8) 이후 학교 생활을 제대로 하지 못한 것은 사실로 다가오기 때문이
다. 김장호의 진술은 이를 뒷받침한다. "「자화상」이라 題한 시에 '나의
얼굴은 식민지처럼 말랐다'라는 구절이 말썽이 되어 前記 필화사건에
연좌하더니 서점에 틀어박히고 문학하는 선배를 찾고 연애하느라, 학교
에는 잘 안 나오고 하다가 담임 김두헌 교수의 꾸지람을 듣게 된 적도
있다."9) 그리고 그는 1943년 9월 졸업한 이들의 명단 속에서 조연현의
이름을 찾아내기도 한다. "1943년에 졸업하는 정태용(鄭泰榕)·조연현(趙
演鉉)에 이르러 비로소 동국의 평론문학도 확고한 기반을 닦아 내게 된
다."10)

조연현이 친일 평론을 발표하기 시작한 것도 이 즈음부터이다. 처음
발표한 친일논문 「동양에 대한 향수」가 『동양지광(東洋之光)』 1942년 5
월호에 실렸던 것이다. '토쿠다 엥겡(德田 演鉉)'이란 이름으로 발표된
이 글에는 소속이 '惠化專門 興亞科'라고 되어 있다. 뿐만 아니라 「오
카쿠라 텐신(岡倉天心)에 대하여」(『東洋之光』, 1942.9~1942.10)에도 그는 '혜
화전문(惠化專門)' 소속으로 나타난다. 그리고 그의 「아세아부흥론(亞細亞
復興論) 서설(序說)」(『東洋之光』, 1942.6)은 『동양지광』의 현상공모 지상(誌
上) 결전 학생웅변대회에서 3등으로 뽑힌 작품이다. 그러니 이 또한 조
연현이 주장하는 "학생사건에 원인이 되어 퇴교를 당하고" 운운이 거

---

7) 유동준, 위의 글, 52~53면.
8) 조연현은 "2학년까지 다니다가 학생사건에 원인이 되어 퇴교를 당하고 고향에 돌아
   와 면서기가 되었다"고 기록을 남겨 두었다(「내가 故鄕에서 살 무렵」, 『내가 살아가는
   人生』, 태창, 1978, 48면).
9) 김장호, 「동국문단사 1」, 『동국대학교 국어국문학과 50년』, 동국대 국어국문학과, 1996,
   38~39면.
10) 김장호, 앞의 글, 37면.

짓이라는 사실을 증명하는 셈이 된다. 그가 '혜화전문(惠化專門)'이란 딱지를 떼는 것은 「니체적 창조」(『東洋之光』, 1942.12~1943.1)부터이다. 이는 유동준이 증언하는 조연현의 낙향 시기와 그대로 일치한다. "42년 말인가, 43년 초에 石齋형은 고향으로 내려가 군서기나 면서기라도 해서 징용을 피해야 하겠다고 내려갔다."11)

이렇게 따진다면, 1941년 중퇴에 이어지는 「석재 연보」의 기록이 상당히 애매하게 작성되었다는 사실을 쉽게 파악할 수 있다. "1944年 절에서 도피생활을 함. 이후 고향에서 面書記가 됨." 1944년 절에서 도피생활을 하였다는 것일까, 아니면 중퇴 이후 1944년 어느 시기까지 절에서 도피 생활을 하였다는 내용인가. 김명인은 조연현의 절에서의 도피 기간을 1942년과 1943년으로 파악한다. "연보에 의하면 그는 학교를 중퇴한 뒤 절에서 도피생활을 하던 기간인 1942년과 1943년 2년 동안 왕성한 평론활동, 그것도 친일적 평론활동을 한 것이 된다."12) 앞에서 살펴보았듯이, 조연현은 1942년 말경 낙향하였다. 그러니 김명인의 견해에는 선뜻 동의하기 어렵다. 뿐만 아니라 조연현은 1943년 『신시대(新時代)』 12월호에 실린 「평단의 일년」을 끝으로 친일적 성향의 글을 더 이상 발표하지 않았다. 이는 1943년까지 조연현으로서는 굳이 도피 생활을 할 필요가 없었다는 의미가 된다. 따라서 만약 조연현이 절에서 도피 생활을 하였다면, 그 시기는 1944년 시작되어 면서기가 되기 이전까지라고 볼 수 있겠다.

조연현이 면서기가 되었던 때는 1944년 가을로 추정할 수 있다. "면서기 생활 10여 개월만에 해방이 되어"13)라는 구절이 이를 뒷받침한다. 그러니 조연현의 절 생활은 1944년 전반기 정도가 된다. 절로 들어가기

---

11) 유동준, 앞의 글, 53면.
12) 김명인, 앞의 논문, 49면.
13) 조연현, 앞의 글, 48면. 같은 글에서도 이를 둘러싼 조연현의 진술은 일정하지 못하다. 학생 사건에 연좌되어 퇴학당했다는 주장만 일관될 따름이다. 시기적인 정황을 고려하였을 때 이 기록이 가장 타당하다고 판단하여 필자는 이를 선택하였다.

이전에 그는 친일 성향의 글을 발표하면서 "경남 일대에 산재해 있었던 해방 전의 지방 문인들과 교류"14)하기 위해 동분서주하였다. 「내가 고향(故鄕)에서 살 무렵」에는 그와 교류한 문인들의 명단과 교류의 분위기가 어느 정도 드러나 있다. 이는 그의 성격에 적절히 맞아떨어졌던 것으로 파악된다. 일찍 싹튼 그의 인정 욕망이 "내가 주동이 되어 만든 동인 잡지는 『아(芽)』라는 잡지였는데, 배제의 동기생 몇 명과 타교의 학생들이 중심이 되었다. 중학교 학생으로서 동인 잡지를 만든다는 것은 어느 나라에서도 별로 볼 수 없는 일이었을 것이다. 그것도 프린트가 아니라 활자인쇄로 된 국판 50면 내외의 의젓한 잡지였다"15)에서 '혜화전문 필화 사건'으로까지 이어졌다면, 이후에는 "참기 어려운 발표욕을 충족시키기 위한 하나의 수단이요 행위"16)로 친일 성향의 글을 발표하는 한편 고향 문인들과의 교류로 스스로의 존재를 확인해 나갔던 것이다.

절 생활에 대한 조연현의 기록은 전혀 남아 있지 않다. 그리고 절로의 '도피'라고 해 봐야 징병·징용될까 두려워서 도피했던 것으로 보는 것이 온당할 듯싶다. 조연현의 기록에서 발견되는 사찰은 김동리를 찾아갈 때 나타나는 '다솔사(多率寺)'가 전부이다. 그러니 이를 둘러싼 사실 정도만 부기하도록 하겠다. "하동에 있는 동요시인 남대우(南大祐)씨와 함께 곤명에 있었던 김동리씨를 **처음으로** 찾아본 것은 아마 내가 중학을 졸업하고 H전문학교에 들어가기 전의 방랑시절이었을 것이다. 폐가 나쁘다고 하며 깨를 씹고 있던 그 당시의 김동리씨의 모습이 퍽 인상적으로 나에게 기억되고 있다."17)(강조는 인용자) 여기서 말하는 '방랑시절'이란 1938년에서 1940년 사이가 된다. 1938년 배제중학을 졸업하

---

14) 조연현, 위의 글, 49면.
15) 조연현, 「나의 中學時節」, 앞의 책, 15면.
16) 유동준, 앞의 글, 53면.
17) 조연현, 「文學的 散策」, 앞의 책, 24면.

고 1940년 혜화전문학교에 입학했기 때문이다. 그리고 여기서 말하는 경상남도 '곤명'은 다솔사가 있는 지역이고, 당시 김동리는 다솔사에 머물고 있었다.

1942년 말에 낙향했을 때에도 조연현은 김동리가 있는 다솔사로 찾아 간 적이 있다. 이때의 만남이 해방 이후 함께 일을 할 수 있었던 것과 관계가 있을 것이라는 암시가 흥미롭게 다가온다.

> 그 때의 우리 일행이 누구누구였던가. 기억이 희미하지만 이정호, 정태용, 그리고 나 이렇게 세 사람이 아니었던가 싶다. 내가 있는 함안에 놀러온 이 형과 함께 정형이 있는 의령엘 들렀다가 진주를 거쳐 다솔사로 갔다고 기억 된다.
>
> 이정호형은 이미 김동리씨와 친분이 있는 사이였으므로 별안간에 찾아간 우리 일행을 김동리씨는 반가이 맞이해 주었다. 약간 수다스러웠던 부인의 친절과 호의로 우리는 그 날 밤 김동리씨의 좁은 한간방에서 같이 묵었다.
>
> 밤새도록 문학이야기만 하다가 새벽녘에 잠이 들었는데 그 때 무슨 이야기 를 그렇게 오래 했는지 지금은 거의 기억이 없다. 8·15 해방 직후 서울에서 만나 청년문학가협회를 비롯한 문단의 재건에 항상 김동리씨와 같이 일하게 되었던 것은 그 때의 인연에도 조금은 관계가 있었을 것이다.[18]

3. 춤추는 야지로베에

'혜화전문 필화 사건'을 겪기 직전, 그러니까 1939년에서 1941년 즈 음 조연현은 고바야시 히데오(小林秀雄)의 이론에 깊이 빠져 있었다고 한다. "이 무렵이라고 생각되는데 石齋형과 나는 30년대 일본문단에 批

---

18) 조연현, 「내가 故鄕에서 살 무렵」, 위의 책, 53~54면.

評文學을 정립했던 小林秀雄에게 심취한 일이 있었다. 문학에 있어서의 사회주의적 이론을 배격하고 비판문학도 어디까지나 詩와 小說과 마찬가지로 하나의 작품세계를 창조해야 한다는 주장이다. 石齋형이나 내가 해방 후 문학가동맹에 휩쓸리지 않고 또 詩에서 평론으로 기울게 되는 데에는 小林文學의 영향이 상당히 컸다고 생각한다."19) 그러니 식민지 말기 조연현의 논리를 이해하기 위해서는 먼저 고바야시 히데오의 이론을 잠깐 살펴볼 필요가 있겠다.

『일본문학(日本文學)·사상명저사전(思想名著辭典)』(高宰錫 편저, 깊은샘, 1993)에서는 고바야시를 "반마르크스주의의 '투사'"라고 소개하는데, 고바야시가 파악했던 유럽 근대문학의 본질은 '자연이나 사회'와 결연하게 대결하던 '개인'의 의식에 놓여 있었다. 따라서, 고바야시가 보기에, 자신을 둘러싼 세계와 악전고투하는 의식이 배제된 근대소설은 그저 감상의 수용에 머무르는 수준일 수밖에 없었다. 당시 유행하던 사소설에 대한 다음과 같은 비판은 그래서 타당하게 다가온다. "일본의 사소설 작가들이 나를 믿고 사생활을 믿으면서 어떤 불안도 느끼지 않았던 것은 나의 세계가 그대로 사회의 모습이라는 것으로 나의 봉건적 잔재와 사회의 봉건적 잔재의 미묘한 일치 위에서 사소설은 난숙해졌던 것이다." 그렇다면 다음으로 이어지는 논리가 개(인)성과 사회의 관계로 이어질 것은 자명하다. 이렇게 개(인)성에서 사회의 발견으로 나아가는 과정은 당시 고바야시 자신에 대한 성찰의 결과이기도 하였다. "죽음과 절대 속에 틀어박혀 있던 그는 이때 마침 '시류'의 한복판에 있는 자신을 발견하고, 사회에 마음을 열려고 또는 열지 않으면 안 된다고 느꼈던 것이다. 개인성과 사회성의 야지로베에(균형인형)를 손가락으로 조종하는 재주예(藝)를 여기에서 보여주었던 것이다. 그러나 고바야시의 '사회성'은 곧 옆에 존재하는 국가주의를 대기시켜 놓았으며 전통의 무게

---

19) 유동준, 앞의 글, 52면.

를 그 속에 포함시킨 것이었다. 따라서 개인성과 사회성의 야지로베에
는 그대로 개인주의와 전통주의 또는 대중과의 야지로베에가 된다."20)

개(인)성과 사회성 사이에서 균형을 잡기란 극히 어렵다. 또한, 어느
관점에서 파악하느냐에 따라 그러한 균형감각은 기우뚱하게 보일 수밖
에 없다. 조연현이 고바야시를 통해 수용했던 것은 세계와 악전고투하
는 작가의 면모이다. 따라서 「현실과 문학」(『매일신보』, 1940.8.18), 「시의
행동화」(『매일신보』, 1940.9.8), 「산문정신」(『매일신보』, 1940.12.15), 「작가의 윤
리」(『매일신보』, 1941.6.23)를 분석하고 난 후, 김명인이 놀라움을 표하는 것
은 당연하다고 하겠다. "이 네 편의 글은 일반적으로 알려진 조연현의
문학관, 즉 '삶의 구경적 형식을 추구하는 문학'이라는 관점과는 상당한
거리를 지니고 있다. …… 이 시기 그의 문학관은 인간탐구보다는 사회
탐구, 개인보다는 그 개인과 사회의 관련을 파악하는 것을 더 우선시하
는 편에 속했다고 할 수 있다. …… 그가 이 시기에 이렇게 사회적 맥락
을 중시하는 문학관을 내세운 것은 일단 뜻밖이라고 할 수 있다."21)

그렇지만, '혜화전문 필화 사건'을 겪고 난 이후 조연현의 관심은 현
재에서 과거로, 개(인)성과 사회성의 관계에서 개성으로 바뀌게 된다. 사
건을 겪으면서 아마 심리적으로는 한껏 위축되었을 것이며, 당시 크게

---

20) 김윤식은 고바야시 히데오의 입장을 '지성 변호론'으로 이해하고 있다. 작가의 악전
고투 강조에 해석의 초점을 맞춘 결과이다. "도스토예프스키라는 일급 작가를 철저히
연구한 결과, 그는 근대 러시아 사회나 19세기 러시아 시대를 표현한 것이 아니라 그
것과 싸워 승리한 작가임을 발견하였다. 서양의 個人主義라든가 合理主義라 하지만
일급 작가들은 이것들과 싸워 이긴 작가인 것이다. …… 그는 역사가 늘 변화한다든가,
혹은 진보한다고는 보지 않고 언제나, 인간은 같은 것과 싸우고 있다는 입장을 명백히
했다. 그는 나아가, 서구문학과 일본 고전을 비교하였다. 서구문학은 의견, 비판, 해석,
분석이 재미있었고, 知的이었는데, 일본 고전은 절대적으로 명하는 한 점에 '肉體로써
부딪치는 것이며 머리로 理解하는 것이 아니었다.' 그러므로 이 속에 성숙이 있을 수
없고, 따라서, '古典에는 머리가 좋지 않으면 理解할 수 없는 것 같은 것은 씌어 있지
않다'고 하여 近代를 超克하여 日本 古典에 귀의한다는 대명제에 비판을 가했다."
(『韓國近代文藝批評史研究』, 일지사, 2002, 417~418면)
21) 김명인, 앞의 논문, 54~55면.

위세를 떨치던 '신체제론(新體制論)'으로부터 거리를 두기 어려웠을 것이다. 흥미로운 사실은 이때부터 그가 문학(예술)을 다른 영역으로부터 분리해 내어 이해하기 시작한다는 사실이다. 그리고 아직까지도 고바야시의 영향이 남아 있어서 '국민문학'을 이해하는 데 다소간 논리의 균열을 드러내고 있다. 이처럼 매끄럽지 못한 불연속성에서부터 조연현 미의식의 정치성이 배어 나온다. 아직까지도 자기 나름의 관점을 확립하지 못한 탓에 다른 이의 이론에 크게 기대고 있었던 바, 이 시기에는 조연현이 오카쿠라 덴신(岡倉天心)을 그 나름대로 전유하면서 이런 결과를 야기하였던 것이다. 이 글에서는 「동양에 대한 향수」, 「아세아부흥론 서설」, 「오카쿠라 텐신에 대하여」, 「문학자의 입장―새 세대의 말」(『東洋之光』, 1943.1), 「자기의 문제로부터」(『國民文學』, 1943.8), 「평단의 일 년」을 대상으로 하여 살펴보도록 하겠다.

이 시기 조연현에게서 발견되는 오카쿠라 덴신의 영향력은 절대적이다. 조연현은 「아세아부흥론 서설」과 「자기의 문제로부터」에서 오카쿠라 덴신의 사상을 중심에 두고 자신의 논리를 펼치고 있으며, 「오카쿠라 텐신에 대하여」에서는 조연현의 직접적인 고평(高評)이 두드러진다. "작금(昨今) 대동아공영권에 관한 많은 논문이 세간에 횡행하고 있으나, 텐신의 『동양의 이상』과 비교하면 그것은 대부분 무력(無力) · 무능에 가깝다." 직접 언급하지는 않았지만, 그가 쓴 첫 번째 친일 성향의 평론 「동양에 대한 향수」는 『동양의 이상』의 논리 그대로이다. 따라서 조연현의 논리를 살피기 전에 먼저 오카쿠라 덴신에 대해 알아볼 필요가 있겠다. 오카쿠라 덴신의 사상은 과연 어떠한 내용인가.

다카하시 가즈미(高橋和巳)는 오카쿠라 덴신을 "어디까지나 동양미학자이며 미적 대조화(大調和)를 이상으로 삼았던 사람"(『日本文學 · 思想名著辭典』)이라고 평가하고 있다. 오카쿠라 덴신이 정치 · 경제적인 측면에서 입론을 전개한 것이 아니라, 미술 · 예술을 통해 범아시아주의를 주장했으니 이는 당연한 평가라고 하겠다. 오카쿠라 덴신은 아시아의 연대 속에서 각 나라가 화이부동(和而不同)의 정신으로 공존할 수 있다고 판단하였던 듯하다. "덴신의 정신주의는 무력에 의해서가 아니라 각각의 고유한 문화권에 내재하고 있는 정신적 에너지를 지렛대로 삼아 세계를 변혁하려고 하는 간디(Gandhi)나 타고르(Tagore)의 자세와 공통점을 갖고 있다. 분명 각자 극히 내셔널적인 발상이면서 동시에 국가를 초월할 수 있는 열린 관점도 갖추고 있는 것이다." 따라서 덴신이 주장했던 범아시아주의는 반제국주의 연대라는 측면에서 이해하면 되겠다. 그렇지만 그의 의도와는 무관하게 범아시아주의가 '대동아공영론'의 밑그림으로 작용한 것은 분명한 사실이다.

조연현이 반복하여 인용하는 오카쿠라 덴신의 『동양(東洋)의 이상(理想)』은 1903년 영국에서 출판되었고, 일본에서 번역되어 유통되기 시작한 때는 1925년이다. 다카히시 가즈미는 그 내용을 이렇게 요약하고 있다. "오카쿠라 텐신의 『동양의 이상』은 세 개의 주장으로 정립(鼎立)되고 있다. ① 아시아는 문화적으로 하나의 통일체이다. ② 일본문화사야말로 그 통일적인 보전·계승·발전의 모습을 구체적으로 보여준다. ③ 지금 동양문화는 무력을 배경으로 진출한 서구문명의 위험에 직면해 있다고 하지만 그 자체의 내적 각성에 의해 보다 우수한 인간의 가치로 발전될 가능성이 있다."22) 서구문명과 변별되는 동양문화의 성격을 텐신은 『동양의 이상』 첫머리에서 다음과 같이 설명하였다. "히말라야 산맥은 두 개의 강력한 문명—공자의 공동주의(共同主義) 중국 문명과 『베다(Veda)』의 개인주의 인도문명을 오로지 이를 강조하기 위해 나누고 있다. 그렇지만 이 눈의 장벽으로도 저 궁극과 보편에 대한 드넓은 사랑의 확산을 단 한 순간도 차단할 수 없다. 이 사랑이야말로 전아시아 민족 공통의 상속재산이라고 할 사상인 것이다…… 그리고 이들을 지중

---

22) 오카쿠라 텐신은 '일본 문화의 특질이 타국의 전통을 그 나라의 전통 이상의 것으로 육성했던 점에 있다'고 파악했다. 이 점에서 볼 때 일본 문화의 특질을 강조한다고 하여 텐신을 국수주의자로 이해하기는 어려울 것이다.

해나 발트해의 제민족—특수한 것에 유의하기를 좋아하고 생활의 목적이 아닌 수단을 탐구하기를 좋아하는 이들 제민족—으로부터 구별하는 이유인 것이다."

이러한 오카쿠라 덴신의 사상은 조연현에게 그대로 이어지고 있다. 그렇지만, 무비판적인 오카쿠라 덴신 수용이 문제를 야기하는 것은 당연하다. 조연현이 오카쿠라 덴신의 논리에 흡수·동화되어 이를 강조하고 나섰을 때 대동아공영의 논리가 정점에 달해 있었다.[23] 1940년 3월 중국에 왕정위 정권이 수립되어 일제와 손을 잡는 사태가 벌어지고, 같은 해 6월 근대정신의 상징인 프랑스 파리가 독일군에 의해 함락되자 근대 이후의 새로운 체제[新體制]에 대한 논리가 막강한 영향력을 갖게 되었던 것이다. 당시 근대 초극의 논리가 신체제론, 대동아공영론과 연관을 맺는 까닭은 바로 여기에 있다. 따라서 식민지시대 말기 호출된 오카쿠라 덴신의 사상 또한 이러한 시대적 조류와 무관할 수는 없었다. 오히려 정치·경제적인 일제의 욕망을 정당화시키는 데 오카쿠라 덴신의 사상이 놓였다고 보는 것이 정확한 표현이다. 다시 말해서, 미적 대조화(大調和)를 추구했던 오카쿠라 덴신의 정신은 왜곡되어 일제의 침략을 정당화하는 데 이용되었다는 것이다. 조연현은 이러한 사실에 대해 무지했거나 무심하였다. 「아세아부흥론 서설」의 다음 부분은 이를 적나라하게 보여준다.

천재시인 오카쿠라가 이미 메이지(明治) 36년에 외쳤던 '아세아는 하나다'라는 사상이야말로, 오늘날 눈부시게 전개되고 있는 대동아공영권(大東亞共榮圈)의 사상적 근거가 되는 것입니다.
이 양자간에 굳이 차이가 있다고 한다면, 그것은 오카쿠라가 종교·예술적인 측면에서 '아세아는 하나다'라고 말했던 반면, 대동아공영권은 정치적

---

23) 여기에 대한 자세한 논의는 金允植의 『韓國近代文藝批評史硏究』(한얼문고, 1973)의 '第II部 轉換期의 批評' 중 '第5章 古典論과 東洋文化論'과 '第7章 新體制論', 김재용의 『협력과 저항』(소명출판, 2004) 참조.

인 의미에서 '아세아는 하나다'라는 사상에 이르게 된 것이라고 할 수 있겠습니다. 그러나 중요한 것은 그 이전에 이미 아세아는 '하나'가 되지 않으면 안될 본질적인 요소가 있었다는 사실입니다.

거기에 관한 상세한 설명은 필자와 같은 학도의 능력으로서는 할 수 없을 뿐더러, 또한 여기서 그것을 구명(究明)할 시간도 필요도 느끼지 않으므로 할애하지 않겠습니다만, 단지 그것이 천재 오카쿠라의 영감(靈感)으로 발견되고, 지금은 대동아공영권이라고 하는 현실적인 문제로 제기된 이상, 그리고 그것이 아세아 전체 민족의 의지이기도 한 이상, 우리들에게 남겨진 과제는 대동아공영권이라고 하는 작업에 적극적으로 참가해야 하는 그 일밖에 없다는 사실만은 덧붙이겠습니다. "안으로부터의 승리인가, 아니면 밖으로부터의 강력한 죽음인가"라고 외치면서 오카쿠라는 '아세아는 하나다'라는 주장의 끝을 맺고 있습니다만, 이 말은 아직까지도 우리의 가슴을 감동시키며 육박하고 있습니다.

"이전에 이미 아세아는 '하나'가 되지 않으면 안 될 본질적인 요소가 있었다"는 따위의 주장은 조연현이 고바야시 히데오로부터 얼마나 멀어졌는가를 나타내는 증거가 된다. 고바야시 히데오는 그러한 태도가 파시즘으로 기울어질 것이라고 경고하고 있었기 때문이다.24) 고바야시 히데오의 그러한 경고에 아랑곳하지 않고 조연현은 파시즘의 세계로 다가서고 있는 양상을 보이고 있는 셈이다. 그가 오카쿠라 덴신을 전유하는 방식 또한 이와 무관하지 않다. 발터 벤야민이 명쾌하게 분석했던 것처럼 정치의 예술화는 파시즘으로 귀결한다.25) 그런데 오카쿠라 덴신의 '미적 대조화'를 통해 '대동아공영권'이라는 정치 논리를 이해하고 있는 조연현의 입장은 정치의 예술화와 맞닿아 있는 것이다. 물론

---

24) "(1937년은―인용자) 小林秀雄이 「現代文藝思潮의 對立」(『文藝』5卷 3號)에서, 復古思想으로서의 日本主義를 '파쇼型 이데올로기'의 침입이라 하여 경고하고 있을 무렵에 해당된다."(김윤식, 『韓國近代文藝批評史硏究』, 일지사, 2002, 327면)
25) 발터 벤야민의 「技術複製時代의 예술작품」(『발터 벤야민의 문예이론』, 민음사, 1992) 참조.

오카쿠라 덴신의 범아시아주의와 대동아공영권의 차이를 인식하고 있음에도 불구하고, "거기에 관한 상세한 설명은 필자와 같은 학도의 능력으로서는 할 수 없을뿐더러, 또한 여기서 그것을 구명(究明)할 시간도 필요도 느끼지 않"는다는 식의 애매한 타협이 이루어지는 데에는 조연현의 친일 욕망이 개입해 있기도 하다.

「아세아부흥론 서설」에는 오카쿠라 덴신의 '미적 대조화'와 '대동아공영권'이라는 정치 논리가 애매하게 뒤섞여 있다. 예컨대 다음과 같은 대목에서 부각되는 것은 오카쿠라 덴신의 영향이다. "아무리 아세아는 '하나'가 된다고 말해 봐도 이제까지의 생활감정이나 국가 이상(理想)이 서로 다르게 되었던 아세아의 각 민족을 일본화(日本化)한다는 일도 실제적으로는 불가능한 일입니다. 상당한 곤란과 예리한 사색을 필요로 하는 일이지만, 이것은 결국 아세아라고 하는 각양각색의 소민족(小民族)들이 저마다의 개성으로 각자 고유한 생활을 하면서, 상호 조화를 바탕으로 한 특수한 국가군(群)을 형성하는 방향으로 나아가도록 촉진하는 데서 가능하다고 믿어집니다." 반면 다음과 같은 내용은 영락없는 '대동아공영권'의 논리이다. "대동아전쟁은, 일·러(日露)전쟁이 단순히 일본과 러시아의 전쟁이 아니라 러시아의 동양 침략에 대한 일본의 결사적 전쟁이었듯이, 단순히 일본과 영·미와의 전쟁만이 아니라 영·미가 아세아와의 대등한 관계를 무시하고 아세아 민족을 학살하고 세계 정복을 꾀하려는 영·미적 세계사에 대한 일본의 방비전(防備戰)이며, 아세아의 자율성과 독립성을 선양하는 아세아의 자각전(自覺戰)이기도 한 것입니다."

이러한 논리의 균열 사이에서 움터 오르는 것이 조연현의 친일 욕망이다. "주의해야 할 것은 '하나'인 아세아의 중심은 일본이어야 한다는 사실입니다. 그것도 단순히 정치적인 이유 이상으로 명심해야 할 근거가 있습니다. 옛날 동양문화를 받아들인 일본, 그리고 더욱 뒤에는 서양문화를 받아들인 일본, 그리고 어느 것에도 치우치는 일이 없었던 일본에게, 아세아의 중심으로서 아세아 통괄(統括)의 역할이 벌써부터 약속되었던 것입니다." 범아시아주의와 대동아공영론, 친일 욕망 사이에서 빚어지는 이러한 논리의 균열은 「아세아부흥론 서설」의 특징이면서 동시에 식민지시대 말기 조연현 비평의 특징이기도 하다.

　기실 조연현에서 발견되는 논리의 균열은 서인식(徐寅植)·인정식(印貞植)·박치우(朴致祐)·신남철(申南澈) 등 역사철학자들이 맞닥뜨린 문제였으며, 최재서와 같은 평론가도 이를 우회할 수는 없었다. 최재서의 경우 균열의 지점에서 '지성과 논리'를 포기하는 대신 '신념과 태도'를 내세웠는데, 「평단의 일년」을 보면 조연현 또한 최재서가 선택한 방향을 따라나선 것으로 파악된다. '비평가의 논리'와 '비평가의 문학에 대한 신념'을 마주 세우면서 후자를 강조하고 있기 때문이다.

　　국민문학에 대한 명확한 이론적 근거가 파악되지 않았다는 것은 국민문학에 대한 신념의 불철저를 말해주는 것이다. 신념이란 아직 완전하지 못한 이론을 관철시키는 과정에서 자신을 실현시키는 것이기 때문이다. 그러나 이렇게 말하면 놀랄 사람이 있을 지도 모르겠다. 작가로 하여금 작품을 쓰게하는 것은 작가의 논리가 아니라 작가의 인생에 대한 신앙(종교적 의미에서의 신앙이 아니라)인 것처럼, 비평가로 하여금 평론을 쓰게 하는 것은 비평가의 논리가 아니라 비평가의 문학에 대한 신념이기 때문이다. 이론의 근거는 언제나 신념의 근거에서 자연적으로 발효하기 때문이다. 따라서 나는 올한 해 평단의 부진이 우선 비평가(비평가뿐만 아니라 작가도 포함해서)의 국민문학에 대한 신념의 불철저에 있다고 믿는 사람 중 하나이다.

비평가가 '문학의 논리'를 접고 '국민문학의 신념'을 선택했다는 것은 그만큼 친일 욕망이 강렬했음을 보여준다. 조연현의 경우가 여기에 그대로 들어맞는다. 그런데, 흥미로운 사실은 국민문학의 신념을 내세우면서도 조연현이 '개성'을 누차 강조한다는 사실이다. 예컨대 최재서의 『전환기의 조선문학』을 평가하면서 그는 "정치적 이념에 문학적 이

넘을 합치시키기에 급급한 나머지 문학자에게 가장 중요한 것이 개성
이라는 사실을 완전히 망각하고 있"다고 비판한다(「평단의 일년」). 「자기
의 문제로부터」에서도 마찬가지이다. "작가는 외부의 현상만을 모방하
던 눈을 자신의 내부로 돌려야 하며, 치열하게 변화하는 이 시대 속에
서 작가는 깊이 자신의 속에서 탐색을 위한 출항을 시도하지 않으면 안
된다."

과연 국민문학을 통해 개성의 발현이 가능할까. 김윤식은 여기에 대
해 회의적인 의견을 피력하고 있다. "國民文學의 결정적 조건은 바로
國民意識에 의해 '充電'되는 데 있다. 그러므로 그 주제는 개성 묘사나,
시국에 의해 행동 능력이 거세된 인텔리의 내면 묘사나 自己暴露로는
도저히 불가능했으므로 외부의 힘인 國民意識에 의존한다는 것이다.
그렇다면, 국민문학은 곧 계몽, 선전문학으로, 예술성을 따질 수 있는
성질의 것이 못되는 것이다. 國民文學이란 명칭으로 한국인이 발표한
작품에 대한 창작평은 따라서 한껏해야 얼마나 일본 정신이 잘 반영되
었는가, 시국을 얼마나 바람직한 방면으로 그렸는가를 언급함에 그칠
수밖에 없었던 것이다."26) 김윤식의 이러한 판단은 충분히 경청할 만하
다. '외부의 힘인 국민의식(國民意識)'에 따라 나서기 위해서 필요한 것이
논리의 부정이었다면(최재서), 논리를 끌어안고자 했던 경우에는 신체제
론(국민문학)을 향해 직선적으로 나아갈 수 없었다(서인식). 다시 말하면,
논리를 버리고 가미카제(神風) 특공대처럼 신념으로만 무장하여 국민의
식의 발현을 위해 뛰쳐나가는 마당에 개성이 끼어 들 자리는 존재하지
않았다는 것이다.

신념의 길을 선택하고서도 '개성'을 강조하는 대목에서 조연현의 인
식 수준을 파악할 수 있다. '개체, 국민[個]'과 '전체, 국가[全]'의 관계
설정에 대한 논의는 국민문학에 접근하기 위한 중요한 열쇠였다. 그런

---

26) 金允植, 앞의 책, 419~420면.

만큼 논의가 분분하게 일었던 것도 당연하다. 그렇지만 조연현은 그런 맥락을 제대로 따라잡고 있지 못하였다. 그래서 최재서가 나름의 고민 끝에 선택한 결과를 손쉽게 추수하기는 하였지만 최재서가 고민했던 내용을 제대로 파악하지 못하였기에, 그는 자신이 선택한 결과에 반하는 주장을 하게 되었던 것이다. 이러한 조연현에게서 고바야시 히데오의 '야지로베에(균형인형)' 처지를 느낄 수 있다. 고바야시 히데오로부터 받은 영향―개(인)성과 사회성 사이에서 균형잡기―이 어설프게 잔존하고 있어서 맥락과 무관하게 '자기와의 집요한 대결'이 튀어나오고 있기 때문이다. "우리가 자기를 벗어나서는 국가의식도 국민의식도 이룰 수 없다. 국가의식도 모두 자신의 몸 속에서 우러나오는 것이다. 자기와의 집요한 대결이 없이 대체 어떠한 국가의식, 국민의식이 있겠는가."(「자기의 문제로부터」)

이렇게 식민지시대 말기 조연현의 비평세계를 파악했을 때 가장 두드러지는 것은 인정 욕망이었다고 할 수 있겠다. 타인으로부터 인정받고자 했던 조급한 욕망에 이끌려 깊이를 확보하지 못했던 그의 논리는 이리저리 춤을 출 수 있었고, 춤판이 펼쳐졌던 시대적 배경 위에서 그는 친일의 방향으로 나아갈 수 있었다. 그런 점에서 그가 끌어들였던 고바야시 히데오, 오카쿠라 덴신의 사상은 한낱 치장에 불과했던 셈이다.

4. 조연현의 오류 교정 방식

앞에서 지적하였다시피, 해방 이후 조연현은 유물사관의 역사 인식이 드러나는 평론을 발표하였다. 그에게 평론이란 이때까지 인정 욕망(혹은 기회주의)을 드러내는 수단에 불과한 것이었기에 이러한 변신은 그

다지 문제될 것이 없었다. 이를테면 다시 한 번 현란한 춤을 선보인 것에 불과하다는 것이다. 한바탕 요란한 춤사위가 끝나고 우리에게 익숙한 모습으로 조연현이 논리를 펼치기 시작한 때는 1947년 7월이다. "좌파적 교양과 그에 기초한 유물사관적 역사인식은 1947년 7월에 발표한 「인간의 구조─새로운 루넷상스운동을 위하야」(『민중일보』, 1947.7.9)에 오면 조연현의 인식체계 속에서 어느새 사라져버리고 그 자리에는 자유주의적 역사인식이 자리잡게 된다."27)

아마 조연현의 논리 정착에는 사회적 조건의 변화가 크게 작용하였을 것이다. 즉 1946년 10월 문학가동맹의 지도부가 해주로 이동하였고, 1947년 3월에는 문학가동맹 기관지『문학(文學)』이 판매금지 조처를 당했으며, 같은 해 8월에는 문학가동맹 자체가 폐쇄되었던 상황과 맞물린다는 것이다. 이후 조연현의 논리는 누구보다도 완강한 순수문학주의의 색채를 띠게 된다. "해방기의 다른 우익 문학론자들에 비해 조연현은 보다 완강한 순수문학주의자였다고 할 수 있다. 그는 문학과 정치 혹은 문학과 현실의 관계에서 배제론의 입장에서 문학만을 주장하고 모든 정치적 이념으로부터 벗어나는 순수만이 문학의 생명임을 거듭 강조한다. 그는 당대 민족문학론의 전개에서도 일정한 거리를 유지함으로써 김동리·조지훈 등의 청문협 문학자들과도 구별되는 특징적인 면모를 보여준다."28)

'모든 정치적 이념으로부터 벗어나는 순수만이 문학의 생명'이라는 관점은 점차 한국문인협회의 중심 이데올로기로 자리잡아 나간다. 이러한 이데올로기의 뒤편에는 식민지시대 말기 조연현이 빠져들었던 오카쿠라 덴신의 그림자가 어른거린다. "오카쿠라가 종교·예술적인 측면에서 '아세아는 하나다'라고 말했던 반면, 대동아공영권은 정치적인 의미에서 '아세아는 하나다'라는 사상에 이르게 된 것이라고 할 수 있겠습

---

27) 김명인, 앞의 논문, 70면.
28) 전용호, 「조연현 문학비평 연구」, 고려대 석사논문, 1996, 27면.

니다"라는 인식에서 오카쿠라 덴신의 입장을 선명하게 부각시킨 모양새인 것이다. 뿐만 아니라, 식민지시대 말기와 해방 직후의 혼란기를 거치면서 '정치적 의미 맥락'과 '종교·예술적 측면'의 뒤섞임 속에서 번번이 실패를 이어갔던 만큼 조연현은 오카쿠라 덴신의 사상을 침소봉대(針小棒大)하는 지경에까지 이르렀다고 볼 수도 있겠다. '모든 정치적 이념으로부터 벗어나는 순수'라는 관념의 표백(表白)은 온전히 조연현 자신의 입론에 해당하기 때문이다.

한국문인협회는 조급한 인정 욕망으로 빚어진 조연현의 실패와 이에 대한 잘못된 교정 속에서 나름의 이데올로기를 굳혀 나갔다. 그렇다면, 어디에서부터 잘못된 단추를 다시 꿰어나가야 할 것인가. 조연현의 친일 평론을 연구하는 이유는 바로 그 지점에서부터 비롯된다.

소극적 협력의 한 양상

일제 말 박태원의 친일문학

고인환

1. 일제 말 친일문학의 성격

친일문학에 대한 연구는 작품론이 아니라 작가론의 차원에서 접근해야 한다.[1] 어쩔 수 없이 동원된 것인가 아니면 그것이 새로운 시대의 현실이라고 받아들이고 이를 내면화하면서 참여하게 되었는가는 작가의 전기적 사실에 대한 총체적 고찰 위에서 규명 가능한 것이기 때문이다. 김재용은 일제 말 친일문학의 내적 논리를 두 가지 차원에서 논의하고 있다.[2] 하나는 대동아공영권의 전쟁 동원이다. 중일전쟁 이후 동아시아의 판도가 달라짐으로써 유럽의 혼란과 대비되는 새로운 동아의 신질서가 부각되었다. 이 과정에서 일본이 패권을 차지함으로써 일본 주도의

---

1) 김재용, 『협력과 저항』, 소명출판, 2004, 54면 참조.
2) 김재용, 위의 책, 58~59면 참조.

신체제론이 등장하게 되었고, 이는 곧바로 대동아공영권의 논리로 확대된다. 다음은 내선일체의 황국신민화이다. 대동아공영권의 전쟁 동원을 수행하기 위해서는 내선일체의 황국신민화 작업이 불가피하다. 이처럼 대동아공영권의 전쟁 동원과 내선일체의 황국신민화라는 두 가지 입장을 글에 담아내면서 선전한 문학이 바로 친일문학이고, 이를 쓴 작가들이 친일문학가이다. 그에 따르면 친일 파시즘문학은 결코 외부의 강제에 의해서 씌어지거나 혹은 생계의 방편에 불과한 것이 아니다. 강요에 의한 친일은 그 내적 논리라는 것이 있을 수 없다. 따라서 반복적이거나 지속적이고 않고 일회적이거나 단발적인 것으로 끝나거나 혹은 그 작품이 내면적으로 수미일관하지 않다는 특색을 갖는다.3)

박태원이 일제 말 발표한 친일 작품인 「아세아의 여명」(『조광』 7권 2호, 1941.2.), 『군국의 어머니』(조광사, 1942.), 『원구』(『매일신보』, 1945.5.16~1945.8.14 연재) 등은 표면적으로 김재용이 재구성한 친일 파시즘문학의 내적 논리와 일치하는 듯이 보인다. 특히, 「아세아의 여명」은 1938년에 있었던 왕정위(왕조명)의 하노이 탈출 사건을 실화 그대로 다룬 작품인데, 사실의 기록만으로 대동아공영권의 논리에 협력한 형국이다.4) 『군국의 어

---

3) 이러한 논리는 친일 여부는 최소주의, 곧 가장 엄격하게 기준을 정해 최소한의 요건까지 충족시켰을 때 친일 행위를 인정한다는 원칙에 따라 규명되어야 한다는 하정일의 주장과 연결된다. 따라서 적극성과 자발성은 친일 여부를 규정하는 필수 요소가 되는 것이다(하정일, 「친일의 기준을 어떻게 잡을 것인가─이태준을 중심으로」, 『이태준 문학의 재인식』, 소명출판, 2004, 173면 참조).

4) 왕정위 정부란 1940년 3월 남경에 세워진 친일 정권을 일컫는다. 일본 정부는 동양의 단결과 평화를 이야기하면서도 중국을 침략하였기 때문에 스스로의 명분을 얻지 못하였다. 그러던 차에 왕정위의 정부가 수립되자 이제 중국인도 스스로 일본 주도의 동양 건설에 참가한 것으로 선전할 수 있게 되었다. 왕정위는 중일전쟁 이후 장개석과 더불어 반일을 하다가 무한과 광동이 함락되자 주전론을 외치던 장개석과 달리 화평론을 주장하였다. 그러다가 이견이 좁혀지지 않자 베트남으로 탈출하였고 이후 남경에 와서 '신국민정부'를 세우게 된다. 일본측에서는 왕정위의 친일 정권 수립을 호기로 삼아 일본·조선·중국 삼국의 대통합을 이룩하게 되었다고 선전하였다. 당시 조선의 지식인들에게 왕정위의 '신국민정부' 수립은 적지 않은 충격을 주었던 것으로 보인다. 중국인 스스로 이렇게 자발적으로 일본 중심의 동양 사회에 편입되는 것을 보고 일본 중심의

머니』는 1941년에 발발한 태평양전쟁에 젊은이들을 동원하기 위한 징병제에 부응하여, 대동아공영권을 건설하는 싸움에 조선인들이 참가하도록 어머니들의 자세를 환기시키고 있는 작품이다. 특히 이 작품은 중일전쟁 이후 확산된 논리인, 징병이야말로 의무일 뿐 아니라 특권이고, 전쟁에 자발적으로 참여하는 것이야말로 그 동안 조선 민중들이 식민지 백성으로 받아왔던 차별과 불평등을 극복하고 진정으로 일본인과 동등한 대우를 받을 수 있다는 황국신민화 이데올로기의 연장이라는 점에서 둔제적이다. 『원구』또한 고려 무신집권기를 배경으로 일본이 원나라 군대를 물리친다는 내용을 담으려 했다는 점에서, 역사소설의 외피를 빌어 동아시아의 과거사를 일본 중심으로 재구성하려는 의도를 함축하고 있다. 이는 대동아공영권의 논리나 내선일체의 황국신민화 이데올로기와 무관하지 않다.

이상의 사실에도 불구하고 일제 말 박태원의 친일문학에는 여전히 해결되지 않는 문제가 있다. 먼저, 친일 작품들에서 적극성과 자발성이 발견되지 않는다는 점이다. 작가는 대동아공영권의 논리나 내선일체의 황국신민화 이데올로기에 대한 구체적 언급을 피하고 있다. 이는 박태원이 과연 일본 제국주의의 논리를 내면화하면서 적극적·자발적으로 작품을 썼느냐 하는 점에 대한 의문을 남긴다. 또한, 그의 친일소설이 역사소설의 외양을 취하고 있다는 점에 주목한다면, 일제 말에 발표한 박태원의 작품 중 친일문학이 차지하는 비중은 그리 크지 않다. 따라서 일제 말 박태원의 작품 활동 전체를 고려하지 않은 채 친일문학만을 따로 떼어 논의하는 것은 무리가 있다. 당시 작가가 주력한 중국 역사소설의 번역과 친일소설은 내용과 형식에 있어서 긴밀한 연관을 지니고

동양 건설이란 것을 받아들이기 시작하였다(김재용, 앞의 책, 87~88면 참조).
　박태원의 「아세아의 여명」은 이러한 '신국민정부' 수립의 전사(前史)라 할 수 있는 왕정위의 하노이 탈출 과정을 상세하게 기록하고 있다는 점에서, 일본의 신체제론에 부응하는 친일소설이라 할 수 있다.

있기 때문이다. 이에 박태원의 친일문학을 해명하기 위해서는 모더니스트 박태원이 일제 말과 해방 공간을 어떻게 살아내고 있느냐에 대한 맥락이 고려되어야 한다.

박태원의 친일문학이 일제의 신체제론에 부응하는 것임은 부인할 수 없는 사실이다. 하지만 이러한 식민화 이데올로기에의 포섭이 자발적이냐 그렇지 않느냐를 규명하는 일은 또 다른 차원의 문제를 제기한다. '협력'의 다양한 스펙트럼을 보여주는 시사점을 제공함으로써, 궁극적으로는 '협력'과 '저항'의 이분법을 넘어 선 자리에서 일제 말 우리 문학의 섬세한 지형도를 재구성하는 시금석이 될 수도 있기 때문이다.

이 글은 일제 말 박태원의 친일문학의 성격을 규명하려는 의도로 씌어진다. 지금까지 박태원에 대한 논의는 모더니즘소설과 해방 후 역사소설에 초점을 두고 전개되어 왔다. 일제 말 박태원의 (친일)문학은 그의 문학세계에서 길항(拮抗)하는 두 축인 모더니즘과 리얼리즘, 형식과 내용, 일상성과 역사성 등의 단절과 연속을 해명하는 한 실마리가 될 수 있을 것이다.

2. 식민지 모더니즘의 한계

주지하듯, 박태원 문학의 출발점은 내용에만 치중하던 프로문학에 대한 반발로부터 시작된다. 그의 문학이 빛을 발하는 것은 리얼리즘 작가들이 대부분인 상황 속에서 모더니즘 작가로서의 서술기법이 짧은 기간이지만 강렬한 인상으로 부각되었기 때문이다.[5] 1934년에서 1936

---

5) 김상태, 『박태원―기교와 이데올로기』, 한국학술정보(주), 1996, 83면 참조.

년 사이의 불과 3년 사이에 창작된 작품이 작가로서의 그의 인상을 결정한 셈이다. 이는 독특한 서술기법과 문체에 기인하는 바가 크다. 이러한 서술 기법과 문체는 예술가적 자의식과 근대적 일상성이 미적 긴장 관계를 유지하고 있다는 평가[6]를 받는다. 심지어 한국문학사에서 문학이 더 이상 어떤 사상의 도구나 수단일 수 없다는 인식이 일반화된 것은 박태원, 넓게는 구인회 이후라 할 수 있는데, 박태원 특유의 표현·묘사·기교를 정점으로 하는 비타협적 위계질서가 문학이 그 고유한 자리를 찾는데 기여를 했던 것만큼은 분명하다[7]는 상찬을 받기도 한다.

이러한 평가는 모더니스트로서의 박태원의 면모가 과잉 해석된 것은 아닌가 하는 의구심을 떨칠 수 없게 한다. 작가 박태원의 작품 활동 전체를 본다면 모더니스트로서의 박태원이란 1930년대 중반의 아주 짧은 시기의 한 면모를 가리키는 것이고 나머지 작가로서의 생의 대부분은 오히려 역사소설가의 면모를 보이고 있기 때문이다.[8]

이러한 한계를 극복하고 일제강점기 박태원의 모더니즘소설을 입체적으로 읽어낸 논자로 정현숙을 들 수 있다. 박태원은 현실 반영의 문학 전통을 부정하고, 다양한 실험정신으로 모더니즘소설 전개에 선구적인 역할을 담당했음에도 불구하고, 다른 한편에서는 전통적 소설 장르에 부합하는 작품들도 지속적으로 발표했다는 것이다. 요컨대 박태원의 문학에는 근대 지향적인 의식(근대성)과 함께 이를 꺼리는 의식(반근대성)이 혼재하고 있다. 「소설가 구보씨의 일일」(1934)과 『천변풍경』(1936)은 실험정신이 낳은 박태원의 대표적인 모더니즘소설이지만, 그 기저에는 가족주의와 유교적 도덕주의 등 전근대적인 인식들이 강하게 포진되어 있다.[9]

---

6) 손광식, 「박태원 소설 연구」, 성균관대 박사논문, 1999, 164면 참조.
7) 류보선, 「한 문학주의자의 운명-박태원 수필 읽기」, 『구보가 아즉 박태원일 때』, 깊은샘, 2005, 482면.
8) 이상경, 「박태원의 역사소설」, 『박태원』, 새미, 1995, 165면.
9) 정현숙, 「박태원의 문학세계」, 위의 책, 5~9면 참조.

이어 모더니즘은 전시대의 문학에 대한 부정과 해체의 작업인데, 1930년대 한국문학의 경우는 극복되어야 할 문학적 전통과 인식이 서구 모더니즘문학에 비해 그리 견고하지 못했다고 주장한다. 근대문학도 제대로 정립되지 못한 상황에서 박태원이 부정하고자 한 대상은 한국문학의 보편적 전통이 아니라, 이데올로기 우위의 프로문학에 한정된 것이었을 뿐이다. 그런데 프로문학에 대한 부정 역시 식민지라는 역사적 현실과 함께 부정의 필연성이 와해되고 만다는 것이다.10) 식민지의 민족적인 과제를 도외시한 채, 서구적 의미의 근대적 일상성만을 탐색하는 모더니즘문학은 공허한 작업이 될 수밖에 없기 때문이다.11)

이렇게 본다면 식민지 현실에 대한 구체적 인식이 결여된 기교·문체·문장 등의 강조는 근본적으로 한계를 노출할 수밖에 없다. 박태원의 모더니즘소설은 이러한 식민지 모더니즘의 한계를 그대로 노정하고 있다. 특히, 일제강점기 프로문학에 대한 박태원의 모더니즘적 자의식은 그의 허약한 현실 인식의 한 면모를 보여준다.

3. 모더니즘적 세계 인식의 한 편차

일제강점기 박태원이 보여준 현실 인식의 편차는 그의 문학을 이해

---

10) 정현숙, 위의 글, 37~38면 참조.
11) 이와 더불어 모더니즘문학 담론이 갖는 자체의 한계도 지적할 수 있다. 모더니즘의 부정정신이 근본적으로는 소설 장르 자체에 대한 회의일지라도 그것이 소설 장르의 토대, 즉 서사의 압력이나 소설 구성 요소 자체를 부정할 수는 없다. 1930년대 우리의 모더니즘문학론도 이와 같은 한계선을 공유하는 것이어서, 리얼리즘론이 노정하는 부분적 결함과 공백을 메꾸어 나가는 방식으로 전개되고 있다(강상희, 「'구인회'와 박태원의 문학관」, 『박태원 소설연구』, 깊은샘, 1995, 53면 참조).

하는 데 주요한 시사점을 제공한다. 박태원의 문학은 카프의 반대편에 놓인다. 이는 '구인회'와 '카프'의 관계에서도 잘 드러난다. 박태원은 1930년대 초반만 해도 프롤레타리아문학에 호의적인 태도를 보인다. 그러다가 계급문학의 영향력이 점차 퇴색하고 구인회가 결성되자, 카프에 대한 비판의 강도가 점차 높아지기 시작한다.

박태원은 1930년대 초반 언론 지상에 소비에트의 프롤레타리아문학을 소개한다. 「현대 소비에트 프로레문학의 최고봉―아 파데이에프의 소설『괴멸(壞滅)』」, 「프롤레타리아문학의 최초의 연―리베딘스키 작 소설『일주일』」, 「글라드고프 작 소설『세멘트』」 등이 그것이다. 이러한 작품을 소개하면서 문체나 구성, 인물 묘사 등을 언급하기도 하지만 기본적으로 프롤레타리아문학에 대한 애정 어린 시선을 견지한다. 다음의 두 글은 박태원의 이러한 면모를 잘 드러내준다.

> 결국 요약하면 연료 문제이다. 이 연료 문제의 해결을 위한 토요 노동―오! 아무에게도 착취당하지 않는, 그리고 오직 자기네들을 위하여서 하는 노동의 존귀함이여! ―과 적위군의 부재를 기회 삼아 일어난 백군白軍의 폭동 수뇌부의 잔인포학을 극한 피살…….12) (강조는 필자)

> 어디까지 정확한 그 표현, 비길 데 없이 웅대한 그 규모…… 이러한 것으로서, 1926년에 발표된 글라드꼬프의『세멘트』는, 프롤레타리아 장편소설 시대의 선두에 서는 한 개 기념비적 작품인 것으로, 현대 소비에트 프로레 문학의 경이 이다.13) (강조는 필자)

위의 글이 발표된 1931년은 카프가 볼셰비키화되면서 문단에 강력한 영향력을 행사하던 시기이다. 박태원은 이러한 시대적 흐름을 어느 정도 수용하고, 그 범위(영향력) 안에서 자신의 문학관을 피력하고 있는 것

---

12) 박태원,「프롤레타리아문학의 최초의 연」,『동아일보』, 1931.4.27.
13) 박태원,「글라드꼬프 작 소설『세멘트』」,『동아일보』, 1931.7.6.

이다. 강조한 부분은 모더니스트 박태원의 표현으로 보기 어려울 정도로 열정적이며 흥분된 어조를 노출하고 있다. 이러한 태도는 박태원이 문학 외적 상황에 영향을 받고 있음을 시사한다.

한편, 1933년 '구인회'가 결성되고 이에 주도적으로 참여한 박태원은 자신의 문학관에서 이념을 서서히 지우기 시작한다. 그러다가 카프가 해체되고 이념 지향의 문학이 쇠퇴하는 시기에 이르자 카프에 대한 노골적인 반감을 드러내기에 이른다.

> 이제까지의 전문가 제씨(諸氏)의 월평류는 거의 모두가 '형식'이나 '문장' 같은 것에보다도 '내용'이나 '이데올로기'에 대한 논란에 그 중점이 두어졌었다고 생각합니다. 그 중에도 심한 이는 형식이나 문장 그러한 것은 애당초에 논외에 두고 그저 '내용' 그저 '이데올로기'만을 가지고 뜻 모를 말들을 늘어놓았습니다. (…중략…)
>
> 만약 내용만이 이데올로기만이 문제의 전부가 될 것이요 그리고 그것이 정당하다면 작가들은 그토록까지 문장도(文章道)에 고심하지 않아도 좋을 것입니다. 발자크, 졸라의 노작(勞作) 역작은 얼마나 무의미한 존재일까요 그것들은 수십 행의 '경개(梗槪)'만으로 족하였던 것이 아닙니까.
>
> '무엇'이 쓰여 있나 하는 것에 흥미를 느끼려는 것은 저급한 독자의 마음입니다. 그들에게는 비교적 상세한 '경개'만으로 족할 것입니다.
>
> 그러나 진보된 독자는 결코 그것으로 만족하지 않습니다. 그들은 '무엇을'과 함께—혹은 보다도—'어떻게' 썼나 하는 것에 감상욕의 대상을 구하려 하는 것입니다.
>
> 문예 감상이란 구경 문장의 감상입니다. 발자크나 졸라의 노력도 결코 무의미한 것이 아니었습니다.
>
> 작가들은 얼마든지 문장도에 정진하여야 하겠습니다.[14] (강조는 필자)

위의 인용에서는 '형식 / 문장'과 '내용 / 이데올로기'의 중요성을 동시에 언급하고 있다. 지금까지 우리 문학은 내용이나 이데올로기만을 중

---

14) 박태원, 「3월 창작평」, 『조선중앙일보』, 1934.3.26.

심으로 논의되어 왔다는 것이다. 이는 '저급한 독자'의 태도이다. '진보된 독자'는 "'무엇을'과 함께 — 혹은 보다도 — '어떻게' 썼나 하는 것"에 주목한다는 것이다. '무엇을'보다 '어떻게'에 강조점을 두기 위해 '혹은 보다도'라는 단서를 달아 조심스럽게 자신의 논지를 펼치고 있다. 이러한 박태원의 태도는 1934년 당시의 '구인회'와 '카프'의 긴장 관계를 암시적으로 보여주고 있다.

한편, 다음의 인용문은 1937년에 발표된 글의 일부이다.

> 경망된 수삼 평가들의 명명으로 나와 같은 사람은 기교파라는 레테르가 붙어 있는 모양이나 평가들은 혹 그들의 부실한 기억력을 위하여 간편하게 분류하여 놀 필요상 그러하여도 용허되는 수가 있을지도 모른다. 그러나 같은 작가들 중에 거개는 한참 당년에 프로작가라고 지칭하던 이들이지만 말에 궁하면 반드시 나와 같은 사람은 문장만 아느니 형식만 찾느니 기교만 중히 여기느니 하고 그것만 내세우는 데는 너무나 어이가 없어 말도 하고 싶지 않다.
>
> 대체 군들은 그러한 말을 할 때 스스로 마음에 부끄러워하는 바가 없느냐? 작가로서 문장이 졸렬하고 형식이 미비하고 기교가 치졸한 것보다 더 큰 비극이 — 아니 희극이 어데 또 있을 것이냐? "그러나 내용이? —" 대체 군들의 작품에 무슨 취할 만한 내용이 있다고 자부하는 것이냐?[15] (강조는 필자)

프로문학을 비판하는 강도가 앞의 인용문보다 훨씬 강경하다. "경망된 수삼 평가", "너무나 어이가 없어 말도 하고 싶지 않다", "대체 군들의 작품에 무슨 취할 만한 내용이 있다고 자부하는 것이냐?" 등의 표현은 원색적인 비난에 가깝다. 이러한 자신감은 일제 말기라는 억압적 시대 현실을 괄호 속에 묶고, 현실과 무관한 '문장'·'형식'·'기교'에 집착하는 태도에서 기인한다. 당시 억압적인 시대 현실을 온몸으로 감당하며 내면적 고투를 벌이고 있던 한설야·이태준 등의 암중모색과 박

---

15) 박태원, 「내 예술에 대한 항변 — 작품과 비평가의 책임」, 『조선일보』, 1937.10.23.

태원의 강한 어조는 묘한 대비를 이룬다.[16]

이렇듯, 박태원의 문학관은 '카프'와 '구인회'로 대변되는 1930년대 리얼리즘과 모더니즘의 역학 관계에 따라 미묘한 편차를 보인다. 이러한 편차의 저류에는 이념보다는 기교를 중시하는 박태원의 모더니즘적 기질이 반영되어 있다. 이데올로기 중심의 카프문학에 대한 박태원의 모더니즘적 촉수는 치밀할 정도로 민감하게 작동하고 있다. 하지만 이러한 박태원의 스타일이 시대 현실의 변화에 민감하게 반응하는 상대적인 기교라는 사실 또한 간과해서는 안 된다. 박태원의 모더니즘적 자의식은 일제 말의 상황에서 대동아공영권의 논리에 대응하는 방식으로 변주되는데, 이는 야만적 파시즘에 직면해서 이전의 모더니즘적 감각을 더 이상 견지할 수 없게 되었기 때문이다.

4. 파시즘의 논리와 번역(친일)소설

박태원의 모더니즘은 일제 말기로 올수록 한계를 노출하기 시작하는데, 1930년대 후반에 와서는 문학적 탐구의 대상이 식민지 근대의 도시

---

16) 1930년대 후반으로 오면 '이데올로기'의 자리를 제치고 '생활'이 논의의 중심으로 부상한다. 이러한 엄혹한 시기를 한설야·이태준·박태원을 중심으로 논의한 다음의 글은 주목을 요한다. 한설야는 생활 자체를 맹목적으로 수용하거나 거기에 일방적으로 예속되는 태도를 경계하며 당대 사실과 길항하는 새로운 정신을 모색하고 있으며, 이태준은 자기 고유의 예술적 색조를 상실할 시대 상황에서 생활을 거쳐 체념과 순응의 정서를 표출하기도 했지만 자신이 견지해온 특유의 문학적 태도를 잃지 않으려고 한 반면, 박태원은 일상 생활에 함몰되다시피한 상태에서 결국은 통속적인 방식에 의탁하여 예술가적 지위를 보존하고 있다는 것이다. 박태원의 모더니즘은 1930년대 후반에 이르러 시대적 중압감을 이기지 못하고 현실과의 미적 긴장을 상실하게 되는데, 이는 신변소설, 통속소설, 중국 역사소설 번역, 친일 역사소설 등으로 귀결된다(손광식, 앞의 글, 171~176면 참조).

적 일상성에서 야만적 파시즘에 대한 탐색으로 변모할 수밖에 없었기 때문이다.

1930년대 말부터 해방 전까지 박태원은 통속소설을 쓰는 한편으로 중국 고전소설 번역 작업에 주력한다. 박태원의 문학적 변모 과정을 해명하는 데 일제 말기에서 해방기에 걸친 기간이 가장 문제적인 시기가 되는데, 이 시기에 씌어진 중국 번역소설과 역사소설에 대한 이해가 박태원 문학의 전개 과정과 변모를 규명하는 징검다리 역할을 하기 때문이다.17) 특히, 일제 말 번역작업은 모더니즘소설에서 해방 후 역사소설로 이어지는 가교(架橋)의 역할을 한다.

박태원은 일제 말기로 올수록 식민지체제에 순응하는 방식으로 일상성을 수용한다. 이는 그가 출발점으로 삼았던 식민지 모더니즘의 피상성과 허약성을 드러낸 것으로 보이는데, 예술성과 일상성의 긴장 관계가 이완되는 과정과 동궤에 놓인다. 이렇듯, 기법이 변주되거나 와해된다는 것은 당대의 인간과 문학 그리고 현실에 대한 그의 새로운 탐구가 중단되거나 변질된다는 것을 의미한다. 근대의 속물적 현실에 대한 부정적 인식에서 출발한 예술가적 자의식이 현실에 대한 비판적 긴장을 상실하면서 결국은 부정적인 현실에 통합되는 것으로 나타난 것이다.18)

여기에 덧붙여 시대 현실의 변화에 민감하게 반응하는 모더니즘적 세계 인식을 문제삼을 수 있다. 카프와 길항하며 자신의 모더니즘적 자의식을 표출하였던 박태원은, 일제 말에 이르자 자신의 문학관을 더 이상 고집할 수 없는 상황에 처하게 된다. 일제의 무자비한 탄압에 의해 자신이 대타항으로 규정했던 카프문학마저 이데올로기를 유보하고 '생활' 속으로 침잠하게 된 상황에서, 이제 그가 알몸으로 맞서야 할 현실은 대동아공영권의 논리나 내선일체의 황국신민화 이데올로기로 대변되는 야만적 파시즘이었다. 이러한 상황에서 박태원의 모더니즘은 더

---

17) 이정옥, 「박태원 소설 연구」, 연세대 박사논문, 2000, 130면 참조.
18) 이정옥, 위의 글, 117~118면 참조.

이상 시대 현실과의 긴장을 유지하지 못하게 된다.

　박태원의 중국 소설 번역이 중일전쟁 발발 다음 해인 1938년과 태평양전쟁이 발발하는 1941년을 전후하여 집중적으로 이루어지고 있다는 점과, 그가 해방 전날인 1945년 8월 14일까지 친일문학의 성격을 띠는 역사소설 『원구』를 『매일신보』에 연재했다는 사실은 이를 뒷받침한다. 이러한 시기는 외적인 제약이나 억압으로 인해 그의 문학 활동이 위기에 처했을 때라 할 수 있다. 이렇듯, 번역은 새로운 문학의 가능성을 모색하려는 의도나, 아니면 시대 현실의 중압감을 수용하는 방식으로 선택된 것이다. 그런데 이러한 모색은, 그가 카프문학의 영향 아래 모더니즘적 세계 인식을 표출했듯이, 대동아공영권이라는 큰 테두리 안에서 이루어지는 활동이라는 점에서 문제적이다. 박태원의 목소리가 카프문학의 성장·소멸 과정과 정확하게 대응하고 있다는 점은, 일본의 대동아공영권 논리에 대응하는 그의 태도를 유추할 수 있게 한다.

　1937년 중일전쟁이 발발한 후 많은 잡지는 중국 특집을 기획하여 중국의 풍속과 문화에 대해 다루거나, 중일전쟁의 소식을 전하였다. 이러한 맥락에서 박태원은 1938년부터 통속소설을 쓰면서 명대의 소설집인 『전등여화』·『금고기관』 등에 실린 단편소설을 번역한다. 이 소설집들은 돈과 권력에 의해 희생되는 여인들을 다룬 명대의 통속소설류이다.19) 친일문학 이외에는 통속소설도 쓰기 어려워지는 1940년 이후부터는 명대의 장편소설인 『삼국지』·『수호지』·『서유기』 등의 역사소설을 번역한다. 특히, 1942년에서 1944년에 걸쳐 번역한 『수호지』에서 작가는 서문이나 발문을 싣지 않아 자신이 이 작품을 번역하는 의도를 전혀 드러내지 않고 있다. 이는 번역이 사상을 의도적으로 거세한 사실적 글쓰기임을 시사한다. 하지만 일제의 사상이 허락하는 한도 내에서의 선택, 즉 대동아공영권의 논리에 포박된 중국 고전 번역이라는 점에서 일

---

19) 이미향, 「박태원 역사 소설의 특징─해방 직후 작품을 중심으로」, 『박태원 소설연구』, 깊은샘, 1995, 253~255면 참조

정 정도 친일의 가능성을 노정하는 것이기도 하다.

류보선은 이러한 글쓰기를 최대한 자신의 개입을 축소시키는 방법이나 존재감을 싣지 않는 것으로 평가하며 적극적으로 해석한다.[20] 즉 하나의 담론만이 강제되는 상황에서 그 권위주의적 담론을 옮겨 적기는 하되 그 시대의 권위주의적 담론을 내적 설득의 담론 차원으로 자기화한다든가 자신의 담론 체계를 권위주의적 담론 체계와 연결시킨다든가 하는 길을 철저하게 거부하는 글쓰기라는 것이다.

또한 모더니즘조차 퇴폐 예술로 비판되고 부정되었다는 역사적 사실에 주목하며, 박태원의 번역소설이 '작가─세계'의 무연관성을 더욱 확고히 한 글쓰기의 방식이며, 작가와 세계의 상호교섭 과정을 배제한 모더니즘적 세계 인식에 바탕을 둔 것이라는 지적도 있다.[21] 주관의 개입을 억제하는 박태원의 번역문학이 객관적 현실과 주관적 자아 사이의 분리를 전제로 하는 모더니즘적 세계 인식과 통한다는 것이다.

그러나 이러한 지적들은 박태원의 모더니즘문학이 일제 말기에 와서 한계에 도달했음을 간과한 평가라 할 수 있다. 자신의 주장을 의식적으로 거세한 글쓰기(번역 역사소설)는 시대의 중압감에 무력해진 모더니즘의 아포리아를 반영하는 것으로 해석해야 할 것이다.

오히려 1936년을 기점으로 박태원은 '소설쓰기'를 포기한 대신 '글쓰기'의 방법을 모색하였는데, 그것이 중국 고전의 번역 사업이라는 김윤식의 지적이 설득력을 갖는다.[22] 박태원에게 이념 따위란 안중에도 없었으며, 철저히 번역에 나아감이야말로 '글쓰기' 연습이고 또 새로운 방법의 터득이란 것이다. 그에 의하면 박태원은 '글쓰기'를 하느냐 그만두느냐의 벼랑을 누구보다 먼저 알아차린 '몸짓 빠른 모더니스트'이

---

20) 류보선, 앞의 글, 486면 참조.
21) 김종욱, 「일상성과 역사성의 만남─박태원의 역사소설」, 『박태원 소설연구』, 깊은샘, 1995, 243면 참조.
22) 김윤식, 「박태원론─모더니즘과 리얼리즘의 관련 양상」, 『한국 현대 현실주의 소설 연구』, 문학과지성사, 1990, 148면 참조.

다. 다만, 김윤식이 일제 말 박태원의 친일소설에 대한 언급을 회피하고 있다는 점은 아쉬움으로 남는다.

5. 소극적 협력의 한 양상

박태원의 친일소설은 번역문학의 연장에서 이해해야 한다. 친일소설 역시 사실을 기록하는데 주력함으로써 작가의 개입을 차단하고 있다는 점에서 번역소설과 다르지 않다. 「아세아의 여명」은 일본을 찬양하려는 의도가 부각된 소설이 아니라, 무모한 전쟁에 반대하고 화평을 이루자는 주제의 작품으로 볼 수도 있다. 외부에서 강제된 선정적인 선전 문구는 작품 자체가 지닌 의미, 즉 가치 판단을 유보한 글쓰기를 채택한 작가의 의도를 덮어버리기에 충분하다. 일제의 직·간접적인 강요에 의해 썼지만, 박태원은 일본의 의도를 적극적으로 내면화하지는 않은 듯하다. 설령 일본 제국주의의 의도를 암묵적으로 수용했다손 치더라도, 그 의도가 적극적으로 체화되지 않고 내면화되는 과정에서 조심스럽게 씌어진 듯하다. 『군국의 어머니』 또한 「아세아의 여명」과 별반 다르지 않다. 1941에 발발한 태평양전쟁에 조선인들을 동원하기 위한 제국주의 이데올로기가 전제되어 있는 작품이지만, 작품 내용만을 본다면 과거의 역사에 대한 객관적인 기술에 머물고 있기 때문이다.

이렇듯, 박태원의 일제 말 친일소설은 김재용이 앞서 언급한 친일문학의 내적 논리, 즉 반복적이고 지속적인 자기 논리를 지니고 있다고 보기 어렵다. 오히려 일제 말이라는 엄혹한 시기를 주관을 배제한 '번역으로서의 글쓰기'를 통해 건너려고 한 의도의 연장에서 이해해야 할 것이다. 해방 이후 박태원의 문학은 이러한 '번역으로서의 글쓰기'가

서서히 이념을 획득하게 되는 과정을 보여주고 있다.

이를테면, 박태원의 번역소설은 모더니즘적 세계 인식이 무화되는 지점과 리얼리즘적 역사의식이 서서히 생성되기 시작하는 결절점(結節點)에 위치한다. 이 결절점의 공간은 박태원의 문학세계에서 쉽게 논증되지 않는 영역으로 남아 있지만, 소극적 차원에서의 '협력'이라 규정할 수는 있을 듯하다. 여기에서 소극적 차원이라 함은 일제의 강압을 수용하는 방식에서 주관을 의식적으로 배제함으로써 엄혹한 시대 현실과 일정한 거리감을 유지할 수 있었다는 점을 염두에 둔 표현이다. 다만, 그의 친일문학은 가혹한 현실과 거리감을 유지하는 데 상대적으로 실패한 작품으로 보인다. 왕정위 정권(1940년 3월) 수립 다음 해에 발표된 「아세아의 여명」(1941), 태평양전쟁(1941) 발발 이듬해에 발표된 『군국의 어머니』(1942), 그리고 일본의 극심한 탄압이 예상되는 1945년에 『원구』(1945.5.16~1945.8.14)를 연재했다는 점은, 그가 카프문학에 대한 모더니즘적 인식의 편차를 보여준 대목을 연상시킨다. '프롤레타리아문학에 대한 애정 어린 시선(1931) → 내용 / 이데올로기보다 형식 / 문장을 강조하는 관점(1934) → 현실과 무관한 문장, 형식, 기교에 집착하는 태도(1937)'로 이어지는 모더니즘적 세계 인식의 편차는 박태원의 친일문학을 이해하는데 주요한 시사점을 제공한다.

요컨대, 박태원의 친일문학은 일본의 식민지 지배 정책과 내밀한 연관을 지닌 것으로 보인다. 왕정위 정부의 수립과 태평양전쟁, 그리고 일제의 패망은 일제 말 식민 지배 정책의 큰 획을 그은 사건이다. 박태원의 친일문학이 이러한 사건과 직·간접적으로 연관되어 있다는 사실은 그가 시대 현실에 민감하게 반응하고 있었음을 시사한다. 일제 말 박태원의 문학이 대동아공영권의 테두리에서 벗어나지 못했다는 사실을 염두에 둘 때, 그의 친일문학은 대동아공영권의 논리가 가장 기승을 부렸던 시기에 씌어진 셈이다. 일제 말 식민 정책에 '번역으로서의 글쓰기'를 통해 거리감을 유지하려던 의도가 '협력'으로 경도되는 지점도 바로 여기이다. 하지만 역사소설의 외피를 통해 파시즘의 논리를 자발적·적극적으로 내면화하지 않았다고 해서 박태원의 친일소설이 합리화될 수 있는 것은 아니다. 김윤식의 지적처럼 박태원에게 이념 따위란 안중에도 없었는지 모른다. 그렇지만 이러한 이념의 거부가 일제 말의 상황에서는 작가의 의지와 무관하게 친일 이데올로기로 기능했었다는 점을 간과해서는 안 될 것이다.

식민지 말기 이태준의 소설과 백산 안희제

「영월영감」과 「농군」을 중심으로

홍기돈

1. 백산상회, 『중외일보(中外日報)』 그리고 안희제

『중앙일보(中央日報)』의 사장 여운형은 1933년 3월 7일부터 제호를『조선중앙일보(朝鮮中央日報)』로 바꾸었다. 이 즈음 학예부장으로 임명된 인물이 상허 이태준이다. 이태준은『조선중앙일보』학예부장으로서 1930년대 문단에서 막강한 영향력을 행사할 수 있었다. 마침 문단 질서는 저널리즘의 영향력 안으로 급격하게 포섭되었으며, '구인회'는 그러한 변화의 상징적 모임이었고, 구인회의 좌장이 바로 이태준이었기 때문이다. 1939~1940년 벌어진 세대논쟁의 기반을 추적하다 보면 결국 문단의 이런 지점으로까지 소급하게 된다. 따라서 1930년대의 문단을 이해하기 위해서는『조선중앙일보』학예부장 이태준을 제대로 파악할 수 있어야 한다.[1]

반면, 작가로서의 이태준을 이해하기 위해서는 그가 『조선중앙일보』 학예부장이 되기까지의 과정을 염두에 두어야만 한다. 천애의 고아였던 그가 정신적 물질적으로 세계와 관계를 맺어나가는 방식이 이 시기에 형성되기 때문이다. 그런데, 이를 해명할 만한 단서는 그리 넉넉지 못한 형편이다. 자전소설 『사상의 월야』가 있기는 하지만, 역사적 현실들을 지우는 한편 수난의 역정만 부각시켰기 때문에 세계와 관계 맺는 사실 여부는 분명하게 드러나지 않는다. 그래서 "이러한 개인의 입신을 강조하는 소설의 사건들은 대체로 역사로부터 떨어져 있고 역사에 구체적으로 몸을 입힐 수 있는 풍속의 세계가 중요한 기능을 못하는 것은 당연한 일이다"2)라는 평가가 나타나기도 한다.

그럼에도 불구하고 『사상의 월야』에는 이태준(송빈)이 수난의 역경 속에서 타인의 도움을 받는 장면이 몇 번 나타난다. 그 가운데 주목해야 할 부분은 다음 두 대목이다. 첫 번째는 원산에서 무전취식하였다가 곤경에 빠졌을 때인데, 한 남자가 나타나서 그 어려운 상황을 해결해 준다. 그는 이태준을 이끌고 "농공 은행(農工銀行) 옆에 있는 '물산객주 김상훈(物産客主 金相勳)'이라는 간판이 붙은 집"3)으로 데리고 간다. 유리걸식하던 이태준은 이곳에서 이 년의 기간 동안 사환 노릇을 하며 생계를 이어갈 수 있었다. 두 번째는 일본으로 유학을 떠날 때의 상황이다. 휘문고보에 다니던 이태준은 동맹휴학을 주도했다가 학교에서 쫓겨나면서 유학을 결심했는데, 막상 부산에 도착하자 '불온분자'라는 이유로 도항증(渡航證)을 발급받을 수 없었다. 이때 이태준이 생각해 낸 곳이 백산상회였다.

---

1) 홍기돈, 「식민지시대 세대논쟁 연구―문학제도의 물질적 조건을 중심으로」, 『우리文學研究』 제17호, 2004 참조.
2) 양문규, 「『탑』과 『사상의 월야』의 대비를 통해 본 한설야와 이태준의 역사의식」, 『이태준 문학의 재인식』, 소명출판, 2004, 116면.
3) 이태준, 「사상의 월야」, 『사상의 월야』, 깊은샘, 1996, 81면.

저녁때야 송빈이는 백산상회(白山商會)를 생각해내었다. 부산에 있는 큰 물산객주로 전에 송빈이가 있던 원산의 그 물산객주와 빈번한 거래가 있어 송빈이는 그 주인을 안다. 기억에 떠오르는 '초량(草梁)'이란 이름의 동네를 찾아가니 과연 백산상회가 그저 있을 뿐 아니라 주인도 송빈이를 알아보았다. 주인은 이내 경찰서에 전화를 걸더니 사환애를 보내어 고등계 주임의 명함을 얻어다 주는 것이었다.

이 명함은 도항증을 맡을 것도 없었다. 도항증을 보여야 할 목에서마다 도항증보다는 오히려 묻는 말이 없이 통과되었다.4)

백산상회는 백산 안희제가 자신의 호를 따서 1914년 부산에 세운 회사이다. 표면상으로는 상리기관(商利機關)이었으나, 기실 독립운동의 국내외 연락과 독립 자금 공급에 목적을 두고 있었다. 안희제가 '임정첩보(臨政諜報) 36호'였다는 사실이라든가, "임시 정부의 운영 자금 가운데 약 60퍼센트를 백산 혼자서 댄 것이다"5)라는 기록을 보면 백산상회의 성격은 짐작하고도 남을 일이다. 1917년 백산상회는 합자회사로 확장되고, 1919년에는 백산무역주식회사로까지 발전하였다가 일제의 탄압으로 1927년 해산되었다.6) 연통제(聯通制 : 임시정부와 국내의 연락망)에 의해 백산상회는 만주의 안동(安東)과 봉천(奉天) 국내의 서울·대구·원산 등지에 지사를 설치하기도 하였다.

"농공 은행(農工銀行) 옆에 있는 '물산객주 김상훈(物産客主 金相勳)'이라는 간판이 붙은 집"은 백산상회의 원산 지점으로 추정된다. "작년(1918년—인용자) 11월경 南亨祐가 白山商會의 주인 安熙濟와 함께 그 상회의 출장소 설립을 위하여 元山에 온 일"7)이 있다는 기록은 남아 있지만, 원

---

4) 이태준, 위의 글, 187면.

5) 이규태, 「백산의 비밀 첩보 활동—임시 첩보 활동의 국내 자금 조달책」, 『나라사랑』 19집, 1975, 78면. 『釜山北區鄕土誌』(釜山直轄市 北區, 1991)에는 백산상회의 설립연도가 1913년으로 나와 있다.

6) 안호상, 「임정 참여의 근대 상인—구국 운동 전개한 민족 기업가」(『나라사랑』 19집) 참조.

7) 국사편찬위원회, 「尹昌基 신문조서」, 『한민족독립운동사자료집』 제7권, 1988, 51면.

산 지점에 대한 정확한 사실은 아직 알려진 바 없다.8) 그렇지만, 백산상
회와 빈번한 거래가 있었던 것으로 판단하건대, 그 관계가 표면에 드러
난 것에만 한정될 리 만무하다. 백산상회의 설립 이유는 독립운동에 있
었고, 사업을 통한 이윤의 창출이란 눈가림에 불과했기 때문이다.

　일본 유학에서 돌아온 이태준은 다시 안희제와 관계를 맺게 된다. 그
는 1929년 『중외일보(中外日報)』에 입사하였는데, 당시 『중외일보』의 사
장이 안희제였다. 이태준은 1927년 동경의 상지대학(上智大學) 예과를 중
퇴하고 귀국한 후, 각 신문사에 방문하며 취직을 모색하다가 실패한 바
있다. 그런 그가 『중외일보』에 입사하게 된 데는 안희제의 도움이 절대
적이었다. 안희제가 『중외일보』 사장으로 취임한 날짜는 1929년 9월 1
일이다. 이때 이태준은 월간지 『학생(學生)』을 주재하고 있었는데, 1929
년 3월 1일 『학생』이 창간될 때부터 책임자였던 그는 안희제의 사장 취
임에 맞춰 발 빠르게 『중외일보』로 자리를 옮겼다. 편집 후기에 해당하
는 『학생』의 '숙직실(宿直室)'에 남긴 이태준의 흔적은 1929년 10월호가
마지막이다. 『삼천리(三千里)』 1930년 1월호에 실린 「인재(人材) 순례(巡
禮)－제1편(第一編) 신문사측(新聞社側)」의 『중외일보』 기자 이태준 소개
는 매우 간략하다. "李泰俊氏二十七京城産 「學生」雜誌를一時 主宰하
든분이다."9)

---

8) 大正 八년(1919) 八월 四일 증인으로 심문을 받은 적이 있으나 안희제는 "기억하지
　못한다", "결코 그렇지 않다"로 일관하였다(국사편찬위원회, 「증인 安熙濟 신문조서」,
　『한민족독립운동자료집』 제8권, 1989, 94~95면).
9) 「人材 巡禮－第一編 新聞社側」, 『三千里』, 1930.1, 31면.
　지금까지 이태준의 『中外日報』 입사는 1931년으로 알려져 왔으나, 이는 사실과 다
　르다. 이태준이 『中外日報』에 입사하고 나서 몇 년 간의 생활상은 『文章』 1941년 2월
　호에 발표한 소설 「토끼 이야기」의 처음 부분에 드러나 있다. 이와 관련하여 부연하자
　면, 서해는 1929년에는 『中外日報』 기자였고, 1931년에는 『每日申報』 학예부장이었
　다. 서해의 경력과 「토끼 이야기」의 내용만 관련지어 살펴보더라도 이태준의 『中外日
　報』 입사 시기는 최소한 1929년까지는 올라가야 타당하다. 1929년 『中外日報』에 입사
　한 인물들 가운데 관심을 끄는 이는 이태준 이외에도 이육사와 권환이 있다. 이육사와
　백산상회의 관계에 대해서는 홍기돈, 「육사의 문학관과 연출된 요양여행－산문 세계

안희제가 언론으로 눈을 돌린 것은 1927년 백산상회가 문을 닫게 되었기 때문이다. 그가 『중외일보』의 발행 겸 편집인으로 나선 것은 1930년 2월 5일(제1114호)부터였다. 자금난에 허덕이던 『중외일보』는 1931년 6월 19일 1492호로 종간을 맞았고, 9월 2일 주주총회에서는 주식회사의 해산을 결의하였다. 이후 『중외일보』는 『중앙일보』를 거쳐 『조선중앙일보』로 이어졌다. 안희제는 『중앙일보』의 고문을 맡기도 했다.[10]

상업적이라는 견해도 있지만, 『중외일보』가 민족주의적 면모를 강하게 드러낸 것은 분명한 사실로 파악된다. "우리 민족 3대지의 하나로서 면모도 유감없이 발휘하여 창간(1926년—인용자) 후 3년 동안 무려 63회의 압수와 반포금지 처분을 받고, 1928년 12월 6일에는 「직업화와 추화(醜化)」라는 사설로 총독부로부터 무기 정간을 당한다"[11]라는 객관적 수치가 이를 방증하며, "총독부에 의하면, 학생에게 반일 의식을 교사하고, 논설을 통해 '매사에 편견과 중상을 바탕으로' 집필하여 총독정치를 오해하게 하였다는 것이다"[12]라는 기록도 여기에 닿아 있다. 안희제가 『중외일보』에 손을 뻗친 것은 『중외일보』의 이러한 성격 때문이었을 것이다.

안희제가 서상일·김동삼·남형우 등과 함께 조직했던 대동청년단(大同靑年團)의 성격을 감안한다면, 안희제가 벌이는 사업의 내막을 이태준이 제대로 파악했을 가능성은 희박하다.[13] 그렇지만, 백산상회가 1919

를 중심으로」(『한국근대문학연구』 11집, 2005)를 참조. 권환의 『中外日報』 입사에는 부친의 영향이 있었던 것으로 파악된다. 권환의 부친 권오봉(權五鳳)은 6백주 주식을 가진 백산무역주식회사의 주주였다(황선열, 「'아름다운 평등'을 꿈꾸며—권환론」, 『권환 전집—아름다운 평등』, 전망, 2002, 462면).

10) 鄭晋錫, 『한국언론사』, 나남, 1992, 422~431면 참조.

11) 차배근, 「수난기(1910~1945)」, 『우리 신문 100년』, 현암사, 2001, 114면.

12) 김민환, 『한국언론사』, 사회비평사, 1996, 233면.

13) 비밀결사였던 대동청년단의 단규(團規)는 다음과 같다. "1. 단원은 반드시 피로 맹세할 것 2. 새 단원의 가입은 단원 2명 이상의 추천을 받을 것 3. 단명이나 단에 관한 사항은 문자로 표시하지 말 것 4. 경찰 기타 기관에 체포될 경우 그 사건은 본인에만 한하고 다른 단원에게 연루시키지 말 것"(『부산일보』 특별취재팀, 「만석꾼 집안의 텅 빈 곳간

년부터 이미 독립운동의 혐의를 받았던 데다가 그 단서가 포착되어 1927년 일제에 의해 결국 해산된 마당에 이태준이 안희제의 정체를 전혀 몰랐으리라고 생각할 수도 없다. 또한, 『중외일보』의 성격에 대해서도 마찬가지다. 식민지 말기 이태준의 의식세계를 이해하기 위해서는 이러한 사실을 염두에 둘 필요가 있다. 「영월 영감」, 「농군」과 같은 작품을 이해할 경우에는 이 내용을 특히 강조하여야 한다. 백산 안희제의 그림자가 소설에 어른어른 비치기 때문이다.

이 논문은 식민지 말기 이태준의 의식세계를 살펴보기 위해 씌어진다. 그 동안 이태준(작품) 연구는 다양한 관점에서 전개되었지만, 백산 안희제를 염두에 두고 분석된 바는 없다. 오히려 이태준과 안희제의 관계에 대해 조그만 관심조차 기울인 바 없다고 표현하는 것이 정확할 것이다. 그러면서 이태준에게는 친일의 가능성이 점점 더 크게 덧씌워지는 양상이다. 따라서 이태준의 소설에 나타나는 안희제의 흔적을 찾아가면서 분석하는 일은 나름의 의미가 있을 것으로 판단된다. 안희제의 세계에 다가갈수록 이태준의 친일 혐의는 그만큼 벗겨질 것이기 때문이다. 그러한 의미를 확인하는 것이 이 논문의 목적이다.

2. 만주의 발해농장과 조선어학회

언론에서 손을 뗀 안희제는 1933년 '발해농장'을 경영하기 위해 만주로 건너갔다. 이때 안희제의 사업 파트너는 김태원이었다. 김태원은 금(金) 광맥 발굴을 위해 전국 각지를 탐사하고 있었고, 안희제는 그가 집

: 남저(南樗) 이우식(李祐植)」, 『백산의 동지들』, 釜山日報社기획출판국, 1998, 38면).

넘을 이룰 수 있도록 백산상회 시절부터 물심양면 원조해 주었다. 결국 김태원은 경상북도 봉화군에서 금정(金井) 광산을 개광(開鑛)하여 일약 거부로 떠올랐으며, 이에 따라 안희제 역시 나름의 구상을 현실로 펼칠 기반이 갖추어졌다. 안희제의 구상이란 만주에서 농토를 개간하여 농장을 경영하는 한편, 조선의 헐벗은 농민들을 그곳으로 이주시키는 것이었다. 그러니 그가 발해농장의 경영에 나선 것은 당연하다고 하겠다. 발해농장의 건설 과정에 대해서는 안희제의 넷째 아들인 안상두가 비교적 소상하게 기록을 남겨 두었다.

선친은 1931년에 김태원과 공동으로 투자하여 부여국(夫餘國)의 후손이 건립하였다는 발해국(渤海國)의 성도(城都)인 만주 동경성(東京城; 牧丹江省 寧安縣)에 토지를 매입하기 시작하였고, 1932년부터는 목단강 상류의 일부를 석축(石築)으로 하여 강을 막고 농지에 수도(水道)를 대어 광활한 땅을 개간하였다. 그리하여 남한(南韓) 지방의 실농민 3백여 호의 가족을 인솔하고 동경성으로 이주시켜 피땀 어린 개간작업을 계속하였다. 선친은 이 곳을 발해농장이라 이름 짓고, 이 곳을 거점으로 한 계획을 차근차근히 행동으로 실현시키기 시작하였다.
이 때의 선친의 계획은 다음과 같은 것이었다. 즉, 그 당시 우리 농민에 대한 일제의 토지 강탈로 국내에는 실농민이 점차로 격증, 아사지경을 헤매는 우리 농민을 만주로 이주시켜 이들로 하여금 '자작농창제(自作農創制)'를 실시토록 한다는 것이다. '자작농창제'란 것은 우리 농민에게 분배한 토지의 생산 곡물 절반을 수곡(收穀)키로 하는 한편 다른 지방의 농지 개간과 수도(水道)를 개설하여, 5년 후에는 제3지방에 같은 수도를 개설함과 동시에 토지는 농민에게 무상으로 지급하여 자작농으로 만들게 한다는 것이다. 이렇게 함으로써 만주의 광활한 대지에 수백만 명의 농민을 이주케 한다는 것이다. 또 국내에서는 독립운동이 불가능할 뿐만 아니라 독립운동자금조달조차 곤란해졌고, 동지들이 대부분 국외로 망명·도피해 있었기 때문에 만주를 거점으로 독립운동 기지를 설치하려고 꾀했던 것이다.
이리하여 이주(移住) 농민들에 의해 수전(水田) 개척과 수도 확장이 계속

됨으로써 1932년부터 1935년까지 4년 동안에 농지는 점차 확장되어 직경 10리가 넘게 되었다. 종래의 이주민은 영남인이 대부분을 차지하였으나, 각지에 흩어져 살던 함경도·평안도·전라도·강원도의 농민이 소문을 듣고 몰려들게 되어 금강농장(金剛農場; 농장주 徐相武)·동만농사주식회사(東滿農事株式會社; 趙斗容 경영) 등의 큰 농장이 발해농장 몽리구역(蒙利區域) 수도(水道)를 중심으로 속속 설립되고, 이 밖에 농장 기사까지 둔 대소 농장들도 날로 늘어갔다. 수도 확장은 매년 계속되었으며, 종내에는 각 농장의 연접된 수도 길이가 16킬로미터 이상이나 되었고, 연접된 수도에 거대한 수문을 준공하여 여기에 중국인 수문수(水門守)를 두어 감시·조작케 하였다.[14]

망명·도피로 각처에 흩어져 있던 독립투사들이 발해농장으로 모여들었다거나 중국 구국군(救國軍 : 세칭 馬賊)과의 비밀스런 교섭, 우리 독립군과의 연대 등에 대해서는 여기서 세세하게 설명할 필요가 없다. 다만, 안희제(발해농장)와 대종교의 깊은 관계는 기억해 둘 만하다. 조선어학회와 안희제(대종교)의 관계가 이를 통해 비로소 해명되기 때문이다. "선친은 대종교(大倧敎) 총본사(總本司)를 동경성으로 옮기게 하는 한편, 3세 교주로서 도사로 가장하고 있는 단애(檀崖) 윤세복(尹世復)과 그의 아들인 윤필한(尹弼漢)을 비롯한 모든 대종교 간부마저 대동청년단에 입당케 하고, 앞으로 다가올 무력봉기를 목표로 착착 준비를 진행해 가고 있었다."[15]

조선어학회를 주도하여 회장을 맡았던 이극로는 대종교인이었다. 고급간부까지 맡아 활발하게 활동할 정도였다. "4275년(1942년-인용자)에 대종교 경의원의 참사로서 宗敎를 통하여 민족 指導에 힘을 기우리시었으니, 대종교의 '한얼 노래'는 거의 모두 가이 스승(이극로-인용자)께서 지으신 것이다"[16]라는 기록이 남아 있기도 하다. 이극로는 백산주식회

---

14) 안상두, 「발해농장 시절의 백산—만주를 거점으로 한 구국독립운동」, 『나라사랑』 19집, 1975, 134~135면.

15) 안상두, 위의 글, 135면.

16) 유열, 「스승님이 걸어오신 길」, 『國學研究』 4집, 國學研究所, 1998, 269면.

사의 인물들이 주도했던 기미육영회의 지원으로 독일 유학을 할 수 있었다. 그런 만큼 그가 안희제의 인맥으로 움직이던 대종교와 깊은 관계를 맺은 것은 당연하게 파악된다.

「조선어학회(朝鮮語學會) 사건(事件) 함흥지방법원(咸興地方法院) 예심(豫審) 종결서(終結書)」를 보면, 이극로가 어느 정도나 깊숙하게 대종교와 관계를 맺고 있었는지 짐작이 가능하다. 결정서에는 이극로가 "金枓奉으로부터, '한갓 조선 어문의 연구 또는 辭典 編纂은 民族운동으로서 아무런 의미가 없고 研究의 결과, 정리 統一된 朝鮮 어문을 널리 조선 民衆에 선전 보급함으로써 처음으로 朝鮮 固有文化의 유지 발전, 민족의식의 배양도 期할 수 있으며 朝鮮독립의 실력 양성도 가능한 것이니 다음으로부터 이와 같은 方針으로 진행하라'는 취지의 지시를 받음에 따라 더욱 語文 운동에 몸을 바치겠다는 決心을 굳게 하여 먼저 그 方法으로써 항상 不振하였던 '朝鮮語 研究會'(조선어학회의 전신-인용자)라는 朝鮮語의 연구회가 (…중략…) 갑자기 활기를 띠어 朝鮮 語文의 研究 단체 가운데 가장 유력한 단체가 되"17)었다고 밝혀져 있다.

물론 이극로가 만주의 독립운동 단체 쪽으로부터 그런 지시를 받고 움직였다고 해서 조선어학회의 성격이 결정되는 것은 아니다. 겉으로 내건 조선어의 연구·보급에 찬성하여 활동했던 사람이 있을 수 있고, 이면의 계획까지 파악하고서 동조했던 사람이 있을 수 있기 때문이다. 즉 조선어학회의 성격을 이해하는 데 회원들의 인식 수위가 다를 수 있다는 것이다. 기실 「조선어학회 사건 함흥지방법원 예심 종결서」에는 그러한 차이에 따라 회원들을 두 부류로 나누고 있기도 하다. 그럼에도 불구하고, 일부 인물이라고 하더라도, 조선어학회가 대종교·만주의 무장투쟁단체와 연결 고리를 가지는 것은 사실이다. 따라서 조선어학회 사건이 대종교 탄압으로까지 확장된 것은 당연한 것으로 파악된다.

---

17) 안석재 번역·정리, 「朝鮮語學會 事件 咸興地方法院 豫審 終結書 一部」, 『國學研究』 4집, 259~230면.

그렇다면 안희제가 경영했던 만주 발해농장의 이러한 성격은 식민지 말기 이태준의 작품과 대체 무슨 관계가 있는 것일까. 김재용은 "중일 전쟁 이후에는 무엇을 쓰지 말라는 것은 물론이고 무엇을 쓰라고 강요 하는 상황이 벌어졌습니다"[18]라고 지적하고 있다. 그만큼 상황이 엄중 했다는 것이다. 그러니 이태준이 작품을 통해 자신의 생각을 선명하게 드러냈을 리는 만무하다. 이는 곧 작품의 행간에 배치된 암시적 내용을 읽어낼 수 있어야 한다는 말이 된다. 식민지 말기 발표된 이태준의 작 품을 이해하기 위해서는 이러한 사실을 미리 염두에 둘 필요가 있다.

3. 황금광시대(黃金狂時代)의 운명과 맞서는 방식

이태준의 소설 가운데 금광채굴이 등장하는 작품으로는 단편 「영월 영감」(『文章』, 1939.2~3)과 장편 『청춘무성』(『朝鮮日報』, 1940.3.12~8.11)이 있 다. 이들 작품의 주인공들은 목숨을 걸다시피 금광 채굴에 공을 들인다. 그래서 김예림은 「영월영감」의 주인공 영월영감이 "결국은 '금전'의 논 리에 의해 희생당하는 존재"[19]라고 파악하기도 한다. 하지만, 소설에 표면적으로 드러난 내용만 살펴보더라도 이러한 주장은 근거를 갖기가 힘들다. 그들이 금광채굴에 목숨을 거는 데는 뚜렷한 목표가 있으며, 그 목표란 바로 조선이 처한 현실을 바꾸겠다는 것이다. 따라서 이들은 그저 치부(致富)하기에 정신이 없는 황금광(黃金狂)과 선명하게 구별될 수밖에 없다.

---

18) 김재용, 「쟁점의 공간으로서 일제말기 문학사와 협력 및 저항의 문제」, 『문학수첩』, 2005년 봄, 332면.
19) 김예림, 『1930년대 후반 근대인식의 틀과 미의식』, 소명출판, 2004, 172면.

먼저 『청춘무성』을 보자. 주인공 '원치원'은 여학교의 선생이다. 그는 학생들이 '나'라는 입장이 아닌 '우리'라는 관점에서 생각하고 행동하기를 바라며, 유행하고 있는 프랑스 소설들보다는 러시아 작품을 권하는 인물이다. 러시아 작품에 등장하는 "학생들이 얼마나 활발하게 명일의 사상, 명일의 사회, 민중을 위해 얼마나 진실된 노릇들을 했습니까!"라는 것이 추천의 이유이다. 이어서 학생들의 요청에 의해 노래를 불렀는데, 그 장면이 퍽 암시적으로 묘사되어 있다. "켄터키 옛집의 노래 부를 때……. 흑인들이 백인들에게 노예로 잡혀와서 옥수수 익어가는 옛 고향 '켄터키'를 그리는 슬픈 노래였다. 원선생은 이야기할 때보다 오히려 자연스럽고 장엄한 표정으로 '팔라아' 전체가 무슨 증기에 끓는 기관(汽罐)처럼 우릉거리도록 우렁찬 소리를 쏟았다."20)

'옛 고향 켄터키'를 그리는 노예들의 노래는 식민지 조선의 현실을 떠올리게 한다. 그렇지만, 시대적 제약 탓에 이러한 내용을 소설의 전면으로 끌어올릴 수는 없다. 그래서 이태준은 '우리'가 해결해야 일들로 다른 문제들을 제시하였다. 소설의 마지막 부분에서 금광에 성공한 원치원이 벌이는 사업들은 그 문제들을 보여준다. '재락원'(再樂園)을 만들어서 카페 여급의 생활 안정과 교육을 꾀하는 한편 버려진 아이들을 보살피는 일, 신극운동을 위한 연극 본위의 극장 건설, 출판사업 지원, 무료의료기관 건립, 우수선수 양성소와 경기장 기부, 연극실·도서실·식당이 들어선 문화관 건립과 무료 제공, 해외유학생 파견 등. 그래서 이태준은 "치원의 돈은, 돈 그것뿐이 아니었다. 백원짜리면 '백원'이란 돈의 가치뿐이 아니라 백원 몇 배의 의(義)와 신(信)의 가치를 가진 고귀한 돈이었다"라고 기술할 수 있었다.21)

자본주의(근대)의 속물적인 속성을 꾸준히 비판해 왔던 이태준이기에 주인공을 '금전의 논리에 희생당하는 존재'로 제시하지 않은 것은 당연

---

20) 이태준, 『청춘무성』, 깊은샘, 2001, 58~60면.
21) 이태준, 위의 책, 「꿈은 열린다」 부분.

하다. 즉, 중일전쟁이 발발하기 이전의 이태준은 근대가 미치지 못하는 동양적인 정취, 현실과 괴리된 예술세계로의 후퇴를 통해서 근대를 비판하였다.22) 반면, 『청춘무성』의 원치원은 현실 속으로 깊숙하게 뛰어든 형국이다. 기실 『청춘무성』의 원치원은 이태준의 현실 대응 변모 양상을 그대로 보여주고 있기도 하다. 이러한 차이는 중요하다. 그러므로 이태준/원치원의 변모 과정을 제대로 파악하지 못한다면, 『청춘무성』이 "결국 원치원을 갑부로 만들기 위한 과정이라 해야 할 터인데, 자본의 논리가 정확하게 작동하는 지점이다"23)라는 정도로밖에 이해되지 않을 것이다.

소설의 처음 부분에서 원치원은 현실에 대한 비판의식을 드러내지만, 그것은 그저 관념적인 수준에 머무르고 만다. 그래서 '최득주'로부터 다음과 같이 비판받기도 한다. "어려운 일이 있음 자신이 처리 못하시구 성경책부터 무슨 부적이나처럼 들구 나서는건 건강한 사람 아니야요."24) '성경책'(동양적인 정취, 현실로부터 괴리된 예술세계) 안에 머물렀던 이태준이 타락한 현실 속으로 걸어 나오기에는 짧지 않은 시간이 필요했다. 그것은 『청춘무성』의 원치원 또한 마찬가지다. 그래서 소설의 중반부까지도 이러한 비판은 유효하게 이어진다.

"선생님은 갇혔던 거야요"
"갇히다니?"
"곡마단에 못 가 보셨어요?"

---

22) "생활현실은 자본의 논리가 관철되는 세속적인 욕망의 타락한 세계이며 또 세부적인 삶에까지 그것이 편재되어 있어 어떠한 실천도 자본의 논리를 승인하지 않고는 불가능한 곳이다. (…중략…) 여기에서 생활현실을 떠나야할 필연성이 제공된다. '떠남'을 통해서만이 속물성을 지배하는 생활과의 비판적 대응이 가능하다는 것이고 그럼으로써만 사회적 이상을 실현할 수 있다는 것이다."(송인화, 「이태준 문학과 '예술 자율성'」, 『이태준과 현대소설사』, 깊은샘, 2004, 50~51면)
23) 채호석, 「통속과 계몽, 그리고 (제국)의 논리―이태준 장편소설 『청춘무성』의 경우」, 『이태준과 현대소설사』, 107면.
24) 이태준, 『청춘무성』, 깊은샘, 2001, 89면.

"건 또 무슨 소리요?"

"그 육중한 코끼리가 죄꼬만 궤짝 위에도 올라서구 깃대도 물어 올리구 절도 하구 하는거."

"코끼리헌텐 비극 아니구 뭐야요? 코끼리헌텐 밀림과 광야가 제 무대지 뭐야요."

"내가 코끼릴 수 있소?"

"학교나 예배당은 선생님을 구속하는 데가 아니구 뭐야요?"

"난 조금도 구속을 안 느꼈는데?"

"길드신 때문이죠. 내가 깨쳐드리고 싶은 건 그 점이야요. 내가 선생님을 구해 드릴 거란 그 점을 깨쳐드릴 거야요."

"그럴까?"

"성경해석은 선생님보다 더 잘할 사람이 얼마든지 있어요. 또 성경의 정당한 해석보다는 세기에 대한 정당한 해석을 요구하는 사람이 세계엔 얼마나 더 많은지 모를거야요."[25]

호랑이를 잡으려면 호랑이굴로 들어가야 하듯이, 현실을 바꾸려면 현실 속으로 들어가야만 한다. 현실을 움직이는 것은 '돈의 힘'이다. 그래서 원치원은 '돈의 힘'을 얻기 위하여 금광 개발로 뛰어들었다. 그리고 성공하였다. 그렇지만, 원치원의 애당초 목적은 돈 자체가 아니라, 비참한 현실의 개선이었다. 이를 위해 돈이 필요했을 따름이고, 그렇게 돈을 사용하였다. "치원의 돈은, 돈 그것뿐이 아니었다"라는 문장이 가능해지는 이유이다. 이를 과연 "자본의 논리가 정확하게 작동하는 지점"이라고 이야기할 수 있을까. 자본의 논리, 그 이상이 아닌가. 쉽게 이해할 수 없는 것은 이태준의 논리가 아니다. 『청춘무성』을 굳이 자본의 논리 안에 가두어 파악하려는 채호석의 논리이다.

이보다 더욱 이해할 수 없는 것은 원치원의 자선사업을 친일행위로 해석하려는 시도이다. 예컨대 채호석은 "미처 찾아보지는 못했지만"이

---

25) 이태준, 위의 책, 146면.

라는 단서를 달고 "자선사업이 정부에서 권하는 혹은 획책하는 하나의 일이었다는 생각이"[26] 든다고 하였다. 그리고 "중요한 것은 자선사업에서 (돈에서-인용자) 피의 냄새가 지워진다는 것이다. 그리고 선량함의 향기가 난다는 점이다"[27]라는 비판도 덧붙여 두었다.

앞에서 이미 살펴보았던 것처럼, 안희제와 그의 동지들은 자선사업을 활발하게 벌였다. 학교의 설립, 해외유학생 파견, 발해농장을 통한 구제사업 전개, 언론사 지원, (민족)문화의 보존 등이 바로 그것이다. 그렇다고 그들이 문화사업을 등한하게 생각한 것은 아니었다. 안희제와 함께 대동청년단을 만들고 백산상회 대구지점을 경영했던 동암 서상일을 보면 알 수 있다. 1922년 그는 대구에 조양회관(朝陽會館)을 건립하였는데, 여기에는 천여 명이 들어갈 수 있는 강당이 있었으며, 영화관·도서실·오락실·사진관과 같은 시설이 갖추어졌다. 대구구락부, 동아일보지국, 청년회, 대구운동협회, 농촌사와 같은 단체가 조양회관으로 몰려들기도 하였다. 조양회관이 대구의 문화 중심지로 떠오른 것은 당연한 현상이었다.[28]

이런 활동들을 과연 친일행위로 볼 수 있을까. 서상일이 독립운동에 매진하였다는 얘기는 많이 들었어도, 친일 행각을 벌였다는 비판은 아직 접해보지 못했다. 그리고 이런 활동에 대하여 돈에서 피의 냄새를 지워버렸다고 비판하는 목소리도 아직 접한 바 없다. 기실 돈에서 피의 냄새를 지워버린다고 자선사업을 비판하는 것은 현실과 다소 동떨어진 행위가 아닐까. 아마 이태준은 안희제와 그의 동지들이 벌인 자선사업을 충분히 알고 있었을 것이다. 그들이 자선사업을 감추면서 행하지는 않았기 때문이다. 성격상 자선사업은 굳이 감출 필요가 없기도 하였다. 예컨대 해외유학생 파견의 경우 신문을 통해 보도되기도 하였다.

---

26) 채호석, 앞의 논문, 112면.
27) 채호석, 위의 논문, 111~112면.
28) 김희곤, 『새로 쓰는 이육사 평전』, 지영사, 2000, 65~66면 참조.

「영월영감」에도 금광채굴 내용이 중요한 비중을 차지하고 있다. 연구자 송인화는 이를 친일의 요소로 파악한다. 그가 주장의 근거로 내세우는 것은 1937년 일제가 제정한 조선산금령(朝鮮産金令)이다. 전쟁비용 마련을 위해 일제는 금광채굴을 독려하였고, 이태준은 이에 동조하느라 1939년 「영월영감」을 썼다는 것이다. "약간의 비약을 허용한다면 이는 전쟁수행을 위한 일제의 정책에 동조하는 것이라고 보아도 무방할 것이다."[29) 그렇지만, 금광채굴이란 소재만으로 친일 여부를 판단하는 것은 억측에 지나지 않는다. 안희제의 사례에서 알 수 있는 것처럼, 금광채굴에 성공해서 유민(流民) 구제와 독립운동의 자금으로 쓸 수도 있기 때문이다. 따라서 영월영감이 왜 그렇게 금광채굴에 매달렸는가, 하는 이유를 살펴야만 할 것이다.

영월영감은 어떤 인물인가. 그는 "세도가 정상시가 아닌 때에 득세(得勢)를 하는 것은 소인잡배의 무리라 하고, 읍에 한번 가는 일이 없이 온전히 출입을 끊었다가 기미년 일에 사오 년 동안 옥사 생활을 거친 후로는, 심경에 큰 변화를 일으킨 듯, 논을 팔고 밭을 팔고 가대와 종중(宗中)의 위토(位土)까지를 잡혀 쓰면서 한동안 경향 각지로 출입이 잦았었다. 그러나 무슨 이권이나 세도를 얻으려 다닌 것 같지는 않다."[30) 그러다가 소식이 끊긴지 십오륙 년 만에 그는 조카 '성익' 앞에 나타났다. 성익의 눈을 통해 보자면 그동안 영월영감이 무슨 일을 하고 다녔는지 짐작할 수 있다. "이분도 시대의 운명을 어쩌기는커녕 자기 자신이 그 운명 속에 휩쓸리고 마는 것이 아닌가 하는 서글픔이 가슴 뿌지지하게 느껴졌다."[31)

'시대의 운명'을 둘러싼 일이 어떤 것인가는 누차 암시적으로 전달된다. 금광을 하는 일이 의외라고 하자 영월영감은 "힘 없이 무슨 일을

---

29) 송인화, 앞의 논문, 65면.
30) 이태준, 「영월영감」, 『돌다리』, 깊은샘, 2004, 118면.
31) 이태준, 위의 글, 같은 면.

허나? 홍경래두 돈 만들어 뿌리지 않았어? 금 같은 힘이 어딨나?"32)라
고 답변하는가 하면, "금을 금답게 쓰지 못하는 자들이 얼마나 많이들
금을 캐내니? 땅이 울 게다! 땅이……"33)라고 울분을 토한다. 뿐만 아니
라 '일모도원(日暮途遠)'이라 하며 '무슨 일'을 이어가기에는 너무 늙어
버린 자신의 나이를 한탄하기도 한다. 그러면서 성익의 나이를 묻고는
질책하는 데까지 나아간다. "서른둘! 호랑이 같은 때로구나! 왜들 가만
히들 있니?" '무슨 일'에 나서라는 촉구인 셈이다.34)

'무슨 일'이 어떠한 것인지는 분명하게 제시되지 않았다. 그렇지만,
어떤 성격의 일인가는 충분히 짐작할 수 있다. 더군다나 「영월영감」이
씌어졌던 시대적 상황을 염두에 둔다면 이태준이 이렇게 쓸 수밖에 없
었던 이유를 충분히 이해하고도 남을 정도이다. 그렇다면 이태준이 「영
월영감」을 쓴 까닭이 과연 일제의 정책에 동조하기 위해서일까. 오히려
그 반대라고 보는 것이 더욱 설득력 있지 않을까. 여기서 조금 더 나간
다면, 영월영감의 모델을 안희제라고 추정할 수도 있을 것이다.

안희제는, 마치 당연한 일처럼, 자신의 가산을 털어 독립운동 자금으
로 제공하였다. 그리고 독립운동 자금 확보를 위해 여기저기서 돈을 끌
어 모으기도 하였다. "백산상회의 주주였던 권오봉의 둘째 아들이자 남
저(이우식―인용자)의 둘째 사위인 권경태(86·서울 중구 회현동)는 '가을추수
가 끝난 후 장인은 돈을 곳간에 박스째 보관했다. 그러나 백산선생이
방문해 하루를 묵고 가면 곳간은 텅 비어 있었다. 당시 백산을 통해 추
수 직후 상해로 전달된 돈은 10만원 정도로 요즘 돈으로 환산하면 10억
원이 넘는 거금이었다'고 술회했다."35) 이우식에게서 돈을 끌어간 일은
겨우 하나의 예에 불과하다. 나라를 잃은 그는 1911년 러시아로 망명한

---

32) 이태준, 위의 글, 122면.
33) 이태준, 위의 글, 124면.
34) 이태준, 위의 글, 125면.
35) 『부산일보』 특별취재팀, 「만석꾼 집안의 텅 빈 곳간」, 『백산의 동지들』, 39면.

후 중국의 독립운동단체들을 두루 방문하였다가 1914년 9월 귀국하고, 귀국하자마자 백산상회를 만들어 다시 국내외 각지를 바람처럼 떠다니며 독립운동을 하기도 했다. 안희제가 금광채굴에 관심을 기울였던 사실은 이미 앞에서 밝혀놓은 바다. 이렇게 따지면, 안희제의 삶은 「영월영감」의 기본적인 모티프와 그대로 일치하는 양상이다.

아마 이태준으로서는 안희제의 면모를 구체적으로 파악할 수는 없었을 것이다. 안희제가 벌인 사업이 워낙 기밀을 필요로 하는 내용이었기 때문이다. 설사 알았다고 하더라도 '시대의 운명'이 워낙 가혹했기에 창작에서는 많은 부분을 지워야만 했을 것이다. 자, 안희제의 이러한 삶에 상상력을 덧입혀 소설로 형상화한다면 「영월영감」 정도가 되지 않을까. 굳이 안희제가 아니어도 상관은 없다. 안희제의 주위에는 이러한 인물이 적지 않았기 때문이다. 즉 비슷한 모델이 더 있을 수 있다는 것이다. 아무튼 「영월영감」의 세계가 안희제의 방향으로 열려 있는 것은 분명하다.

송인화는 이런 부분들을 철저히 외면하고 있다. 그러면서 영월영감이 성익에게 "문명으루, 도회지루, 역사가 만들어지는 데루 자꾸 나가야 돼⋯⋯"36)라고 권유하는 장면에 대하여 다음과 같이 비판한다. "참여의 진정한 의미가 모순에 대한 인식과 그것의 비판적 극복에 있다고 할 때, 현실을 비판적으로 조망할 수 있는 거리의 확보는 매우 긴요한 조건이다. 그런데 「영월영감」에서는 현실과의 비판적 거리는 무시된 채 현실의 문맥 속으로 들어오라는 현실 개입의 당위성만이 반복적으로 강조되는 것이다. 그리고 이렇게 비판적 거리가 확보되지 않은, 현실에의 막연한 유입은 곧 지배질서의 문맥 속에 들어서는 '동참'과 그리 멀리 있지 않다고 할 수 있다."37) 이태준이 일제의 정책에 동조하였다는 것이다.

---

36) 이태준, 「영월영감」, 앞의 책, 120면.
37) 송인화, 앞의 논문, 63면.

안희제는 자신이 골몰했던 사업을 백일하에 드러낼 수 없었다. 그가 살았던 시대가 그만큼 엄중했기 때문이다. 마찬가지로 이태준은 영월영감의 궁극적 목적을 '무슨 일'이라고밖에는 표현할 수 없었다. 이태준은 안희제와 동시대인이었기 때문이다. 그럼에도 불구하고 이태준은 최소한의 문학적 감수성만 가지고 읽는다면 '무슨 일'이 뜻하는 바를 충분히 간파할 수 있도록 「영월영감」을 써내었다. 또한, '무슨 일'을 암시하지 못할 경우에는 '문화사업'으로 방향을 틀어 보다 선명하게 자신의 의식을 드러내었다. 『청춘무성』이 이를 보여준다. 『청춘무성』과 「영월영감」에는 '현실과의 비판적 거리'가 분명히 존재한다. 이를 들여다보지 못한다면, 그 까닭은 아마도 작품에 앞서는 선입견과 편견에 강하게 둘러싸여 있기 때문일 것이다. 그것이 아니라면 문학적 감각의 부재를 증명하는 것에 불과할 따름이다.

4. 「만주기행」과 「농군」의 거리, 그 의미

이태준은 1938년 4월 8일부터 21일까지 『조선일보(朝鮮日報)』에 「이민부락(移民部落) 견문기(見聞記)」를 연재하였다. 『무서록(無序錄)』에는 「만주기행(滿洲紀行)」이라는 제목으로 바뀌어 실려 있다. 이 글이 관심을 끄는 이유는 「농군(農軍)」(『文章』, 1939.7)의 밑그림이 드러나기 때문이다. 송인화는 "상허의 단편 중 현실 참여의 의지를 적극적으로 보여주는 작품은 「영월영감」과 「농군」이다"[38]라고 이야기한 바 있으며, 하정일은 「농군」을 분석하는 과정에서 "「만주기행」은 이태준이 인종 차별주의자도 자민

---

38) 송인화, 위의 논문, 61~62면.

족 중심주의자도 아님을 확실하게 증명해주는 문건이다"39)라고 하여「
만주기행」의 중요성을 강조하고 있다. 따라서「만주기행」을 제대로 이
해하는 일은「농군」을 파악하고, 더 나아가서 이태준의 현실 참여 의지
를 가늠하는 데 중요하다고 하겠다.

　기행문답게「만주기행」은 여정이 시간의 순서대로 정리되어 있다.
대륙으로 들어선 첫날 이태준이 문득 떠올린 것은 한글을 만들면서 겪
었을 세종대왕과 성삼문의 노고이다.

> 　차는 다시 떠난다. 객은 모두 다시 눕는다. '이 곳을 누워서 지나거니!' 깨
> 달으니 문득 나의 머리엔 성삼문成三間의 생각이 떠오르는 것이다. 세종께
> 서 지금 내가 쓰는 이 한글을 만드실 때 삼문을 시켜 명明의 한림학사 황찬
> 黃瓚에게 음운音韻을 물으러 다니게 하였는데 황 학사의 요동적소遼東謫
> 所에를 범왕반십삼도운凡往返十三度云으로 전하는 것이다.
> 　그때는 고작 말을 탔을 것이다. 일행日行 불과 6, 70리였을 것이다. 이제
> 누워 야행천리를 하면서 생각하기엔 너무나 아득한 전설이 아닌가! 더구나
> 1, 2왕반往返도 아니요 범 13도라 하였으니 성삼문의 봉사도 끔찍한 것이려
> 니와 세종의 그 억세신 경륜에는 오직 머리가 숙여질 뿐이다.40)

　여행 첫날 대륙의 광활한 풍경을 접하며 하필 한글 창제 당시의 어
려움을 떠올리는 심사가 흥미롭다. 그만큼 이태준의 한글에 대한 애착
이 대단했던 것이다. 이태준이 우리말을 갈고 다듬는 데 상당한 공을
들였다는 사실은 널리 알려진 바다. 그렇지만, 표준어를 확정하는 데
그가 주도적으로 참여했다는 점은 제대로 알려지지 않았다. 따라서 이
를 먼저 살펴볼 필요가 있을 듯하다.

　1935년 1월 2일과 3일 온양의 영천의원(靈泉醫院)에서는 표준어사정위

---

39) 하정일,「1930년대 후반 이태준 문학과 내부 식민주의 성찰」,『이태준 문학의 재인
　식』, 소명출판, 2004, 66면.
40) 이태준,「만주기행」,『무서록』, 깊은샘, 2003, 162면.

원회가 열렸다. 조선의 표준어를 정하기 위한 첫 번째 모임이었는데, 경기도 출신을 절반으로 하고 지방 출신을 절반으로 하여 40명의 사람이 참여하였다. 강원도 대표로 참석한 이태준은 여기서 전형위원을 맡기도 하였다. "임시의장 이희승(李熙昇)씨가 개회를 선언하고 의사를 진행하는데, 서항석(徐恒錫) 이태준(李泰俊) 함대훈(咸大勳) 정인섭(鄭寅燮) 방신영(方信榮) 다섯 분을 전형위원으로 뽑아서 아래와 같이 부서를 정하다."41) 표준어사정 제2독회는 1935년 8월 5일 소귀[牛耳洞] 봉황각에서 열렸다. 70명이 참가한 이 모임에서 이태준은 기록을 담당하였다. 이때 임시의장은 이희승이었으며, 신윤국(申允局)·김양수(金良洙)·이극로(李克魯)가 전형위원이었다.42)

만주의 발해농장(안희제)과 조선어학회(이극로)의 긴밀한 관계는 앞에서 이미 언급하였다. 조선어학회가 주도한 표준어사정작업에 깊이 관여했다고 하여 이태준을 이극로의 자리로까지 밀어 올린다면 논리의 비약이다. 이것만 가지고서는 "統一된 朝鮮 어문을 널리 조선 民衆에 선전 보급함으로써 처음으로 朝鮮 固有文化의 유지 발전, 민족의식의 배양도 期할 수 있으며 朝鮮독립의 실력 양성도 가능"하리라는 이극로의 계획에 이태준이 동의하였다고 보기 어렵기 때문이다. '조선(朝鮮) 고유문화(固有文化)'에 대한 이태준의 관심과 애정이 지대하였다는 사실도 떠올릴 수 있지만, 이것 또한 참조항 정도에 머무를 따름이다. 민족의식에 관한 이극로와 이태준의 수위 차이를 무시하기 어렵기 때문이다. 그러니 여기서는 이태준이 '만주'에 와서 하필이면 '한글(조선어)' 창제의 어려움을 떠올리는 대목이 인상적으로 다가온다는 사실만을 분명히 하고 넘어가겠다.

여행의 둘째 날 이태준은 여러 가지 풍경을 그리고 있다. 먼저 보여

---

41) 한글 편집부, 「標準語査定委員會 — 會議經過畧記」, 『한글』 제3권 제2호, 1935.2, 209면.
42) 한글 편집부, 「朝鮮語學會 主催 標準語查定二讀會 — 母語運動의 歷史的會議」, 『한글』 제3권 제7호, 1935.9, 387~388면.

주는 것은 광대한 '흙의 바다'이며, 여기에 "모든 무대는 오직 주연자(主演者)에게만 영예를 허락할 것이다"라고 생각을 덧붙이고 난 후, '우리 이민들'의 감정을 추체험해 본다. "이 차창에 앉아 저 변두리 없는 흙을 내다보며 순전히 흙으로써 감격하는 사람은 흙을 주지 않는 고향을 버린 우리 이민들일 것이다. 처음엔 '땅도 흔하다!' 하고 놀랄 것이요 다음엔 밭머리마다 연장을 들고 반기는 표정이라고는 조금도 없이 지나가는 차를 힐끔힐끔 쳐다보고 섰는 푸른옷 입은 사람들을 볼 때에는 '그래도 모다 임자 있는 밭들이 아닌가!' 하고 피곤한 머리 속엔 메마른 생활의 꿈이 어지러웠을 것이다."43)

다음에는 역 대합실의 풍경인데, 차창 밖 풍경을 보고 추체험한 감정의 연장에서 볼 수 있다. 여기서 이태준이 보는 것은 "자리가 없게 그득한 만인(滿人)들 틈에 흰옷 입은 사람들"이다. 그들은 모두 다 비참한 몰골로 묘사된다. "노파에게로 가 어디까지 가느냐 물으니 콩을 그저 질겅거리며 허리춤에서 꼬깃꼬깃한 하도롱 봉투를 꺼내 보인다. 모란강(牧丹江) 어디라고 쓰인 것이다. 작은아들이 3년 전에 들어가 사는데 굶주리지는 않으니 돌아가실 때까지 배고픈 것이나 면하시려거든 들어오시라고 해서 큰아들의 자식까지 하나 데리고 '평안도 쉰천골' 어디서 떠나 들어온 것이라 한다."44) 대합실에서 본 또 다른 풍경은 "북경(北京)이나 천진(天津) 같은 데 무슨 누(樓) 무슨 관(館)"으로 팔려가는 조선의 "젊고 건강한 여자들이다." 이들을 보면서 이태준은 골육감(骨肉感)을 느낀다. "이 눈썹을 그리며 미루꾸를 씹으며 무심하게 즐거이 험한 타국에 끌려가는 젊은 계집들, 나는 그들의 비린내 끼치는 살에나마 여기에선 새삼스런 골육감을 느끼지 않을 수 없었다."45)

여기에서 조선인의 당대 현실을 선명하게 느낄 수 있다. '우리 이민

---

43) 이태준, 「만주기행」, 앞의 책, 163~164면.
44) 이태준, 위의 글, 164~165면.
45) 이태준, 위의 글, 165~166면.

들'은 아무 것도 가진 것이 없다. 식민지 조선에서는 굶주릴 수밖에 없으니 살길을 찾아 비참한 몰골로 만주행 기차를 탄 것이다. '젊은이', '더벅머리 손자', '할머니' 등 다양한 연령의 인물들이 이민의 행렬을 채우고 있다. 그리고 조선의 '젊고 건강한 여자들'은 중국 도처로 팔려간다. 삶의 극한으로 내몰린 셈이다. 이육사의 「절정」 첫 연을 빌어 표현한다면, "매운 계절(季節)의 채쭉에 갈겨 / 마츰내 북방(北方)으로 휩쓸려 오다"라고 이야기함직하다. 이들을 이태준은 따뜻한 시선으로 끌어안는다. 같은 민족으로서의 동일화가 일어나기 때문이다.

팔려가는 이들이야 어쩔 수 없지만, 다른 이민의 행렬은 그나마 한 가닥 희망이 있다. '모란강 어디'로 가면 죽을 때까지 배고픈 것을 면할 수 있기 대문이다. 그런데, 이들이 찾아가는 '모란강 어디'가 바로 발해농장이라는 사실을 떠올릴 필요가 있다. 「만주기행」을 썼던 1938년이면 발해농장이 이미 안정적인 기반을 갖추었을 즈음이다. 고향을 버리고 만주로 떠나는 이들이 무작정 떠나지만은 않을 터, 『조선일보』에 연재된 「만주기행」이 은연중에 발해농장을 알리는 데 도움이 되었을 법하다. 이미 자리를 잡은 경상도 출신 이민들 이외에도 1935년경 함경도, 평안도, 전라도, 강원도 등지에서 소문을 듣고 몰려들고 있었으니, 발해농장의 소문에 실감을 더하는 양상이기 때문이다. 이 또한 「만주기행」이 흥미를 끄는 부분이라고 하겠다.

대합실을 나선 이태준은 '봉천박물관'을 관람한다. "총장품(總藏品) 삼천오백여 점, 대륙민족의 정력, 유한(有閑), 치밀 원숙, 이런 것은 십이분 느껴지나 고려나 이조의 센티멘털이나 유머와 같은 좀더 감성적인 데를 찔러주는 것은 너무 없었다"[46]라는 평을 보면, '만인(滿人)들 틈에 흰옷 입은 사람들'을 찾던 이태준의 시선이 여전히 유효하다는 것을 알 수 있다. 이어서 찾아간 곳이 '동선당'이다. "동선당(同善堂)이란, 고아,

---

46) 이태준, 위의 글, 167면.

걸인, 그리고 예작부(藝酌婦), 창기, 사생아, 이런 불우한 인생 칠백여 명을 수용하고 있는 대규모의 자선기관이다."47) 여기서 『청춘무성』에 등장하는 '재락원(再樂園)'이 '동선당'을 모델로 한다는 사실을 알 수 있다. 만주에 들어온 이후 내내 민족적 의식을 앞세우고 모든 것들을 살피던 이태준이고 보면, 동선당을 둘러보면서 어떤 생각을 하였을지 아마 쉽게 짐작할 수 있을 것이다.

이태준의 마지막 행선지는 '만보산(萬寶山)' 근처의 '쟝쟈워후[姜家窩堡]'다. 조선의 이주민들은 이곳에 마을을 이뤄 살아가고 있다. 일제가 이민의 성공적 사례로 꼽는 지역이기도 하다. 이곳에 살고 있는 조선인은 쟝쟈워후를 다음과 같이 설명하고 있다. "이 쟝쟈워훈 만보산 사건 일어난 후로 벌써 여러 해 아닙니까. 아마 이민부락으론 기중 자리잡은 편인가 봅니다. 그리게 시찰단이 오면 흔히 이 동네로 데리고 오드군요." 그런데, 이 말을 듣자 이태준은 곧바로 "이 동넨 다 자작농입니까?"라고 묻는다. 이민이 과연 어느 정도나 성공적인가를 가늠하는 중요한 질문이다. 이에 대한 대답은 이러하다. "자작농은 별로 없습니다. 모다 만인(滿人)의 땅을 차입해 가지고 하니까 결국 소작인 셈이죠. 애초에 만보산에 들어온 사람들이 돈을 모아가지구 황지(荒地) 차입운동을 한 겁니다." 성공했다고는 하지만, 자작농은 될 수 없고 소작인에 머무는 수준이라는 말이다.48)

이는 발해농장의 '자작농창제'와 자연스럽게 비교된다. '만보산 사건'은 1931년 7월 2일 일어났다. 안희제가 발해에서 토지를 매입하기 시작할 즈음이다. 벌써 7년이 지났으니 발해농장에서는 자작농이 나타났을 것이다. 5년이 지나면 자작농이 될 수 있도록 안희제가 규칙을 정했기 때문이다. 반면, 쟝쟈워후에는 소작인이 절대 다수를 차지하고 있다. 더군다나 소작을 하기 위해서는 먼저 황지를 차입할 돈이 있어야만 한다.

---

47) 이태준, 위의 글, 168면.
48) 이태준, 위의 글, 177면 참조.

이렇게 따진다면 발해농장이 훨씬 나은 조건이라는 사실이 금세 드러난다. 물론 여기 어디에도 발해농장에 대한 언급은 없다. 그렇지만, 고향을 버리고 낯선 타국으로 떠나는 이민의 입장에서 생각해 본다면 이러한 비교는 당연하다고 봐야 한다. 그들이 아무런 정보의 취합 없이 무작정 만주로 뛰쳐나오지는 않을 것이기 때문이다. 또한, 이태준이 쟝자워후의 현실에 대해, 거품을 제거하고, 정확한 사실을 전달하고 있다는 사실도 눈여겨볼 필요가 있다.

「만주기행」의 이러한 내용에서 파악되는 것은 이태준의 뚜렷한 민족의식이다. 친일의 욕망 따위가 개입할 여지는 전혀 없다. 만보산 사건을 취재하여 내막을 밝혀놓은 부분에서도 이는 마찬가지다. 여기에 소설적 상상력을 덧입혀 만들어낸 작품이 「농군」인 바, 이 과정에서 변형이 어떻게 일어나는가를 살펴보면서 그 의미를 파악하고자 한다.

「농군」은 앞머리에 "이 소설의 배경 만주는 그전 장작림(張作霖) 정권 시대임을 말해 둔다"[49]라는 부기(附記)가 달려 있다. 작품이 전개되기 전에 굳이 소설의 시간적 배경을 강조해둔 것이다. 이태준의 다른 작품에서는 이러한 시도를 볼 수가 없다. 따라서 장작림에 대해서 먼저 관심을 가질 필요가 있다. 마적단 출신인 장작림(장쭤린)은 일본군의 별동대로 활약하던 인물로 1928년 6월 7일 죽었다. 그러니까 1931년 7월 2일 일어났던 만보산 사건의 시간적 배경이 1920년대로 변형된 셈이다. 또한, 장작림이 일본군의 별동대로 활약했던 만큼 정권의 성향이 친일적이었음은 당연하다고 하겠다. 그런 점에서 "「농군」의 이야기와 만보산 사건의 '사실적 합치' 여부를 따지는 일은 아귀가 맞지 않는다"[50]라는 주장은 타당하게 파악된다.

소설은 기차간 풍경에서 시작된다. 넓은 땅을 바라보며 윤창권 부부가 나누는 이야기의 내용은 「만주기행」의 그것과 그대로 일치한다. 다

---

49) 이태준, 「농군」, 『돌다리』, 깊은샘, 2004, 141면.
50) 하정일, 앞의 논문, 64면.

른 점은 윤창권이 '양복쟁이' 형사에게 불심검문 당하는 내용이 첨가되어 있다는 것이다. 그 내용은 하정일이 요령 있게 정리해 놓았다. "조선 땅에서는 도저히 먹고살 수 없어 만주로 이민을 가게 되었다는 것이다. 이는 결국 농업 정책이 총체적으로 실패했음을 암시하는 것에 다름 아니다. (…중략…) 더구나 윤창권의 진술이 형사의 검문과정에서 나온 것이라는 점도 중요하다. 당시 형사란 조선의 민중들에게는 일제 권력의 상징 아닌가. 그런 점에서 형사와 윤창권의 대화는 일제와 조선 민중의 대립각을 여실히 드러낸다."51)

장쟈워푸(姜家窩柵)에 도착한 후 윤창권의 식구들이 겪는 일은 「만주기행」에 나타난 만보산 사건과 어느 정도는 일치한다. 만주의 토인들과 조선인들의 격렬한 대립이 그러하다.

> 이 장쟈워푸를 수십 리 둘러 사는 토민들이 한덩어리가 되어 조선 사람들이 봇동 내는 것을 반대하는 것이었다.
> 반대하는 이유는 극히 단순한 것이었다. 봇동을 내어 논을 풀면 그 논에서 들 나오는 물이 어디로 가느냐? 였다. 방바닥 같은 들이라 자기네 밭에 모두 침수가 될 것이니 자기네는 조선사람들 때문에 농사도 못짓고 떠나야 옳으냐는 것이다. 너희들도 그 물을 끌어다 벼농사를 지으면 도리어 이익이 아니냐 해도 막무가내였다. 자기넨 벼농사를 지을 줄도 모르거니와 이밥을 못 먹는다는 것이다. 고소하지도 않을 뿐 아니라 배가 아파진다는 것이다. 그럼 먹지는 못하더라도 벼를 장춘으로 가지고 가 팔면 잡곡을 몇 배 살 돈이 나오지 않느냐? 또 벼농사를 지을 줄 모르면 우리가 가르쳐 줄 터이니 그대로 해 보라고 하여도 완강히 반대로만 나가는 것이었다. 그리고 조선 사람이 칼이나 낫으로 덤비면 저희에게도 도끼도 몽둥이도 있다는 투로 맞서는 것이다.52)

그렇지만, 중국 군대의 역할을 중요하게 설정하고 있다는 점에서 「농

---

51) 하정일, 위의 논문, 67~68면.
52) 이태준, 「농군」, 앞의 책, 151면.

군」은 「만주기행」과 구별된다. 「만주기행」에서는 중국 군대의 총에 맞은 사람이 하나도 없다고 기술되어 있다. "멀리서 위협하느라고 탄환을 공중으로만 지나가게 쏘아 그런지 한 사람도 상한 사람은 없었고 몇 청년들이 잡혀가 여러 날 갇히었다가 나왔을 뿐인데 오히려 조선에서는 피차에 살상이 생겼다는 것은 여간 유감이 아니라고 한다." 그리고 조선 이주민들과 토민들의 대립이 주된 것이었다는 암시도 느껴진다. "아무튼 군대 출동은 별 문제로 하고 만일 그 토민들이 살생을 즐기는 사람들이었다면 그 토민들의 몽둥이에라도 희생자가 없지 못했을 것이라 한다."53)

반면, 「농군」에서는 중국 군대의 비중이 크다. 쟝자워푸에 나타나서는 "타우젠바(돈 내라)", "늬문 구냥 화칸(너희 딸 예쁘다)"이라고 떠드는가 하면 마지막엔 총을 쏘아 조선 이주민들을 살해하기까지 한다. 관청에 찾아간 조선 이주민들이 억류되었다는 내용도 나타난다. 군대와 관청이 국가장치의 뼈대를 이룬다는 사실을 감안한다면, 장작림 정권을 비판하고자 했던 이태준의 의도를 읽을 수 있다. 소설 내용을 전개하기에 앞서 굳이 "이 소설의 배경 만주는 그전 장작림(張作霖) 정권 시대임을 말해 둔다"라는 부기를 달아놓은 까닭은 이로써 해명된다.

만보산 사건은 일제가 조장한 측면이 강하다. 그렇지만, 시대의 조건상 이러한 사실을 비판할 수는 없었다. 그래서 이태준은 「농군」의 시대적 배경을 장작림 정권 시대로 끌어올렸다. 일제 대신 일제와 공모 관계에 있는 대상을 내세운 셈이다. 그리고 그들의 야만성을 폭로하였다. 따라서 「농군」에는 민족주의적인 색채가 농후하게 배어난다고 볼 수 있겠다.

그런데, 송인화는 「농군」을 통해 이태준의 친일 욕망을 읽어내고자 시도하고 있다. 근거는 두 가지이다. 첫째, "개인의 욕망과 차이를 무시

---

53) 이태준, 「만주기행」, 앞의 책, 178~179면 참조.

하고 집단적인 이해와 동질성에 그것을 귀속시키는 것은 전체주의의 논리와 상당 부분 닮아있음을 부정하기 어렵다."54) 필자가 파악하기에 이러한 비판은 그저 공허하기만 할 따름이다. 조선 이주민들은 삶의 끝에 내몰린 존재들이다. "덤벼라! 우린 여기서 못 살면 죽긴 마찬가지다!"라는 의지는 그래서 만들어진 것이다. 토인들이 집단으로 몰려들고, 중국 군대가 출동하여 총을 쏘고, 관청이 개입하여 조선 이주민을 억류하는 상황이다. 생존의 문제가 절박하게 걸린 셈인데, 이 순간 하나로 뭉쳐 외부 세력에 대항하는 것은 당연한 일이 아닐까. 예컨대 1980년 5월 광주에서는 계엄군이 출동하여 무고하게 살상을 저지르자 스스로를 방어하기 위해 시민군이 결성되었다. 개인의 욕망과 차이를 무시했다는 이유로 그들을 전체주의라고 비판하는 것은 폭력적 언사에 해당한다. 송인화의 논리는 이와 마찬가지다.

둘째, "시간이 적극적인 의미를 갖는, 성취를 보장하는 서사란 중일전쟁 이후의 상황에서 현실적으로 가능하지 않았다는 점에서 그것이 갖는 한계는 분명하다. 적대적 세계의 힘이 아무리 간고할 지라도 투쟁과 노력을 통해 그것을 극복할 수 있다는, 이러한 긍정적인 신념의 투사는 곧 현실과의 불가능한 화해를 억지로 시도하는 거짓화해에 가까운 것이기 때문이다."55) 소설의 배경은 중일전쟁 이후가 아니다. 1931년도 아닌, 장작림 정권 시대이다. 그러니 '중일전쟁 이후의 상황'을 여기서 언급하는 것은 적절치 않다. 그리고 '현실과의 불가능한 화해'가 나타나고 있는가도 의문이다. 물론 물길은 터졌다. 그렇지만, 여전히 중국 군대가 쏘는 총알은 날아다니고 있으며, 물길을 따라 "피와 물에 흥건한 노인의 시체"가 떠내려오고 있다. 창권 또한 넓적다리에 총을 맞았다. 미의 범주에 따르면 '비장미'에 해당할 텐데, 이를 가리켜서 '화해'라고 단정하는 것은 무리라고 봐야 한다.

---

54) 송인화, 앞의 논문, 67면.
55) 송인화, 위의 논문, 같은 면.

「만주기행」과 「농군」은 하나의 짝패이다. 그러니 이태준이 만보산 사건을 어떻게 취재했으며, 소설적인 변형은 또한 어떻게 가하고 있는 가를 동시에 살펴봐야만 한다. 그리고 문맥 뒤에 숨어 있는 사실들을 찾아내어 복원하는 노력도 필요하다. 누군가를 비판하는 작업이 그리 만만할 수만은 없는 이유는 여기에 존재한다.

5. "참다운 藝術家 노릇"이라는 이태준의 결심

거의 언급되지 않고 있으나, 이태준이 1938년 3월 1일 『조선일보』에 발표한 「참다운 예술가(藝術家) 노릇 이제부터 시작(始作)할 결심(決心)이 다」는 눈여겨볼 만하다. 지금까지의 소설 창작 태도에 대한 인식과 반 성이 선명하게 드러나기 때문이다. 이 글이 발표된 1938년 3월 1일이라 면 단편 「패강랭(浿江冷)」을 『삼천리문학(三千里文學)』 1938년 1월호에 발 표하고 난 지 얼마 지나지 않았을 때이다. 「패강랭」에서 이태준은 화자 '현'을 통하여 "서리를 밟거든 그 뒤에 얼음이 올 것을 각오하라[履霜堅 冰至]"를 몇 번이고 뇌이면서 스스로 마음가짐을 다잡던 모습을 보여준 바 있다. 「영월영감」과 「농군」이 씌어진 것은 「참다운 예술가 노릇 이 제부터 시작할 결심이다」를 발표한 이후이다. 이태준의 결심과 「영월영 감」·「농군」의 세계는 무관하지 않을 것이다. 먼저, 이태준이 그때까지 의 작품에 대하여 스스로 어떻게 파악하고 있는가를 살펴보자.

나는 아직 作家生活이 아니엿다. 實際的으로 習作을 해왓다. 趣味에 맞 는 人物을 붓들어가지고 스켓치나 공부하면서 創作生活을 할수잇는 時期 를 기다려왓다. 그래 不遇先生 황수건이(달밤의主人公) 안영감(아담의後裔

의 主人公)색시 孫巨富 福德房영감들 따위 思想的思考라거나 現實探究와
聯關한 構成이라거나 그런것을 避할수잇는 이미 運命이 決定된 人物들을
擇해 거이 詩를쓰는 即興氣分으로 쓴것이다. 나의 作品에 哀愁는 잇고 思
想이 업다는것은 가장 쉽고 또 正確한 指摘들이다. 그러나 이 作家는 이런
範圍內에서만 完成할수잇다는 것은 速斷이다.[56]

"小說執筆에만 精力과時間을 쓸수잇는 生活을 茫然히 기다려왔다.
그래도 그런生活이오려니 햇스나當해볼수록 絶望이다"[57]라는 내용은
「참다운 예술가 노릇 이제부터 시작할 결심이다」에서 여러 차례 반복
된다. 기다림 속에서 서서히 키워왔고, 드디어 맞닥뜨릴 수밖에 없었던
절망이 자신의 작품을 '습작(習作)', '스케치 공부' 수준으로 폄하하게 만
든 이유이다. 결심은 더 이상 피할 수 없는 절망과 마주선 자리에서 표
명되었다. 따라서 「영월영감」, 「농군」과 같은 작품은 절망에 맞선 작가
이태준의 산물이라고 이해해도 무방하다.

이와 함께 주목해야 할 점은 고완(古翫)에 대한 태도의 변화이다. 1930
년대 초·중반 이태준은 생활세계의 반대편에 고완의 세계를 설정하고,
고완의 세계를 적극적으로 긍정하고 있었다. 하지만, 1939년 이후에는
이러한 관점을 수정하고 나섰다. 1940년 『문장(文章)』 10월호에 발표된
「고완품(古翫品)과 생활(生活)」은 일례가 된다. "젊은 사람이 그야말로 완
물상지(玩物喪志)하는 것도 반성해야 할 것이다. 그렇지 않아도 각 방면
으로 조로(早老)하는 동양인에게 있어서는 청년과 고완이란 오히려 경계
할 필요부터 있을는지 모른다."[58] 이태준이 고완을 경계하고 나선 까닭
은 시대적 상황과 연관되어 있다. 중일전쟁이 발발한 이후 일제는 '신
체제론(新體制論)'을 내세웠고, 여기에 영합하기 위해서는 먼저 동양문화

---

56) 李泰俊, 「참다운藝術家노릇 이제부터始作할決心이다」, 『朝鮮日報』, 1938.3.1.
57) 李泰俊, 위의 신문, 같은 면.
58) 이태준, 「고완품(古翫品)과 生活」, 『무서록』, 깊은샘, 2003, 142면. 이러한 태도는 「영
    월영감」, 『청춘무성』 등에서도 확인할 수 있다.

(東洋文化)로 관심을 돌려야만 했다. 실제로 많은 지식인들이 동양문화론을 거쳐 신체제론으로 나아갔다.59) 이러한 시대 분위기를 염두에 둔다면, 고완에 대한 이태준의 태도 변화가 얼마나 중요한 의미를 지니는지 가늠하게 된다. 이 또한 '참다운 예술가(藝術家)'로 자리를 잡는 변모인 것이다.

「참다운 예술가 노릇 이제부터 시작할 결심이다」는 다음과 같은 내용으로 끝을 맺는다. 절망에 직면한 자신의 처지를 '우리 문단(文壇)의 딱한 현상(現狀)'과 포개어 놓은 장면이 인상적이다.

> "인제부터다!"하고 덤빌 生活이 오지안는 나도 슬프거니와 이런 벨르기만 하는 쬡作人을한作家로 取扱해야될 우리文壇도 딱한 現狀이다. 서로 別─하고 말것인가? 依然히 小說쓸生活이 하늘에서 떠러지기를 기다릴것인가?
>
> 나도 더 기다리기만 할수는 업다. 이런대로 "인제부터는!" 할수박게 업다. 一年에 短篇하나를 내더라도 정말 藝術家노릇을 始作해야겟다는 決心을 이번 半七十이란 나이를 헤이며 새삼스럽게 먹은것이다. 쓸데업는 壯談가트나 나로선 이제부터 첫 段階를 밟기爲해한번하고본다.60)

과연 친일로 나서기 위해 이러한 결심이 필요했던 것일까. 이태준이 직면했던 절망은 그 동안 제대로 친일문학을 써 내지 못했다는 자책에서 나온 것일까. 그렇게 판단하기는 결코 쉽지가 않다. 그럼에도 불구하고 그러한 시도는 끊이지 않는다. 뿐만 아니라 이태준 해석의 커다란 경향을 이루는 추세이다. 예컨대 김철은 다음과 같이 주장한다. "「농군」은 작가의 '심각한 내적 변모'와 '모색'의 결과가 아니라, '만주경영'이라는 제국주의의 '새로운 시대적 흐름'에 편승한, 다시 말해 당대의 '국

---

59) 현재 우리 학계에는 古典·古翫에 대한 이태준의 입장 변화를 무시하고 친일로 몰아가는 경향이 팽배해 있다. 김예림의 『1930년대 후반 근대인식의 틀과 미의식』(소명출판, 2004)이 대표적 사례다.

60) 李泰俊, 「참다운 藝術家노릇 이제부터始作할決心이다」, 『朝鮮日報』, 1938.3.1.

책(國策)'에 적극적으로 부응한 소설이며, 그러한 사정을 떠나 소설 자체로 보아도 지극히 무성의하고 불성실한 작품이다."61)

식민지를 경영하면서, 전쟁을 치르면서 일제는 여러 가지 정책을 발표하였다. 예컨대 조선산금령(朝鮮産金令)을 통해 금광 채굴을 독려하였으며, '20년 간 백만 호(戶) 송출 계획'에 따라 조선농민을 만주로 이주시키는데 힘을 쏟기도 하였다. 그렇지만, 금광 채굴이 등장한다고 해서, 조선농민의 만주 이주가 나타난다고 해서 일제의 국책에 부응한 소설이라고 쉽게 단정지을 수는 없다. 이태준의 「영월영감」, 「농군」이 그 까닭을 보여준다. 식민지 말기의 현실은 그만큼 복잡하고 고단하였다. 식민지 말기 일제의 정책을 몇 가지 연구하여 마치 짜 맞추듯이 작가와 소설을 해석해서는 곤란한 까닭도 마찬가지 이유이다. 식민지 말기의 문학 연구는 이를 염두에 두고 시작하여야 할 것이다.

---

61) 김철, 「몰락하는 신생(新生)―'만주'의 꿈과 「농군」의 오독(誤讀)」, 『'국민'이라는 노예―한국문학의 기억과 망각』, 삼인, 2005, 107면.

한설야 문학의 일제에 대한 비협력 및 저항의 맥락*

고명철

1. 문제 인식—일제의 식민통치에 비협력하는 문학

일본 제국주의 침략에 대한 동아시아의 비판이 거세게 일어나고 있다. 최근 일본의 극우보수파에 의한 일본 제국주의 과거사를 아전인수격으로 기술한 역사교과서의 기술에 대해 동아시아는 분노하고 있다. 무엇보다 식민지 지배 기간 동안 자행되었던 일본 제국주의의 구조악(構造惡)과 행태악(行態惡)을 은연중 망각 또는 은폐시키는 것을 넘어서서, 일본 제국주의 침략을 '식민지 근대화론'이란 미명 아래 정당화시키고자 하는 데 대해 동아시아는 매서운 비판을 가하고 있다.

그런데 일본 스스로 제국주의 침략사를 기회가 있을 때마다 왜곡·

---

* 이 논문은 2005년도 광운대학교 교내 학술연구비 지원에 의해 연구되었음.

변개하고자 하는 데에는 식민지 지배의 주체였던 일본의 역사적 책임이 가장 크겠지만, 식민지 지배를 당한 타자의 책임 또한 외면할 수 없다. 말하자면 식민의 역사적 경험을 직시하는 가운데 식민을 극복하고자 하는, 즉 탈식민의 대응을 소홀히 하지 않았는가에 관한 냉철한 자기 비판을 거쳐야 한다. 식민의 역사적 경험을 왜곡하지 않고, 그것을 망각하지도 않으면서, 식민을 극복해야 하는 것이다. 바로 여기서 친일문학에 대한 연구의 중요성이 일찍부터 제기되어 왔다.[1] 친일문학에 대한 연구는 우리 문학의 치부를 드러내는 데 있지 않고, 이처럼 식민을 제대로 극복하는 일환이면서, 더 나아가 우리 근대문학사의 실상을 좀더 풍요롭게 한다는 점에서 연구의 공감대를 얻고 있다.

우리는 이러한 친일문학을 연구할 때 일제에 적극적으로 혹은 암묵적으로 협력하는 친일문인의 문학을 대상으로 연구하기 쉽다. 이것은 대단히 필요하면서도 중요한 연구 과제다. 그러면서 동시에 일제의 식민통치에 협력하지 않는 문학에 대한 연구도 요구된다. 다시 말해 "친일문학에 대한 연구는 저항과 더불어 이루어져야만 그 의미가 제대로 드러날 수 있을 것이다."[2] 여기서 우리는 친일문학을 연구하는 게 일본의 식민지 지배를 극복하는 일환이라는 사실을 상기할 필요가 있다. 때

---

1) 일제 식민지시대를 대상으로 한 연구 성과는 괄목할 만큼 축적되고 있는 실정이다. 하지만 이 시기의 우리 근대문학을 '친일문학'이란 관점에서 연구한 성과는 임종국의 『친일문학론』(1966) 이후 간헐적으로 전개되다가, 김재용에 의해 새롭게 진행되고 있다. 무엇보다 김재용에 의해 친일문학 연구는 학문의 연구 대상으로 정착되기 시작하였으며, 친일문학 연구가 대학의 상아탑에만 국한되는 게 아니라 가깝게는 한국과 일본을 비롯하여 일본 제국주의 식민지 지배의 역사적 경험을 공유한 동아시아의 탈식민이란 과제와 연관을 맺는다는 점에서 주목할 만한 연구 성과다. 이 외에도 친일문학의 실상을 드러내는 데 지속적 관심을 쏟고 있는 계간 『실천문학』의 친일문학 관련 특집을 비롯한 친일문학 작품집 출간, 2002년 8월 14일에 민족문학작가회의와 민족문제연구소가 공동으로 '친일문학인 42명'을 선정함으로써 민족문학사의 치욕을 인정하고, 민족문학의 웅비를 위한 역사적 다짐을 한 것 등은 친일문학 연구의 새로운 지평을 열게 하였다. 기존의 친일문학에 대한 연구를 개괄적으로 점검한 것은 임헌영, 「친일문학 연구의 현황과 의의」, 『문학마당』, 2005년 봄 참조.
2) 김재용, 『협력과 저항』, 소명출판, 2004, 45면.

문에 제국주의에 협력하는 것뿐만 아니라 저항하는 것까지 동시에 포괄하는 연구가 진행될 때 친일문학 연구의 온전한 위상이 자리매김 될 수 있다.

작가 한설야(1900~1976)는 친일문학 연구에서 저항의 맥락을 고려해야 할 대표적 작가 중 하나다. "한설야 문학의 일관성은 무엇보다 철저한 민중연대성으로 나타난다"3)란 지적에서 볼 수 있듯이, 한설야는 항일문학운동의 전위인 KAPF에 적극적으로 참여하여 1934년 KAPF 맹원들과 함께 검거되었으나, 옥살이에서 풀려난 이후의 창작 활동을 보건대, 1930년대 후반 이후 "당시의 문학이 절망과 환멸의 문학으로 일색화되는 것을 막아주"4)는, 그리하여 KAPF 시절과 또 다른 일제에 저항하는 면모를 보였다. 특히 중일전쟁 이후 중국의 무한 삼진이 일본군에 의해 점령되자(1938), 일본의 동아시아 식민지 지배의 가속화에 따른 친일문학이 팽배해지는 현실 속에서 한설야는 이른바 우회적 글쓰기를 통해 일제에 협력하지 않는 소극적 형식의 저항을 취한다.5) 그런데 우리가 쉽게 간과해서 안 될 것은 한설야의 이러한 일제 말의 소극적 저항의 글쓰기가 어떠한 기반 위에서 이루어지고 있는가 하는 점이다. 한설야가 보이는 일제 말의 글쓰기 자체에 주목하는 것도 유의미성을 갖지만, 그러한 글쓰기가 그의 문학세계의 어떠한 맥락 속에서 이루어지고 있는가를 살펴보는 게 일제 말 소극적 저항의 모습을 취한 그의 문학을 온전히 이해하는 데 도움을 줄 수 있을 터이다.

따라서 필자는 이 글에서 한설야 문학의 일제 말 소극적 저항을 이

---

3) 하정일, 「1930년대 후반 한설야 문학과 자기 성찰의 깊이」, 『한설야 문학의 재인식』(문학과사상연구회 편), 소명출판, 2000, 77면.
4) 하정일, 위의 글, 97면.
5) 김재용은 일제 말 문학인의 저항 방식을 세 가지(절필과 침묵 / 우회적 글쓰기 / 망명)로 정리한 바 있다. 그 중 한설야로 대표되는 우회적 글쓰기가 일제의 식민주의를 비판하고 있는 것으로 논의한다. 이에 대해서는 김재용의 『협력과 저항』에 수록된 「제3장 한설야─『대륙』과 우회적 글쓰기」를 참조.

해하기 위해 그 이전 시기에 발표한 주요 작품을 살펴보면서 한설야 문학의 일제에 대한 비협력 및 저항의 맥락을 재구성해보기로 한다.

2. 식민지 근대화의 낯선 풍경으로 흡수된 농촌공동체

한설야는 식민지 농(어)촌공동체가 해체·분화되어 가는 과정에 주목한다. 그 과정에서 농(어)민이 공장 노동자로 급격히 변모해가는 객관현실을 예각적으로 묘파해낸다. 이것은 식민지 근대화론의 맹점을 한설야가 적확히 꿰뚫어보고 있다는 점을 말한다. 단편 「과도기」(『조선지광』, 1929.4)는 그 대표작이라 할 만하다. 이 작품은 "계급문학운동의 전개과정에서 초기 프로소설이 거둔 바 있는 문학적 성과와 한계를 뛰어넘어 새로운 단계로 진입할 수 있게 만"[6]든 것으로, 「과도기」 이후 식민지 자본주의체제에 대한 한설야의 부정과 비판의 문학을 살펴볼 수 있는 가늠자의 역할을 맡고 있다.

사실, 이 작품은 그 제명이 단적으로 웅변해주듯이, 전통적인 생활공동체가 식민지 근대화로 인해 급격히 붕괴되어 가는 과정에 놓여 있는 식민지 민중의 신산스러운 삶을 형상화하고 있다. 작중 인물 창선네는 생존을 위해 고향을 떠나 간도에서 생계를 유지하다가 온갖 고난(절대적 빈곤과 민족 차별)을 겪은 끝에 다시 고향으로 돌아왔지만, 창선네를 맞이한 것은 옛 정든 고향이 결코 아니었다. 창선의 고향은 식민지 자본주의체제로 흡수·통합되어 가고 있었던 셈이다. 그곳에서는 이제 더 이상 자연의 순리에 따라 농사를 짓는다든지 바닷일을 하는 게 자연스럽

---

6) 전승주, 「신념의 세계와 생활의 세계」, 『한국소설문학대계』 10권, 동아출판사, 1995, 533면.

지 않다. 농업과 어업이 오히려 이물스러운 일이 되고 말았다. 고향의 풍경은 근대의 낯선 풍경으로 전도되고 있기 때문이다.

> 그러나 지금은 모든 것이 달라졌다. 산도 그렇고 물도 그렇다. 철새 나는 마을이 없어지고 맵짠 쇠냄새 나는 공장과 벽돌집이 거만스러이 배를 붙이고 있다. 소수레가 끊어지고 부수레(기차)가 웽웽거린다. 농군은 산비탈 으슥한 곳으로 밀려가고 노가다(노동자)패가 제노라고 쏘다닌다. 땅은 석탄 먼지에 꺼멓게 절고 배따라기 요란하던 포구는 파도 소리 홀로 쓸쓸하다. 그(창선－인용자)의 눈에는 땅도 바다도 한결같이 죽은 듯했다. 기계간 벽돌집 쇠사슬 떼굴뚝이 아무리 야단스러워도 그저 하잘것없는 까닭 모를 것이었다.[7]

> 그러나 정든 옛 일이나 그네가 같이 밀려간 자리에는 낯선 새노릅(고장 기계)이 주인같이 타리개를 틀었다. 검은 굴뚝이 새 소리를 외치고 눈 서투른 무서운 공장이 새 일꾼을 찾으나 그것은 너무도 자기들과 거리가 먼 것 같았다. 그만치 할 일이 있고 할 뜻이 있는 옛 일에 대한 애착이 아직까지 뿌리 깊이 가슴을 부여잡고 있다. 그런데 그 일은 어디 가고 꿈도 안 꾸던 뚱딴지 같은 일터가 제맘대로 벌어져 있다. 게트림을 하면서 턱으로 사람을 부른다. 없는 사람을—그러나 차마 발이 떨어지지 않는다. 천하없어도 후려 넣는 절대명령이 과도기의 공포와 설움이 그의 가슴을 쑤시었다.[8]

창선의 고향에는 공장이 들어서고, 공장에서 일할 노동자로 북적거리기 시작한다. 간도의 혹독한 생활을 청산해온 창선이 마주친 고향은 식민지 자본주의체제로 이행해가는 "과도기의 공포와 설움"을 안겨다 줄 따름이다. 창선이가 느끼는 이 감정이야말로 식민지 근대화의 낯선 풍경을 접한 기층 민중의 충격적 심회일 것이다. 작가 한설야는 이렇게 식민지 자본주의체제로 급격히 변모해가는 현실에 직면한 민중의 삶을 응시하고 있다.

---

7) 한설야, 「과도기」, 『한국소설문학대계』 10권, 동아출판사, 1995, 419면.
8) 한설야, 앞의 책, 427면.

이제 창선은 식민지 근대화의 풍경으로 전도된 고향에서 낯선 삶을 시작할 것이다. 간도에서 창선의 삶이 타지에서 겪을 수밖에 없는 낯설고 두려운 삶이었다면, 고향에서 그의 삶은 비록 타지의 삶은 아니지만, 그 동안 익숙하지 않았던 식민지 근대화의 풍경에 전면 노출된 삶인바, 타지의 삶과 또 다른 식민지 자본주의체제에서 타자로서의 삶을 살 수밖에 없다. 바꿔 말해 그는 바로 식민지 종주국(일본)에 예속된 공장 노동자로서의 삶을 살아간다.

따라서 창선과 같은 공장 노동자의 삶에 대해 작가 한설야가 각별히 주목한 것은 노동자로서의 삶에 대한 계급적 각성을 형상화하는 문제다. 1930년대에 들어서면서 일제의 자본주의체제가 가속화되기 시작하는 현실에 놓인 공장 노동자가 자신의 계급적 각성을 하는 것은, 자본주의체제의 모순을 넘어서는 노동해방이란 보편적 문제는 물론, 식민지 조선의 암울한 현실을 넘어선다는 점에서도 대단히 중요한 문제가 아닐 수 없다. 단편 「씨름」(『조선지광』, 1929.5)은 한설야의 이러한 문제의식을 담아내고 있다. 「씨름」은 「과도기」의 후속작인바,9) 한설야는 「과도기」에서 보인 창선의 공장 노동자의 삶으로의 편입 이후의 내용을 전개하고 있다.

한설야가 주목하고 있는 것은 공장 노동자들 사이에 신망이 두터운 명호란 인물이 노동조합을 형성하고, 자신의 반대파 노동자들을 규합해냄으로써 '노동자의 단결된 힘을 보여주려는 과정이다. 이 과정에서 명

---

9) 『조선지광』 1929년 8월에 실린 「씨름」의 서두에서 한설야는 다음과 같은 말을 하고 있다. "「과도기」에서 필자는 농촌의 몰락과 공업도시의 발흥 따라서 농민의 노동자화의 과정을 그리려 하였으나 「모델」 소설이란 데 잡혀서 필연한 중점은 구현하지 못하였고 표현에 있어서도 두찬(杜撰)의 적잖았다. 그래서 예술적 양심이라고 할가 곧 그 속편될 「새벽」(『문예공론』, 1929.5)을 썼으나 그만 삭제를 당하고 말았다. 누구보다도 애석히 생각하는 사람은 작자일 것이다. 그러나 그렇다고 그저 있을 수도 없고 해서 실로 형극의 로(路)를 헤치고 나가는 맘으로 머리를 썩여 가며 태반에서 말살된 「새벽」을 대신하고 중도 반비(半肥)의 「과도기」를 연장(필연한 방향으로)하자는 의미에서 이 2부작 「씨름」을 쓰게 되었다."(김외곤 편, 『한설야 단편선집』 1권, 태학사, 1989, 166면 재인용)

호는 반대파 노동자의 대표인 화춘(요시다)을 씨름판에서 꺾음으로써 명실공히 노동자의 대표가 되어 노동자의 단합을 이끌어낸다. 물론 노동자를 규합해내는 명호의 과정을 살펴볼 때 명호와 같은 인물 유형을 형상화하네는 데 문제가 없는 것은 결코 아니다.10) "한설야 문학의 가장 심각한 문제점은 성격과 상황이 항상 '미리 주어져' 있다"11)라는 적확한 지적에서 알 수 있듯이, 명호는 이미 노동자조합을 성공적으로 결성할 뿐만 아니라 흩어져 있는 노동자를 훌륭하게 규합해낼 수 있는 노동자의 대표다운 대표로서의 전형성을 이미 확보하고 있는 인물이다. 말하자면 명호의 전형성은 작품의 형상화 과정에서 획득되었다기보다 작가가 이미 선험적으로 규정내린 인물의 전형성을 전경화(前景化)시킨 인물인 셈이다.12) 하지만 이와 같은 문제에도 불구하고 「씨름」에서 눈여겨보아야 할 것은 작가 한설야가 명호를 통해 식민지 자본주의체제에 순응하는 노동자-주체를 부정하고, 그러한 객관 현실을 응시하는 노동자-주체의 각성을 보여주려는 데 초점을 맞추고 있다는 점이다. 「과도기」의 창선이란 인물을 공장 노동자의 삶으로 편입시킨 이후 작가의 주된 관심은, 식민지 노동자로서의 타자적 삶이 아니라 식민지 노동자로

---

10) 김외곤은 "이런 유형의 인물들은 그 자신이 현실 속에서 생활하고 싸워나가는 인물이 아니라 작가의 관념이 그대로 표출된 것이거나 작위성이 드러나는 경우가 대부분"이라고 그 문제점을 언급한다. 김외곤, 「자의식의 과도와 현실의 왜곡」, 『한설야 단편선집』 2권, 택학사, 1989, 326면.

11) 하정일, 앞의 글, 앞의 책, 78면.

12) 작가는 명호의 됨됨이에 대해 다음과 같이 이미 설정하고 있다. "명호는 힘으로서도 여린 사람의 우이될 만하엿지만 그보다도 내호에서는 수천명 로동자의 꼭지로 일음이 놉핫다. 그가 한 번 눈을 부릅뜨고 소리를 질으면 수다한 로동자들은 엇잘 바를 모르고 쩔쩔 매엿다. / 그는 창리의 과히 간구하지 안은 농가에 태여나 농사도 조곰씩 도앗지만 틈틈이 글자나 배우고 함흥 가튼 대처에 가서 여러 가지 보고 들은 바도 만앗고 그보다도 여러 운동자들과 접촉하야 거게서 어든 바가 썩 만앗다. 그리하여 촌에 도라와 야학도 설치하고 『능민회』도 만들엇섯다. (…중략…) 농민회라는 간판을 걸고 야학 외에는 별것이 업섯지만 그래도 농민도 무슨 일이던지 모아서 가티 의논해서 가티 조토록 하는 것만이라도 다소 선전햇든 것은 사실이다. 막연하나마 『농민』회라는 전신이 업섯드라면 오늘날 그 후신인 창리의 『소작조합』이 그러케 급히 또는 튼튼이는 되지 못하엿슬 것이다."(「씨름」, 김외곤 편, 『한설야 단편선집』 1권, 태학사, 1989, 151~152면)

서의 주체적 인식을 하는 인물을 후속작에서 드러내고 싶었던 것이다.

이렇게 「과도기」와 「씨름」이 식민지 자본주의체제로 편입해 들어가는 양상을 보여주고 있다면, 장편소설 『황혼』(『조선일보』, 1936.2.5~10.28)에서는 좀더 완숙한 단계로 접어든 식민지 자본주의체제에 대한 비판이 보인다. 아울러 한설야 문학의 고질적 문제로 논의되었던 도식성과 작위성마저 『황혼』을 통해 극복되고 있다.[13] 그리하여 한설야가 『황혼』에서 비중을 두고 있는 것은 완숙기로 접어든 식민지 자본주의체제의 내부를 탐구하고, 노동자의 각성이 의식 수준에 머무는 게 아니라 직접적인 실천으로 드러나는 면을 형상화하는 데 있다. 한설야는 『황혼』을 통해 식민지 근대화론의 허구를 극명하게 보여준다. 그는 식민지 자본주의체제에 적극적으로 복무하는 식민지 매판자본가를 비롯하여, 식민지 자본주의체제와 관계를 맺고 있는 인물들의 타락한 욕망을 응시함으로써 식민지 근대화론이 갖는 허구를 묘파해내고 있다.

가령, Y방직회사의 경영난으로 인해 회사 경영을 책임지게 된 안중서는 동종 업계의 회사보다 경쟁력을 확보하기 위해 회사를 확장할 모종의 계획을 공장주임과 함께 은밀히 실행한다. 회사의 경쟁력을 확보하기 위해서는 대량 생산체제를 갖추어야 하는데, 이를 위해 새 기계가 도입되어야 하고, 기계가 도입된 만큼 기계가 작업할 수 있는 불필요한 노동자의 수를 줄임으로써 비용을 절감해야 한다. 동시에 새로운 공장 가동에 걸맞는 젊은 노동자를 값싼 임금으로 고용하여 사용자의 이득을 최대한 창출하는 게 목적이다. 이 계획을 추진하는 과정에서 회사는 새로운 사장의 경영체제에 부합되는 노동자로 교체된다. 말하자면 Y방직회사의 확장 계획은 식민지 자본주의체제를 견고히 구축시키기 위한 일환으로 진행되는 것이며, 회사에 값싼 임금으로 고용된 노동자는 대량 생산체제 속에서 한갓 부품의 가치를 지닌 노동자로 전락할 수밖에

---

13) 이에 대해서는 김재용, 「내면 세계의 탐구와 도식성 극복의 도정」, 『한설야 문학의 재인식』(문학과사상연구회 편), 소명출판, 2000 참조.

없다. 이렇게 공장 기계에 의해 수탈된 식민지 노동력은 식민지 매판자
본가의 정치적·경제적 기득권을 보장해주는 노릇을 할 뿐이다. 이를
위해 중간 관리자격인 공장주임은 하기경품제 같은 고용관리제도를 고
안해냄으로써 식민지 노동자의 노동을 유효 적절히 지배·관리하려고
한다. 즉 이 제도는 공장혁신이란 미명 아래 노동자의 값싼 노동을 쉽
게 착취하고자 하는 식민지 자본가의 음험한 의도가 숨어 있는 것이다.
어느 정도 기계에 숙련된 노동자가 될 만하면, 하기경품제와 같은 고용
관리제도를 통해 높은 임금을 더 이상 지불하지 않고, 이 제도의 합리
적 절차에 따라 고급공을 자연스레 정리한 이후, 또 다른 값싼 노동자
를 다시 고용하여 노동력을 쉽게 착취하면 그만이다.

　작가 한설야는 『황혼』을 통해 바로 이러한 식민지 노동력 착취가 지
닌 부당성을 겨냥하고 있다. 식민지 자본주의체제가 지닌 노동력 착취
의 구조를 신랄하게 비판하고 있는 것이다. 이러한 식민지 자본주의체
제에 대한 비판은 동경유학생 지식인 경재의 자기 비판에서도 읽을 수
있다. 경재는 안중서 사장의 딸 현옥과 약혼할 관계지만, 금광 개발로
치부(致富)한 아버지의 재력에 의해 속물 근성을 드러내는 현옥을 혐오
한다. 또한 현옥과 려순 사이에서 갈피를 못 잡는 자신의 소시민성에
대한 자기 비판의 태도를 지닌다. 그리하여 작품의 말미에서 경재의 시
선에 비친 노동자의 각성과 그 실천은, 어떻게 보면 식민지 자본주의체
제를 노골적으로 혹은 암묵적으로 지탱시켜준 식민지 지식인에 대한
준열한 비판으로 인식된다.14)

　　경재는 그만 눈이 휘둥그레졌다. 신경이 놀라서 머리 끝으로 치솟는 것 같

---

14) 이에 대해 김재영의 다음과 같은 지적은 흥미롭다. "한설야의 소설세계에서 이 작품
（『황혼』－인용자)은 이전의 노동자 세계에 집중되어 있던 작품들을 총결산하는 의미
를 갖는 것이었다. 하지만 이 작품은 노동자의 삶을 통해서라기보다는, 한 지식인의
몰락을 통하여 노동자적 세계관의 승리의 과정을 그려내는 방식으로 이루어져 있다."
김재영, 「한설야 문학과 함흥」, 위의 책, 157면.

이 선뜻함을 느꼈다.

　그 사람들 중에서 경재는 맨 처음으로 려순을 보았다. 그리고 준식을……
또 형철을……

　그 이상 더 생각할 아무런 연유도 그에게는 없었다. 별안간 앞이 무너지는
듯 그는 눈이 캄캄하였다.

　그는 단숨에 문 밖으로 나와 버렸다. 허나 그들의 그림자는 더욱 분명히
눈 밑에서 떠올랐다.

　자기에게 비하여 그들은 너무도 분명한 태도였다.

　이때같이 그는 어두워가는 황혼에 선 자기 자신을 똑똑히 발견한 일은 없
었다.[15]

　려순·준식·형철 등 노동자들은 사장실로 당당히 들어간다. 그리고
식민지 매판자본가에 의해 노동력이 착취당하고 있다는 문제점을 조목
조목 들어 비판할 것이다. 황혼 무렵에 지혜의 올빼미가 날아오르듯이,
노동자들은 이제 더 이상 침묵하지 않고, 노동의 가치에 대한 각성을
바탕으로 식민지 노동자의 모순과 부조리에 저항할 것이다. 식민지 지
식인 경재는 이처럼 숭고한 장면을 보면서 식민지 지식인으로서의 자
기 인식을 명징하게 가다듬는다.

3. 대동아공영권 건설을 위한 식민지 농촌경제 질서의 재편

　한설야가 KAPF 2차 검거 사건[16]으로 투옥되어 출감했을 때(1935.12),

---

15) 한설야, 『황혼』, 풀빛, 1989, 449면.
16) 카프는 1931년 '공산주의 협의회 사건'으로 불려지는 제1차 검거 사건 이후 1934년
　　부터 1935년까지 1년여에 거쳐 이른바 '신건설사 사건'이라 불리는 제2차 검거 사건으
　　로 결정적 파국을 맞는다. 이 2차 검거 사건으로 이기영·한설야·윤기정·송영·이

KAPF는 이미 해체되었으며(1935.5.21) KAPF의 다른 구성원들처럼 일제에 의해 전향자로 규정된 채 고향으로 돌아온다.[17] 그런데 한설야의 귀향에 대해 결코 간과할 수 없는 것은 고향에 대한 재발견을 통해 KAPF 해체 이후 새롭게 모색되어야 할 문학에 대해 숙고하고 있다는 점이다.

> 나는 좀더 深刻히 내周圍를 凝視하기 싶고 좀더 내발아래를 샅샅이 파보고 싶습니다. 그리고보니 平凡한 故鄕도 하찮은 내生活도 마치 이제부터 새로 허치어보고 손수 씨를 뿌려볼 가장좋은 處地인듯한 느낌을 줍니다. 나는 이 좋은 處女地를 얼마나 오랫동안 잊고 있었든지 알수없읍니다. 이 잊엇든 境域을 새로 발견하는 기쁨과 놀람과 강개를 나는 함께 느끼고 있읍니다.[18]

한설야에게 고향은 모순된 현실과의 응전에서 패배한 자가 돌아와 안식을 취하는 곳이 아니다. "종종 사회 속에서 어떤 특정한 헤게모니적 전개에 의해 좌초해버린 집단들에 후퇴할 자리를 마련해"[19]주는 전통들로 가득찬 곳이 결코 아니다. 오히려 고향은 그에게 KAPF 강제 해산 이후 좌절된 문학에의 새로운 의지를 북돋을 수 있는 '처녀지'로 인식된다. 그리하여 한설야는 이른바 '탁류' 3부작(「홍수」, 「부역」, 「산촌」)을 통해 식민지 자본주의체제로 재편되어 가는 농촌의 현실을 탁월하게 그려낸다.[20] 무엇보다 이 3부작은 1930년대 후반 식민지 종주국(일본)의

갑기 등 23명이 기소되어 그 중 박영희·이기영·한설야·윤기정 등 4명이 실형을 선고받았다가 항소심에서 모두 집행유예로 풀려난다.

17) 김동환의 「1930년대 한국 전향소설 연구」(서울대 석사논문, 1987)에 의하면, 카프 해산 이후 카프의 맹원들은 일제 치안 당국에 의해 전향자로 규정되는 것이 일반적인 예에 해당한다. 여기에는 일제의 식민지 통치의 한 방편으로써 집행유예라는 제도를 활용해서 전향자로 '공인'되게 하는 방법을 쓰기도 하였다고 한다. 따라서 한설야의 경우 집행유예로 풀려나면서 전향자로 공인되면서 고향으로 돌아온다.

18) 한설야, 「고향에 돌아와서」, 『조선문학』, 1936.8, 102면.

19) R. Williams, 이일환 역, 『이념과 문학』, 문학과지성사, 1982, 146면.

20) "사실 식민지하 우리 민족의 대다수를 구성하고 있는 농민 삶의 현실에서 민족 모순의 문제가 필연적으로 발생할 수밖에 없음에도 불구하고, 1930년대 후반 우리 농민소설에서 한설야의 작품을 제외하곤 이러한 문제를 형상화하고 있는 작품은 전무하다고

경제적 이권과 군국주의의 물적 토대를 다지기 위해 일본인 지주 중심으로 식민지 농촌경제가 급속도로 재편되어 가는 구조적 과정을 보여준다는 점에서 그 중요성을 간과할 수 없는 작품들이다.

「홍수」(『조선문학』, 1936.5)에서는 이러한 식민지 농촌경제의 변화의 징후를 드러낸다. 이 작품의 제명인 '홍수'는 농사를 위협하는 자연재해만을 지칭하는 게 아니라 일본인 사사키가 경영하는 농장이 점차 확장될 것이고, 근대화된 영농기술의 보급과 그에 따른 농장 경영 방식으로 인해 대다수 소작인들이 삶터로부터 추방될 사태를 비유하고 있다. 따라서 "홍수는 산떼미 같은 설움과 걱정을 가뜩이나 지친 그들의 등어리에 처엎어 놓은 것이다"21)라는 문장이 환기해내는 의미 맥락은, 홍수로인한 농작물 피해뿐만 아니라 일본인이 경영하는 대농장이 급속도로확장되어 가고 있다는 데 따른 소작인들의 불안 심리로 해석해볼 수 있다. 말하자면 식민지 종국국(일본)을 위한 농촌경제의 급속한 재편에 대한 식민지 농민들의 불안이 징후적으로 포착되고 있다.

여기서 작가 한설야가 주목하고 있는 것은 일본인 교장 사사키가 경영하는 대농장의 성격이다. 근대적 영농기술을 보급해 들어옴으로써 농촌경제를 부흥시키고자 하지만, 정작 그 목적은 어디까지나 식민지 종주국(일본)의 경제적 이득과 중일전쟁 이후 증강되고 있는 군수물자를지원하기 위한 데 있다.22)

보아도 무방하다. 당시 리얼리즘계열의 농민소설들조차 대부분 농민들의 비참상에만 초점을 맞출 뿐, 그 참상의 구조적 원인을 형상화해내지는 못하고 있다." 유문선, 「일제하 한설야 소설의 농촌·농민의 형상화」, 『한설야 문학의 재인식』(문학과사상연구회 편), 소명출판, 2000, 145면.

21) 한설야, 「홍수」, 『한국소설문학대계』 10권, 동아출판사, 1995, 447면.
22) 일본인 지주 중심으로 식민지 농촌경제 질서가 재편되어 가는 과정과 일제의 군국주의에 따른 농촌진흥운동의 식민주의 근대화가 갖는 맹점에 대해서는 정연태, 「1930년대 일제의 식민농정에 대한 재검토」, 『역사비평』, 1995년 봄 및 지수걸, 「일제의 군국주의 파시즘과 '조선농촌진흥운동'」, 『역사비평』, 1999년 여름 참조

학교 정문을 돌아나올 때 교장선생이 외던 말이 다시금 지그시 기술의 머리를 눌렀다. (…중략…)

"다른 농장과는 다르다. 국난타개 생업보국(國難打開 生業報國)의 제일선에 설 모범청년을 양성하는 것이다."

교장선생은 이런 힘든 말을 거듭 외는 것이었다.

"……가장 잘 하늘을 고이[支]는 것은 땅이다. 땅은 백성이다. 즉 농민이다. 그러기 때문에 한 사람의 농부라도 나는 신(神)의 허락없이는 쓸 수 없다. ……가령 여게 한 사람의 극히 진실한 농부가 있다고 하자. 그러나 일만 부지런히 한다고 해서 참말 진정한 인간인 것은 아니다. 그 사람의 머리를 ― 즉, 정신을 보아야 하는 것이다. 사람이 신(神)에게 통하는 길은 오직 이 정신이 있을 뿐이다. 그러므로 나는 내 앞에서 진실을 맹서하는 어떤 사람이든지 위선 그가 신에게로 갈 수 있는 정신을 가지고 있는가 그것부터 보는 것이다. …… 제 죄와 악 때문에 악착한 경우에 빠진 사람이 아무리 야단스레 소리를 친다 하더라도 그것은 결코 신에게는 들리지 않는 것이다. 신이 버린 사람을 구할 수는 도저히 없는 것이다."[23]

"기술이네가 부치는 김갑산 동(개간지)이 기술이가 다니던 T보통학교 교장선생의 손으로 넘어가게 될 것은 이제 더 의심할 수 없는 버젓한 사실"[24]이기에, 기술은 교장선생을 찾아가 교장선생의 농장에서 일자리를 얻으려고 한다. 교장선생은 기술에게 자신이 경영하는 농장에서 일할 모범청년의 자격을 훈시한다. '국난타개 생업보국'을 위해 헌신할 수 있어야 한다는 점, 그러한 정신을 지닐 때 신(神)은 농장에서 일할 자격을 부여한다는 점 등을 강조한다. 이것은 1930년대 후반 중일전쟁 이후 대동아공영권 건설을 위한 전쟁 물자를 지원하기 위해 '진충보국(盡忠報國)'해야 하며, 그러한 차원에 국한시켜 내선일체의 황국신민화를 강제하는 일제 파시즘을, 식민지 농촌의 일상 속으로 뿌리내리려는 데 궁극적 의도가 있는 것이다. 따라서 근대적 영농기술의 보급은 일제의

---

23) 한설야, 「산촌」, 앞의 책, 487~488면.
24) 한설야, 위의 글, 위의 책, 474면.

대동아공영권 건설을 위한 군수물자의 원활한 보급과 지원을 위한 것
으로, 식민지 농촌의 열악한 현실을 타개하는 것과는 무관할 따름이다.
「산촌」(『조광』, 1938.11)에서는 이처럼 식민지 경영을 위한 농촌경제의 재
편이 가속화될수록 식민지 농민의 간난한 삶은 해결될 길이 요원하기
만 하다는 것을 보여준다. 그나마 농사짓던 소작농토마저 일본인이 경
영하는 대농장에 흡수·병합되면서 삶터에서 추방당해 날품팔이 노동
자로 전락하고, 심지어 고향을 떠나 타지의 험난함 삶을 살기도 한다.

　　검은 옷 입은 모범농민과 T학교 졸업생으로 된 모범경작생들이 와서 작인
　들의 논갈이를 중지시키며 여기여기다가 모래차 레일을 깔았다. 다단스런
　공사가 시작될 것을 작인들은 짐작하였다. 모래차도 왔다. 방충을 높이고 동
　안 북편에 있는 깊은 줄늪을 마저 메우고 높고 낮은 논판을 정리하고 또 김
　갑산 동과 사사키 동을 연결시켜 버리자는 것이다.
　　날마다 양편 충돌이 그치지 않았다. 작인들은 아무러나 맘대로 논을 갈 수
　가 없었다. 한바탕 걸리고 나서 좀 즘즛한 때 지다위 센 작인들이 논을 또
　갈기 시작하면 또 으레 맞부딪치고야 만다.
　　(…중략…)
　　추수 뒤에 겨우 놓여났을 때에는 작인들의 절반 이상이 산지사방 떠가고
　말았었다. 복녀네도 어디로 가버렸다.
　　기술이 아버지는 겨우 사방공사장에서 노동해서 그날그날을 풀질해 가고
　있었다. 그러나 그나마도 일터는 좁고 사람은 꾀여쳐서 닷새에 이틀은 그 일
　도 얻어 만나지 못하는 형편이다. 십장이 나와서 그날 필요한 인부 수만치만
　부삽을 팡개치면 그것을 먼저 잡는 사람만 그날 일을 할 수 있고 그 담 잡
　지 못한 사람은 울상을 하고 돌아가는 것이다. 기술이는 나이 젊고 기꿀이
　있는 관계로 아버지보다는 일잡이 손이 빨랐다. 그래서 그날그날을 간신히
　지나갔다.
　　복녀네 집은 이 공사가 시작되는 것을 보지 못하고 고향인 S군으로 갔다
　고도 하고 또는 간도로 갔다고도 하여 그 종적을 바로 알 길이 없었다. 복녀
　네 집은 십 몇 원엔가 팔려서 대팻밥 모자를 쓴 모범경작생이 들어 있었다.

문짝도 고치고 토벽도 고쳐 발라서 봄보기부터 그전보다 훨씬 신수가 트여 보였다. 그 외의 여러 집도 거의 이렇게 주인이 갈렸다.[25]

이처럼 일본인 지주 사사키 교장선생에 의해 경영되고 있는 대농장은 식민지 농민의 이농현상을 부추겼을 뿐만 아니라 타향에서의 간난한 삶을 살도록 식민지 농민의 현실을 구조화시킨다. 특히 근대적 영농기술을 농장에 활용하기 위해 일본으로부터 인적 자원을 유입해 들어오고, 황국신민화 교육을 받은 학생을 배출함으로써 식민지 경영의 원활을 위한 "전형적 모범농장"[26]을 확대해나간다는 것은, 식민지 절대다수를 차지하는 농민의 삶을 크게 위협하는 것은 물론, 식민지 종주국에 모든 일상의 삶이 예속될 수밖에 없는 일상의 구조를 만들어나가는 것이나 다를 바 없다. 작가 한설야는 이러한 식민지 농촌경제 질서의 재편 과정을 사회구조적 관점에서 예각적으로 묘파해내고 있다.[27] 즉 일제의 식민지 근대화에 속수무책일 수밖에 없는 식민지 종주국의 타자로서의 예속적 삶의 본질을 놓치고 있지 않다.

이러한 식민지 농촌경제 질서의 재편에 따른 식민지 농민의 불안 심리는 앞서 「홍수」에서도 살펴볼 수 있듯이 「부역」(『조선문학』, 1937.6)의 결

---

25) 한설야, 위의 글, 위의 책, 495~497면.
26) 한설야, 「부역」, 위의 책, 469면.
27) 물론 이에 대해 전승주는 이견을 갖고 있다. 그는 "일제의 농업정책이 누구를 위한 것이며 그 본질은 무엇인지 꿰뚫어보지 못한다는 점이며 이에 따라 그들(소작농들―인용자)의 투쟁 역시 아무런 전망이나 역사적 성격을 지니지 못하는 단지 일상적 차원에서 자신의 이익을 위해 이루어지는 이해충돌로 끝날 수밖에 없다는 점"을 한계로 적시해내고 있다(전승주, 앞의 글, 앞의 책, 538면). 물론 그의 이러한 지적이 어느 면에서는 일리가 없지 않다. 하지만 이른바 '탁류3부작'이 쓰여질 1930년대 후반에는 일제의 군국주의 파시즘이 노골화되기 시작하였으며, 그에 따라 일제의 검열 탄압이 극심하던 시기임을 고려해보건대, '탁류3부작'에서 보인 일제 식민지 농촌경제 질서의 재편 과정의 본질적 문제를 이 정도로 날카롭게 파악하고 있다는 점을 결코 과소평가할 수 없다. 무엇보다 한설야는 '탁류3부작'을 통해 일제의 대농장제도를 정면에서 비판하지 않으면서, 그 맹점을 적확히 보고 있는바, 이것은 김재용이 지적했듯이 일제 말 한설야의 식민지 자본주의체제를 우회적으로 비판하는 글쓰기 전략과도 무관하지 않을 터이다.

미에서도 기술의 환상을 통해 형상화되고 있다.

> 그(기술—인용자)의 머리에는 또 문득 아까의 환상(幻想)이 떠왔다. 거멓게 생긴 커다란—말할 수 없이 커다란 괴물의 밑구녁에서 누에똥이 떨어지는 그 환상이 또 떠왔다. 그 까만 일개미 속에는 아버지, 어머니, 그리고 암소의 곱이 낀 눈이 분명히 섞이어 있었다. 그리고 얼굴보다 더 큰 것 같은 무섭게 큰 눈이 마치 별 같이 하늘에 박여서 그 누에똥들을 내려다보는 것 같았다. 오줌을 다 누고 나니 몸이 경풍난 것처럼 몹시 떨렸다.[28]

"커다란 괴물의 밑구녁에서 누에똥이 떨어지는 그 환상"은 지난 여름철 개간지를 집어삼킨 홍수로부터 비롯된 것이다. 말하자면 그 거대한 홍수 속에서 가족들의 불안스런 눈이 섞여 있는 환상이다. 우리는 앞서 홍수를, 식민지 종국국(일본)을 위한 농촌경제의 급속한 재편에 대한 식민지 농민들의 불안의 징후로 이해하였는바, 기술의 이 환상 역시 크게 다르지 않다. 작가 한설야가 목도한 식민지 농촌경제 질서의 재편은 식민지 근대화의 타자적 위치에 자리한 식민지 농민들에게는 '괴물'처럼 낯설고 두려울 뿐이다. 식민지 경영을 위한 근대적 영농기술이야말로 식민지 농민들에게는 '괴물'이나 다를 바 없기 때문이다. 대농장에서 수확된 농산물 생산량은 양적으로 증대하였으나, 어찌된 일인지 식민지 농민들의 삶은 더욱 빈곤해지고 강퍅해지고 있는데, 바로 이러한 식민지 농민의 삶이야말로 식민지 근대화란 괴물의 희생양으로서의 삶을 강요하였던 것이다. 작중 인물 기술뿐만 아니라 한설야에게도 이러한 식민지 근대화는 '괴물'로 인식된 셈이다.

---

28) 한설야, 「부역」, 앞의 책, 472면.

4. 배타적 민족주의와 내선일체에 대한 우회적 비판

한설야의 문학은 일본 제국주의 식민통치에 협력하지 않는 저항의 맥락을 간직하고 있다. 비록 한설야가 일제 말기에는 식민지 종주국의 언어로 창작 활동을 벌였지만, 그가 일관되게 견지해온 일제의 식민통치에 대한 부정과 저항의 문학에 대해 우리는 결코 소홀히 간주할 수 없다. 일제 말기 일본어로 쓰여진 작품 중 주목할 만한 작품은 장편소설 『대륙』(『국민신보』, 1939.6.4~9.24)과 두 단편 「피」(『국민문학』, 1942.1), 「그림자」(『국민문학』, 1942.2) 등이다. 이들 작품을 통해 한설야는 일제 말 혹독한 검열을 우회적으로 피해가면서 일제의 식민통치가 갖는 문제에 대해 비판적 인식을 보인다.

한설야는 이 세 작품들 중·장편 『대륙』에서 "일본 제국의 식민주의적 정책에 대한 비판을 만주국에서 널리 표방된 오족협화를 활용하여 행하고 있"[29]는바, 주목할 만한 것은 일제가 무한 삼진 함락 이후 대동아공영권 건설에 박차를 가하면서 대륙을 침략하고 있는 데 대한 한설야의 국제주의자로서의 비판적 문제의식이 드러나고 있다는 점이다. 사실 이 소설은 겉으로 볼 때, 만주의 경제적 이권을 확보하기 위해 만주 지역의 토지를 매수하려는 일본 남성 하야시를 좇아 만주행을 따라나선 친구 오야마, 오야마와 정략결혼을 성사시키려는 만몽모직회사 사장의 딸 일본 여성 유키코, 하야시의 만주 지방의 진출을 위해 만주의 군벌과 원활한 관계를 맺게 해준 만주인 조노인의 딸 마려 등 세 사람의 애정소설로 읽힌다. 즉 '일본인 유키코―일본인 오야마―만주인 마려' 사이의 애정 삼각 구도로 읽혀도 무방하다. 하지만 정작 작가 한설야가 염두에 두는 것은 대륙에 대한 일제의 식민 정책에 대한 비판적 문제의

---

29) 김재용, 『협력과 저항』, 소명출판, 2004, 223면.

식이 자리하고 있다. 여기에는 타민족을 배타적으로 인식하는 일본의 자민족 우월주의가 대륙에 대한 식민 정책을 통해 일상의 삶을 지배하고 있는 것이든지, 일본 제국의 국가권력의 비호를 받은 소수독점자본이(일본의 대재벌) 대륙의 모든 경제적 이권을 차지하려는 것 등에 대한 작가 한설야의 준열한 비판적 인식을 쉽게 지나쳐서 안 된다. 다만 이같은 비판적 문제의식을 애정소설의 삼각 구도로써 우회하고 있다는 것을 상기해야 할 것이다. 가령, 오야마는 일본인 유키코보다 만주인 마려를 더 사랑하게 되는데, 오야마의 내면세계를 통해 일제의 식민 정책에 대한 작가의 비판적 문제의식을 엿볼 수 있다.

오야마는 무슨 말을 하려다가 입을 다물었다. 그는 지금 이 순간만큼 일본인과 만주인을 분명하게 본 적이 없었다. 그녀의 생각을 '콤플렉스'라고 치워버렸지만 그건 짧은 생각이었다. 인간의 마음과 마음이 같이 녹아내리는 사랑의 과정에서조차도 민족이라는 관념이 강하고 심각하게 작용한다는 것을 그는 처음으로 체험했다. 그녀는 알고 있어도 오야마에게는 알리고 싶지 않았다는 그녀의 말도 하나의 명백한 진리였다. 일본인은 민족적 우월감 아래 당연한 인간적 사고를 쉽게 잊어버린다. 오야마 자신도 그 중의 하나였다.[30]

유키코는 딱딱하게 비꼬면서 말을 했다.
"그런 짱꼴라 여자에게 빠지다니 꼴불견이에요."
"유키코 인간은 말이죠. 인간적으로 보면 나라라거나 가문은 아무 것도 아닙니다. 그게 오히려 꼴불견이죠."[31]

"그게 아냐. 네가 다른 사람도 아닌 이 부모의 명령을 거역하고 하찮은 만주 여자를 데리고 온다면 유서 깊은 오야마 집안은 어떻게 된다는 거냐? 난 절대로 용서할 수 없다."
"왜 만주 여자는 안 됩니까? 만주인이라고 해서 경멸할 이유가 어디에 있

---

30) 한설야, 「대륙」, 『식민주의와 비협력의 저항』(김재용 외 편역), 역락, 2003, 88면.
31) 한설야, 위의 글, 위의 책, 90면.

어요?"

히로시는 갑자기 가슴이 뜨거워졌다. 열심히 말을 이었다.

"마려의 경우는 유키코의 경우와 다릅니다. 단순하게 사랑이 아닙니다. 모두가 경멸하기 때문에 저는 마려 편을 들겠다는 겁니다."

히로시는 대륙에게 일본인에게 가장 필요한 것이 바로 이런 정신이라는 생각이 들었다.

"그런 말도 되지 않는 소리는 하지 마라."

"아뇨 가만히 있지 않겠습니다. 아버지는 왜 금권을 휘두르는 이기적인 여자편에 서서 죄 없는 선량한 사람을 경멸하는 겁니까? 만주 여자라고 해서 나쁠 이유가 없어요. 오히려 아버지는 누구보다도 만주 여자를 동정해야 하는 입장이 아닙니까?"[32]

분명, 작품의 표면상 '유키코―오야마―마려'의 애정 삼각 구도인 것처럼 보이지만, 일본인 / 만주인이라는 민족적 차별의식에 따른 식민지 통치 정책의 일상화의 단면을 살펴볼 수 있다. 여기서 오야마의 마려를 향한 사랑이 국적과 민족을 초월한 국제주의자로서의 면모이며, 이것은 한설야가 추구하던 것과 동일성을 띤다고 볼 수 있다. 그런데 지나쳐서 안 되는 것은 이러한 한설야의 국제주의자로서의 면모는 식민지 통치 정책을 비판하는 면에서 유의미성을 갖는 것이지, 식민지 통치 정책을 합리화하는 차원에서의 성격이 결코 아니다. 다시 말해 일본 제국이 만주침략을 정당화시키기 위한 이념을 모색하는 차원에서 국제주의를 표방한 게 아니라는 말이다. 도리어 오야마를 통해 보이는 한설야의 국제주의자로서의 면모는, 일본 제국주의 식민 정책으로 인한 일본의 민족우월주의가 타민족에 대한 배타적 관계로 인해 제국주의로 변질된 배타적 민족주의를 경계·부정·비판하는 것이다. 이러한 작가의 문제의식은 오야마와 하야시의 대화 속에 녹아들어 있다.

---

32) 한설야, 위의 글, 위의 책, 94~95면.

"유키코 뿐만이 아니라 원래 대륙이 우리에게 고마운 것은 위치가 유리한 곳에 있다는 점만이 아니다. 오히려 그것보다 나는 일본인의 성격개조를 할 수 있는 새로운 무대나 도장으로서 대륙을 예찬하고 싶다. 확실히 시대는 새로운 성격을 요구하고 있다. 여기에 오면 다른 어디에 있을 때보다 우리들은 일본이라고 하는 것을 확실하게 보게 된다. 확실히 대개조가 필요하다. 호흡이 너무 작고 선이 너무 얇아."

"맞아. 우물 안에 있으면 어디까지나 바깥세상을 모르는 법이지. 우리들 대학시절에는 자네 동급생들까지 우리들을 만주 고로하고 불러 이단자, 아니 심한 녀석은 이국인 취급을 했어. 맹자의 설을 빌려 말하면 남만 격설이지. 우리 만주에서 온 사람들을 말이야."

"자네, 오늘날에도 섬나라 쇼비니스트들(극단적인 애국주의자들)은 그렇다네."

"그러나 앞으로의 시대를 짊어질 신일본의 성격은 반드시 대륙을 바탕으로 형성되어야 해."

"그래. 확실히 지금은 어느 큰 전환기에 서 있지."

오야마는 그렇게 말하고 입을 다물어 버렸다.[33]

얼핏보면, 일본 제국의 식민 정책의 새로움을 모색하는 것처럼 들리지만, 이것이 바로 작가 한설야가 의도한 우회적 글쓰기를 보여주는 대목이다. 한설야가 정작 염두에 두는 '일본의 대개조'는, 일본이 쇼비니스트로서 제국의 식민 정책을 약소민족국가에게 회유 또는 강제하는 게 아니라 온 인류가 공존공영하는 것을 도와주는 국제주의를 추구해야 한다는 것이다.

한편, 일본 제국의 식민 정책에 대한 한설야의 비판은 「피」와 「그림자」에서 내선일체 황국신민화가 갖는 허구성에 초점이 맞추어지고 있다. 두 작품 모두 식민지 종주국인 일본의 여성과 식민통치를 당하고 있는 식민지 남성과의 애정 문제를 그린다. 『대륙』에서도 읽을 수 있는

---

33) 한설야, 위의 글, 위의 책, 160면.

것처럼 타민족, 그것도 일본의 식민지 예속 상태에 있는 민족과 '피의 내통'을 한다는 것은 식민지 종주국인 일본의 입장에서 도저히 용납할 수 없는 일이다. 일본에 그림 유학을 간 '나'는 일본인 여성 마사코와 사랑을 나누지만 더 이상 그 관계를 이어갈 수 없는데, 그것은 '나'에게 식민지 종주국 여성과 '피의 내통'을 할 수 없다는 민족 문제가 제기되기 때문이다(「피」). 이것은 식민지 종주국의 입장에서 내선일체를 부정하는 게 아니라 그러한 식민 정책을 우회적으로 부정·비판하고자 하는 작가의 문제의식을 주목해야 할 것이다. 말하자면 식민지 남성이 스스로 내선일체를 거부한다.

> 지금 생각해 보면 당신(치에코―인용자)이 없는 제 결혼생활도 바로 이 생명의 환호성 덕에 이루어지는 건지도 모르겠습니다. 그뿐만 아니라 빈약하지만 제가 걸어온 흔적이라는 것도 마찬가지라고 생각합니다. 다른 사람은 어떻게 말할지 모르겠지만 저는 제가 걸어온 길이 틀리지도 않았고 빈약하지도 않았다고 생각합니다. 그리고 앞으로 다른 길로 들어서려고도 생각하지 않습니다. 요즈음 제 마음에 유일하게 바라는 것은 제가 하나의 형해로 남은 그 순간까지―지금과 같은 발걸음을 계속하고 싶다는 것입니다.[34]

생각하기에 따라서는 옛 애인인 일본인 여성 치에코를 향한 애틋한 사랑의 마음으로 이해될 수 있지만, 이 역시 한설야의 우회적 글쓰기 전략에 의한 내선일체를 부정하는 작가의 의도로 해석할 수 있다.

이처럼 「피」와 「그림자」에서 내선일체의 '피의 내통'을 작가가 부정하는 데에는, 국제주의자로서의 한설야가 편협한 자민족 중심주의에 연유했다기보다 일제의 내선일체가 갖는 식민 정책의 부당성을 우회적으로 비판하기 위한 고육지책의 일환이라는 점을 상기해야 할 것이다. 우리는 앞서 『대륙』을 통해 국제주의자로서의 진면목이 어떤 것인지를 살

---

34) 한설야, 「그림자」, 위의 책, 208면.

펴본 바 있기에, 「피」와 「그림자」에서 보이는 내선일체의 식민 정책 비판이 편협한 자민족 중심주의에 초점이 맞추어져 있지 않다는 것을 알 수 있다.

5. 친일문학에 대한 경종

친일문학 연구에서 한설야에 대한 연구는 식민지 자본주의체제에 대한 비협력 혹은 저항의 맥락에서 살펴볼 때 의미를 갖는다. 지금까지 한설야의 문학세계를 검토해보았듯이, 그는 일관성을 갖고 일본 제국의 식민통치와 식민 정책에 대한 비판적 문제 인식을 예각적으로 보여왔다. 무엇보다 '식민지 근대화론'이 갖는 맹목성을 날카롭게 묘파해내었던 것이다. 필자는 한설야의 이러한 식민지 자본주의체제에 대한 비판을 크게 세 가지 관점에서 살펴보았다.

첫째, 작가 한설야는 식민지의 전통적인 생활공동체가 급격히 해체·붕괴되어 가는 과정 속에서 농민이 공장 노동자로 급속도로 변모해가는 현실을 포착해낸다. 식민지 근대화의 풍경에 전면 노출된 식민지 민중들이 겪는 간난한 삶의 실상을 놓치고 있지 않은 것이다. 이렇게 공장 노동자로 편입해 들어간 식민지 민중들은 점차 노동자로서의 주체적 각성을 하게 된다.

둘째, 1930년대 후반 이후 일본 제국의 대동아공영권 건설을 위한 전쟁의 군수물자를 보급·지원하기 위한 일환으로 식민지 농촌경제의 질서는 재편되기 시작하는데, 한설야는 이처럼 식민지 농촌경제가 일제 군국주의 파시즘을 위한 전시체제로 변화되는 사회 구조적 문제를 이른바 '탁류3부작'을 통해 여실히 형상화하고 있다.

셋째, 비록 일본어로 창작되었으나, 한설야 특유의 우회적 글쓰기 전략에 의해 일제의 식민 정책이 갖는 문제점(일본의 자민족우월주의와 타민족 배타주의, 내선일체의 식민 정책에 대한 비판적 문제의식)을 은연중 드러내고 있다. 일제 말 한설야의 이 같은 문학세계는 노골적으로 친일에 경사된 친일문학과 비교할 때 민족문학의 또 다른 일제의 식민통치에 대한 저항의 차원으로 간주되어도 손색이 없을 터이다.

이처럼 작가 한설야의 문학은 일제의 식민통치를 부정하고 극복하는 탈식민의 몫을 다 하고 있다는 것을 확인할 수 있다. 특히 1930년대 들어 항일문학운동의 전위였던 KAPF가 일제에 의해 강제 해산된 이후 식민통치에 대한 부정의 문학이 급격히 사그라들었음을 고려해보건대, 한설야의 존재는 친일문학에 대한 경종을 울린다.

김남천의 신체제 인식과 우회적 글쓰기

서영인

1. 일제 말기 김남천 문학의 위치

김남천은 1940년 10월에 「경영」을 쓰고 이듬해 2월에 「맥」을 발표했다. 비슷한 시기에 「낭비」를 『인문평론』에 1년 간 연재했다. 「경영」과 「맥」은 최무경이라는 여사무원을 주인공으로 한 연작소설이며 「낭비」에 등장했던 이관형과 문난주가 「맥」에 다시 주요 인물로 등장하고 있는 것으로도 알 수 있듯이 이 세 작품은 밀접하게 연관되어 있다. 「낭비」가 1940년 2월부터 연재가 시작되어 1941년 2월에 11회를 마지막으로 연재가 중단되었고 그 이후에 전개되었음직한 주요 인물들의 내력이 「맥」에 다시 요약되어 제시되고 있으므로 「맥」은 「낭비」의 연재 중단으로 인해 갈무리되지 못했던 작가의 중요한 문제의식을 요약적인 형태로나마 마무리하고 있는 작품이기도 하다. 「낭비」가 비록 미완의 작품이기는 하나이 세 작품은 같은 문제의식 속에서 연결되어 있는 작품이며 그러므로 「경영」, 「맥」뿐 아니라 「낭비」 역시 연작이라는 형태 속에서 함께 검토되어야 할 작품이다.

일제 말기의 문학을 검토하는 데 있어서 김남천의 이 연작들은 매우 중요한 의미를 지닌다. 그것은 이 작품들에서 당시 일본의 제국주의 정책과 그것을 떠받치는 이데올로기들이 소설의 중요한 축을 형성하고 있기 때문이다. 제국주의 정책을 떠받치는 이데올로기라 함은 바로 일본을 중심으로 한 동양적 세계의 실현을 통해 몰락한 서구적 근대를 초극할 수 있다는, 이른바 '근대초극론'을 말한다. '근대초극론'이란 1942년 『문학계』에 연재된 좌담회에서 그 구체적 명칭이 비롯되었지만[1] 이 '근대초극'의 철학은 1930년대 중반부터 제2차 세계대전 종전까지의 10년 이상의 기간 동안 일본의 제국주의전쟁을 감성적으로, 그리고 논리적으로 긍정하는 방법을 제공했다.[2] '근대초극론'이 개인주의와 물질주의의 부패와 타락에 염증을 느낀 일본 지식인들로 하여금 동양을 세계사의 중심에 다시 놓는다는 명분하에 진행된 침략전쟁에 동의, 협력하는 근거가 되었다는 점은 식민지였던 조선에서도 마찬가지로 적용된다. 친일문학이 "그 자기동일성 및 동아시아의 아시아 민족을 해방하는 일에 참여한다는 허구적 자유와 적극성의 감각 속에서 '일본의 타자'로서의 피식민지의 위치를 초극하려 하였다는 일종의 정신적 도박의 면"[3]이 있었다는 점을 감안한다면 조선에서의 '근대초극론'의 영향력은 더욱 심각한 측면이 있다. 일제 말기 김남천의 저작이 중요성을 띠는 이유는 그가 이러한 시대적 분위기 속에서 '근대초극론'을 어떻게 사유할 것인가를 소설 창작을 통해 적극적으로 탐구했다는 점에 있을 것이다.

---

1) 1942년 좌담회를 중심으로 한 '근대초극론'에 대해서는 이경훈, 「'근대의 초극'론―친일문학의 한 시각」, 『어떤 백년, 즐거운 신생』, 하늘연못, 1999 참조.
2) 이에 관해서는 히로마쓰 와타루, 김항 역, 『근대초극론』, 민음사, 2003 참조.
3) 이경훈, 앞의 책, 371면.

김남천이 "근대초극론의 문제를 자신의 사상과 예술의 주제로 삼아 고투했던 거의 유일한 작가"[4]라는 평가를 받는 것도 이 때문이다.

물론 '근대초극론'을 근거로 자신의 논의를 펼쳤던 작가가 김남천뿐인 것은 아니다. 일제 말기 '근대초극론'의 영향력을 벗어나 존재할 수 있었던 작가는 거의 없었다고 해도 과언이 아닐 것이다. 자발적 동의든, 우회적 거부든, 혹은 강압에 의한 굴복이든 시국에 대해 어떤 식으로든 반응하고 그에 대한 자신의 태도를 표명해야 한다는 강박이 작가들에게 주어져 있었던 당대의 조건 속에서 '근대초극론'은 작가의 의식을 규정하는 하나의 근거가 되었을 것이다. 그렇다면 당대의 사상적 지형도를 확인하기 위해서는 이러한 일반성의 수준에서 지배적 담론의 위력을 말하는 것보다는 그 일반성 속에서 다시 갈라지는 차이에 관해 말하는 것이 더 유용할 것이다. 김남천의 일제 말기 소설들에 주목해야 하는 더 구체적인 이유는 바로 이 지점에서 발생한다. 역사철학이 역사와 현실의 문제를 추상적으로 거대 담론화하며, 그래서 근대 초극 프로젝트라는 거대서사 속에서 제국과 식민의 차이, 저항과 협력의 차이를 무화시킨다면, 당대의 현실을 구체적으로 거론할 수밖에 없는 소설은 그 속에서 발생하는 균열을 통해 섣불리 추상적 거대 담론에 동일시될 수 없는 '차이'의 실감을 생산한다. 김남천의 일제 말기 소설을 통해 새로운 세계 건설이라는 환상 속에서 부유하고 고민했던 당대 지식인의 내면을 추적할 수 있을 것이다. 더구나 당대의 소설 창작이 근본적으로 "어떤 것을 금지하는 것이 아니고 이러이러한 것을 쓰라고 요구하는 시대"[5]라는 조건 속에 놓여 있었다는 점과 관련하여 김남천의 소설 창작은 시국에 대한 더욱 첨예한 인식을 요구하는 우회적 글쓰기의 한 양상을 보여준다. 앞에서 언급한 세 편의 연작 이외에도 「등불」과 「어떤 아

---

4) 김철, 「'근대의 초극', 『낭비』 그리고 베네치아(Venetia)」, 『민족문학사연구』 18호, 2000, 393면.
5) 김재용, 『협력과 저항』, 소명출판, 2004, 50면.

침」은 일제 말기의 시국에 대응하면서도 자신의 판단을 우회적으로 드러내는 김남천의 글쓰기 방식을 검토하는 데 필수적인 작품이다.

2. 근대 초극의 이데올로기와 '차이'의 인식을 통한 거리두기

「낭비」는 원산의 바닷가에서 휴가를 보내는 부르주아들의 생활상을 묘사하는 것으로 시작된다. 무역상 이규식의 별장에 묵는 이규식 가(家)의 사람들과 그 옆의 별장을 빌린 은행가 백인영의 첩 최옥엽, 최옥엽의 친구 문난주 등이 그 주인공이다. 부호의 자제들과 유한마담들의 일상은 바닷가에서 노닐다가 그것이 싫증이 나면 늘어지게 낮잠을 자고, 술판을 벌이고, 서로 수영복 아래 가려진 육체를 향락하는, 작품의 제목처럼 '낭비'의 삶이다. 이들은 시간을 낭비하고 물질을 낭비하면서, 하루하루를 주체할 수 없는 정력과 정신의 결핍 속에서 보내고 있다. 작품의 서두에서 제시된 최옥엽과 문난주에 대한 묘사는 그대로 작가가 이들의 일상을 보는 관점이라고 해도 좋을 것이다.

> 바다에서 놀다가 지친 뒤에 일찌감치 집안으로 찾아들은 이집의 매담 최옥엽이와 그의 친구 문난주가 알룽달룽한 얇다란 원·피―스로 터질 듯이 난숙한 육체를 둘러 싸고 보리먹은 송아지처럼 이층 다다미위에 딩굴고 누었었다.
> 담뱃재터리와 실럽그릇이 낭자하게 버려졌고 소설책, 부인잡지, 스타일·뿍, 영화화보 등속이 어지러히 흩어져 있다. 그 가운데 이들은 처치할 수 없는 정력이 몸에 겨워서 잔디판 위에서처럼 딩굴딩굴 굴어다니고 있다.6)

---

6) 김남천, 「낭비」, 『인문평론』, 1940.2, 224면.

물질적 기반을 갖춘 식민지 부르주아들의 삶이란 추구할 이상도 전망도 갖지 못한 상태에서 주어진 시간을 소비하고 향락할 뿐인 삶이며 윤리적 기준과 가치마저도 상실한 타락한 삶이다. 술과 고기를 먹어대며 여자들을 순회하는 이규식의 처남인 윤갑수나 공부에 어떤 흥미도 느끼지 않고 그저 학교를 선택하고 다닐 뿐인 이규식의 차남 관국이 당대의 실업가나 예비 지식인들의 삶을 드러낸다면 이규식의 장녀인 관덕과 그의 친구인 김연은 당대 부르주아 여성의 삶을 보여준다. 관덕은 음악을 전공했으나 거기서 어떤 생의 의의도 찾을 수 없어 시들해하고 가정과를 전공한 김연은 조선의 여성들에게 학문이나 교양이 어떤 의미를 가지는지에 대해 회의적이다. 실제로 김연은 원산의 바닷가에서 무료한 일상을 보내다 어느새 집으로 호출되어 상처한 실업가의 아내가 되어 버리는 자신의 삶에 저항하지 않는다. 은행가 백인영의 첩으로 살면서 윤갑수를 찾아가 또 다른 연애를 기획하는 최옥엽이나 과거 운동가의 미망인인 문난주의 삶 역시 그 속에서 의의와 전망을 찾기 힘든 것은 마찬가지이다. 윤리의 타락과 정신의 결핍은 김남천이 바라보는 당대 부르주아들의 현실이며 그는 이러한 일상을 근대 부르주아 사회의 개인주의와 물질주의가 몰락의 끝에 다다랐음을 알려주는 징표로 읽는다. 「낭비」에 묘사된 부르주아들의 퇴폐와 타락은 김남천이 「전환기와 작가」에서 언급했던 바 "자유주의와 개인주의가 남겨 놓은 부패한 개인의식과 왜곡된 인간성"7)을 풍속적으로 재현한 것이라 할 수 있을 것이다. 「맥」에서 김남천이 문난주를 일컬어 '데카당스의 상징'이라고 말한 것과 마찬가지로 원산 휴양지의 풍경 역시 데카당스의 한 상징이라 할 수 있다.

그리고 이 퇴폐와 타락의 한 가운데 헨리 제임스를 연구하는 젊은

---

7) 김남천, 「전환기와 작가」, 『조광』, 1941.1. 인용은 정호웅·손정수 편, 『김남천 전집』 I, 박이정, 2000, 689면. 이하 김남천의 평론과 수필의 인용은 출처를 밝히고 괄호 속에 전집의 권수와 면수를 표시한다.

영문학자 이관형이 있다. 이관형은 이규식가의 장남으로 경성제대를 졸업하고 강사 채용에 응하기 위해 헨리 제임스에 관한 논문을 준비하고 있다. 이관형의 헨리 제임스 연구에서 핵심적인 용어는 '부재의식'이다. 이는 서인식이 「문학과 윤리」에서 말한 바 관습과 작가의 심정의 분리에서 비롯되는 의식이며 김남천은 「소설의 운명」에서 이것을 "한 사회가 불안과 동요의 계단에 도달한 표정"[8]이라고 언급한 바 있다. 유럽과 미국 사이를 오가며 어느 사회에도 정착하지 않고 그 두 사회의 문제점을 응시했던 헨리 제임스에게서 이관형은 습속과 개인의 심정이 일치하지 않는 '부재의식'을 발견한 것이다. "미국인의 나이브한 생각과 사회적 인습에 젖은 구라파인의 귀족적인 비열한 심정"[9] 어디에도 동의하거나 안주하지 못하고 개인의 심리 속으로 파고들어 갔던 헨리 제임스의 부재의식을 탐구하는 것과 동시에 이러한 심리주의의 사회적 근거를 찾고자 하는 것이 이관형이 집필 중인 논문의 주제이다. 이관형의 헨리 제임스에 대한 연구가 단지 학문적 관심사에 그치는 것이 아님은 이관형이 끊임없이 헨리 제임스의 의식에 자신의 의식을 투사하는 과정을 통해 알 수 있다. 그래서 이관형은 "헨리·젬스를 넘어트리지 않고는 내의 세계는 열리지 않는다"[10]라는 생각 속에서 논문에 몰두한다.

　이 작품에서 이관형이 연구하고 있는 헨리 제임스는 작가의 주제의식을 전달하는 중요한 소재이다. 헨리 제임스의 심리주의는 곧 이관형의 심리와 통하며 그것은 또한 원산 휴양지의 타락한 풍속에 대한 환멸과 연결되는 것이기도 하다. 좀더 시야를 확대한다면 이는 당대의 세계를 휩쓸고 있던 데카당스의 분위기이며 또한 근대 문명의 몰락에 대한 지식인들의 절망과 환멸이기도 하다. 그리고 이러한 데카당스의 분위기는 당대 지식인들을 친일로 이끌었던 '근대초극론'의 전제이기도 하다

---

8) 김남천, 「소설의 운명」, 『인문평론』, 1940.11(I, 668면).
9) 김남천, 「낭비」, 『인문평론』, 1940.2, 217면.
10) 김남천, 「낭비」, 『인문평론』, 1940.3, 187면.

는 점에서 중요하다. "위기감과 불안 속에서 현재를 종말에 가까운 지점으로 감지했던 것과 근대에 대한 이러한 상상적 틀 안에서 새로운 원리를 체현할 미래를 전망했던 것, 그리고 다가올 미래를 기준으로 현재를 절대적인 부정의 대상으로 설정했던 것"이 "동시에 진행"[11]되었고 이것은 서구적 근대문명의 몰락을 동양적 세계의 창출로 곧바로 환치하는 논리적 비약이기도 하였다. 친일의 논리가 다양한 경로를 가지고 있었지만[12] 서구적 문명의 타락과 부패에 대한 환멸 속에서 근대 초극의 대안으로 동양적 세계를 내세우면서 전쟁 동원과 황국신민의 길을 정당화하는 과정은 친일의 가장 일반적인 논리에 속한다. 그렇다면 김남천이 여러 작품들에서 반복해서 언급하고 있는 서구적 근대의 몰락에 대한 예감 속에서 느끼는 정신적 공황 상태는 당대 대다수 문인들의 친일 논리와 겹치는 지점이 있다.

그러나 서구적 근대가 종말에 이르렀다는 의식과 부르주아적 세계의 부패와 타락에 대한 환멸은 친일의 출발점이면서 또한 당대의 지식인들이 대부분 공유했던 시대적 감각이기도 했다.[13] 이는 또한 자본주의를 비판하면서 사회주의적 미래의 건설을 지향했던 김남천의 사유가 가 닿을 수 있는 필연적 경로이기도 하다. 김남천의 일제 말기 문학을 검토하면서 주목해야 할 점은 김남천이 당대 대부분의 친일 문인들이 그러했던 것처럼 자본주의에 대한 환멸을 곧바로 동양적 세계의 창출로 연결시키지 않았다는 점이다. 김남천은 부르주아들의 타락과 방황에 대한 환멸과 이질감을 통과하여 동양적 세계의 창출이라는 가상의 미래로 나아가는 것이 아니라 그 타락과 방황에 맞서면서 그 풍속의 한 가운데에서 멈춰 선다. 이를 헨리 제임스와 관련시켰을 때, 헨리 제임

---

11) 김예림, 『1930년대 후반 근대인식의 틀과 미의식』, 소명출판, 2004, 59면.
12) 일제 말기 문인들의 친일의 다양한 경로에 대해서는 김재용, 『협력과 저항』, 소명출판, 2004를 참조할 것.
13) 김재용, 위의 책, 60~73면 참조.

스의 작품에서 나타나는 부재의식뿐 아니라 헨리 제임스가 유럽에도 미국에도 정착하지 않고 그 두 세계에 대한 회의를 계속했다는 점에 주목해 볼 필요가 있다. 이관형이 그의 논문의 부제를 "「헨리·젬스에 있어서의 心理主義(심리주의)와 인터내슈낼·시튜에ー슌(國際的舞臺)」"[14]이라고 붙인 점은 이관형이 이 문제를 의식하고 있었다는 점을 말해준다. 김남천은 헨리 제임스를 빌어 그가 서구적 근대나 동양 중심의 세계질서 중 하나를 채택하는 양자택일 대신 두 세계를 계속 회의하면서 새로운 세계질서의 전망을 모색하고 있음을 드러낸다. 이는 「맥」에서 오시형이 일원론적 세계질서 대신 다원론적 세계질서를 선택하고 그 속에서 자신의 태도를 적극적으로 결정하겠다는 다짐으로 자신의 전향을 정당화한 것에 거리를 두는 방식에서도 드러난다. "동양에는 동양으로서 완결되는 세계사가 있다"는 학설이 "한 번 동양인으로 앉아 생각해 볼 만한 일이긴 하지"만, "동양이라는 개념은 서양이나 구라파라는 말이 가지는 통일성을 아직 가져 보지 못했다는 건 명심해 둘 필요가 있"[15]다는 이관형의 말은 시국 인식이라는 말로 강요되었던 동양적 세계 창출이 실상은 자기만족적인 허상일 수 있음을 지적하는 것이기도 하다. 당대 세계에 대한 부정과 환멸이 곧바로 대륙 진출의 침략전쟁으로 이어지고 그러한 전쟁 동원에 적극적으로 참여하는 것이 새로운 세계의 창출을 위한 것이라는 논리에서 김남천은 비켜서 있는 것이다.

이관형의 논문이 헨리 제임스의 심리주의 자체가 아니라 그 사회적 근원에 초점을 두고 있는 것은 결국 당대의 위기와 몰락에 머무르면서 그것의 사회적 기반을 더 탐색해 보겠다는 김남천의 태도와도 연결된다. 이는 김남천이 발자크 문학에 대한 탐구를 통해 관찰의 리얼리즘을 지향했던 것과 일맥상통한다. 아이디얼리즘이 현실의 왜곡과 환상을 창출한다는 비판의식을 견지하면서 "작가의 사상이나 주관 여하에 불구

---

14) 김남천, 「낭비」, 『인문평론』, 1940.2, 217면.
15) 김남천, 「맥」, 『춘추』, 1941.2. 인용은 『한국근대단편소설대계』 3, 태학사, 1997, 285면.

하고 나타날 수 있는 단 하나의 길, 리얼리즘을 배우는"16) 길을 주장했
던 김남천의 의식은 침략전쟁에 모든 사회적 역량이 집중되었던 신체
제의 시국에 대한 인식에서도 여전히 관철된다.

또한 이는 식민지 본국의 동아신질서 주장에 '내선일체'로 '황국신민
화'의 길을 걸을 수 없었던, 식민지인의 '차이'에 대한 인식으로 이어진
다. "동양이라는 개념은 서양이나 구라파라는 말이 가지는 통일성"을
가지지 못하고 있다는 이관형의 발언은 또한 일본 중심의 세계질서에
온전히 동화하여 스스로를 동일시할 수 없는 식민지인의 현실, 그 구체
성이 빚어내는 차이를 의식할 수 있게 한다. 이관형은 스스로 자신의 집
안을 "무역상이라고 하니까 앞으로 자유주의 경제가 완전히 통제를 당
하고 보면 당연히 결단이 나겠지요. 지금은 상업적 수단이 있어서 되려
시국을 이용하고 있는지도 모르지만"라고 분석하며 "아주 될 대로 되어
버려서 모두 권태와 피로를 경험하고"17) 있다고 평가함으로써 당시의
부르주아들의 정신세계 자체가 전시체제의 불안한 토대 위에 놓여 있다
는 사실을 인식하고 있다. 「낭비」에서 이관형의 논문을 심사하는 일본
인 교수의 논평은 학문의 영역에서도 유형, 무형의 제약이 식민지 지식
인을 압박하고 있음을 알려주는 좋은 예가 된다.

이 논문은 그렇지만, 단순한 문학적인 이유만으로 해석할 수 없는 군데가
많지 않겠소. 문학적인 이유 외에 사회적인 이유라고 말할만한 것이 있지는
않소. 헨리 · 젬스는 군의 설명에도 있는 것과 같이 미국에 났으나 구라파와
미국새를 방황하면서 그 어느 곳에서나 정신의 고향을 발견치 못하였다고
말하오. 또 그의 후배라고 할만한 젬스 · 쪼이스는 아일란드 태생이 아니오?
뿐만 아니라 군이 부재의식의 천명의 핵심을 관습과 심정의 갈등, 모순, 분
리에서 찾는바엔 여기엔 단순히 문학적인 이유만으로 해석될 수 없는 다른
동기가 있는 것이 아니오?18)

---

16) 김남천, 「소설의 운명」, 『인문평론』, 1940.11(I, 668면).
17) 김남천, 「맥」, 앞의 책, 790면.

일본인 교수의 지적은 표면적으로는 심리주의에 사회학적 방법을 도입하는 것에 대한 불만의 표현인 것처럼 보인다. 그러나 문제는 그렇게 단순하지 않다. 교수는 이관형의 학문적 방법론에 대한 것뿐 아니라 이와 같은 논문을 집필한 이관형의 동기에 대해 의심을 품고 있는 것이다. 첫째 구라파와 미국 어디에도 정착하지 못하고 방황했던 헨리 제임스에 주목한 이유가 무엇인가 하는 점, 또한 그것이 아일랜드 태생으로 식민지인의 운명을 살아냈던 제임스 조이스와 연결되어 있는 것이 아닌가 하는 점. 그것이 일본인 교수가 이관형에게 던지는 질문의 본질인 셈이다. 바꾸어 말하자면 어느 사회에도 정착하지 못하고 방황하는 작가에 대한 주목은 또한 당대의 사회 어디에도 적응할 수 없는 너의 처지를 반영한 것이 아니냐. 그리고 그것은 제임스 조이스의 존재가 말해주듯 식민지인으로서의 너의 정체성에 관계된 것이 아니겠느냐 라는 의심을 일본인 교수는 품고 있는 것이다. 모든 국민이 멸사봉공의 정신으로 총력전의 시대에 임하라는 총동원의 시대에 현실에 적응하지 못하고 방황하는 작가의 존재는 그 자체로 반동적이다. 또한 그것이 식민지인의 정체성에서 비롯된 것이라면 문제는 더욱 심각하다. 김남천이 이와 같은 의혹을 지닌 일본인 교수를 등장시키고 그의 입을 빌어 이런 문제성을 드러내고 있다는 것은 곧 작가 자신이 이와 같은 제약을 의식하고 있었다는 말이 된다. 그리고 김남천은 그럼에도 불구하고 여전히 총동원의 시국에 역행하는 방황과 퇴폐의 시대상, 인물상을 계속해서 그려냈다. 이를 통해 구체적이고 제도적인 검열과 그것이 작가의 의식 속으로 들어와 작동되는 자기검열 속에서 김남천이 우회적이고 암시적인 글쓰기를 시도했다는 가정이 가능해진다.

---

18) 김남천, 「낭비」, 『인문평론』, 1941.2, 205면.

3. 적극적 시국편승을 거부하는 우회적 글쓰기

미완의 작품이기는 하지만 「낭비」는 당대 부르주아들의 퇴폐적 생활상을 묘사하면서 그 사이로 헨리 제임스에 대한 연구를 침투시킴으로써, 시국에 대한 김남천의 인식을 간접적으로 드러냈다. 즉 당대를 휩쓸고 있는 종말의식에 동의하지만 그에 대한 대안으로 여겨지는 동아신질서론에 온전히 동의할 수는 없다는 입장, 그래서 유보와 관찰의 태도를 취하는 입장이 그것이다. 사상의 문제를 소설의 서사 구조에 침투시켜 일상의 문법과 사상의 문법을 교차시키는 구조는 일제 말기에 이르러 김남천이 채택한 새로운 서사 구성의 방식이라 할 수 있다. 작가의 사상이 작품에 직접적으로 개입되는 것을 극도로 경계했던 김남천이 사상의 문제를 작품 속에 적극적으로 도입한 것은 새로운 시도라 할 만하다. 그러나 또한 당연하게도 이러한 서사 구조 속에는 김남천이 이전부터 견지해 오던 문제의식이 여전히 내재해 있다. 「낭비」에서 학문에 몰두하는 이관형과 연애에 몰두하는 윤갑수를 두고 이관국의 머리 속에서 일어나는 상념은 「낭비」를 관통하는 문제의식이 어떤 것인지를 잘 보여준다.

> (그러나 대체 학문과 계집은 대립하는 것일까. 학문과 연애는 두 개로 갈라져서 화합할 수 없고, 또 화합해서는 아니되는 물건일까?)하고 그는 제의 생각을 앞으로 진전시켜 본다.
> (오히려 그것을 통일시킨 것이 완미하고도 원숙한 생활이 아닐까)[19]

"시대와의 연관성에서 그의 소설방법과 기술적 특성을 추구하고 이리하여 그의 존재를 전혀 사회적으로 규정"[20]하려는 이관형의 방법론

---

19) 김남천, 「낭비」, 『인문평론』, 1941.1, 285면.

은 곧 김남천의 방법론이기도 하였던 것이다. 이관형과 그 주변의 인물들에게서 일어나는 사건을 헨리제임스에 관한 연구를 통해 수렴하고 종합함으로써 당대의 시대에 대해 어떤 사상적 핵심을 잡아보려 했던 것이 소설 「낭비」의 주요 목적이었다고 할 수 있다.

이러한 사상의 문제와 생활의 문제를 하나의 관점 속에서 효과적으로 소설화하려는 노력은 「경영」과 「맥」 연작에서도 그대로 이어진다. 「낭비」가 헨리 제임스라는 이국의 작가를 통해 사상의 문제를 언급했다면 「경영」과 「맥」은 전향자 오시형을 통해 당시의 시국에 관한 견해를 언급하고 있다는 점에서 더욱 직접적이다. 또한 전향자 오시형의 발언을 통해 서술되는 사상의 서사는 최무경과 오시형의 연애 문제와 엇물려 있고 이는 당시의 시국에 대한 오시형의 사상을 우회적으로 비판하는 기능을 한다는 점에서 더욱 문제적이다.

「경영」과 「맥」의 서사 구조를 떠받치는 두 축은 사상의 서사와 생활의 서사라고 할 수 있다. 물론 작품 속에서 이 두 이야기는 함께 맞물려 있지만 굳이 구분하자면 오시형과 이관형의 발언에서 드러나는 시국에 대한 세계관과 입장 차이가 사상의 서사라면 오시형과 최무경의 연애, 최무경의 생활의 변화 등은 생활의 서사라고 할 수 있다. 표면적으로 오시형의 전향과 동양학의 새로운 발견, 시국에 적극적으로 참여하는 태도 표명 등의 입장과 식민지 조선의 근대성이 지닌 불구성과 몰락의 징후를 깊이 절감하며 동양학에 대해서도 거리를 가지는 회의주의가 이관형의 입장은 서로 대등한 곳에 마주 놓여 있다. 작가는 둘 중 어느 하나를 선택해서 주장하거나 강조하지 않는다. 최무경의 생각을 빌어 "오시형이는 이 년 동안 옥중에서 충분한 사색과 반성을 가질 수 있었을 것이다. 그의 생각은 섬세해지기도 하였고 풍부해지기도 하였을 것이다"21)라고 하면서 오시형의 입장에도 충분한 이해를 표현하고 있다.

---

20) 김남천, 「낭비」, 『인문평론』, 1940.2, 218면.
21) 김남천, 「맥」, 앞의 책, 739면.

그러나 오시형의 전향이 곧 애인의 배신으로 이어지는 과정을 통해 독자는 오시형의 전향에 대해서 윤리적인 반감을 지닐 수밖에 없게 된다. 사상범인 오시형의 애인으로 오시형이 보석으로 출감하기까지 그의 수감 생활을 물심양면으로 보살핀 최무경은 오시형의 사상과 자신들의 연애가 아무 상관이 없다고 생각한다.

> 그러나 사상이나 학문 태도가 변하였다든가 전향하였다고 하여서 그들의 사이에 어떠한 틈이 생길 이는 없는 것이었다. 본시 최무경이는 오시형이가 어떠한 사상을 품게 되든 그런 것에는 깊이 개의하지 않는 것이라고 믿어 왔고 또 그러한 것에 대해서 깊이 천착하고 추궁할만한 준비나 여유가 없다고 생각해 왔었다. 그러므로 오시형이의 이러한 전향이란 것이 어떠한 정신적 내용을 가지고 있는 것인지 또 그러한 내면적인 정신상의 문제가 자기와의 관계나 혹은 생활 태도 같은 것에 어떠한 영향을 줄 것인지에 대해서는 아무러한 생각도 가지지도 못하였다.[22]

무경이 시형의 전향과 자신과의 연애가 아무 관련이 없다고 생각한 것과는 달리 시형은 전향 후 부회의원이며 상업회의소의 관직을 맡고 있는 아버지의 세계로 돌아가고 무경과 연락을 끊는다. 작가는 오시형의 사상 변화에 대해, 그리고 그가 채택한 다원론적 세계사의 관점과 동양학에의 경사에 대해 아무런 논평도 가하지 않고 있지만 그가 오랜 애인인 최무경을 배신하는 것으로 그려냄으로써 "전향자 오시형에 대한 경멸"[23]을 우회적으로 드러내고 있는 것이다. 이러한 방식을 "사상의 문제를 너무 쉽게 그리고 자주 도덕의 문제로 치환하는 오류"[24]라고만 볼 수는 없다. "오시형의 사상적 전향이 최무경과의 애정 관계의 파탄으로 이어져야 할 필연성"[25]은 없지만 사상적 전향과 애정 관계의

---

22) 김남천, 「맥」, 앞의 책, 737면.
23) 김윤식, 『한국근대문학사상사』, 한길사, 1984, 299면.
24) 김철, 앞의 글, 393면.
25) 김철, 위의 글, 391면.

파탄이 연결되는 서사는 사상의 현실적 기반을, 애정 관계를 비롯한 인간 관계의 사상적 기반을 환기하는 효과를 지닌다. 오시형의 전향과 부회의원인 아버지에게로의 귀환은 결코 무관하지 않다. 그리고 이 귀환이 도지사를 지낸 인사의 딸과의 결혼, 최무경과의 결별로 이어지는 것 역시 마찬가지이다. 오시형의 전향은 시국에 대한 적극적 협력의 의지 표명과 다르지 않는데, 그렇다면 시국에 협력함으로써 자신의 부와 명예를 유지하는 아버지와의 결합은 당연한 귀결점이다. 오시형의 전향을 이루는 사상적 기반과 아버지의 사회적 기반은 동일한 곳에 있기 때문이다.

뿐만 아니라 오시형과의 결별은 최무경이 오시형의 사상을 처음부터 다시 학습함으로써 그를 이해하든가 넘어서든가 해야겠다고 결심하는 계기이기도 하다. '사상의 혈육화'라는 명제로 1930년대 후반 자신의 문학을 이끌어 왔던 김남천의 문제의식과 이어져 있는 부분이다. 최무경의 새로운 출발은 식민지인으로서의 자기탐구의 출발이기도 한데 이는 '세계관의 혈육화'가 일제 말기의 변화된 현실과 만나면서 이루어내는 새로운 가능성이기도 하다. 1930년대 후반 김남천이 자기 고발론에서 고민했던 '세계관의 혈육화'가, 사상을 부정하지 않으면서 그 사상이 개인의 내면 속에서, 소설의 서사 속에서 구체화되고 일상화되는 과정을 탐구했다면 일제 말기 최무경을 통해 다시 시도되는 '세계관의 혈육화'는 그와는 양상을 달리한다. 사상을 혈육화하는 노력이 아니라 혈육화될 수 없는 세계관이라면 채택할 수 없다는 거리두기로 변주되는 것이다. 「등불」에서 김남천이 "시대적인 감각을 가졌다는 분들은 모두 시국편승이라고 욕먹어 마땅할 천박한 테마로 일시를 호도하는 현상"26) 에 대해 비판적 견해를 표명하거나 평론 「두 의사(醫師)의 소설」27)에서

---

26) 김남천, 「등불」, 『국민문학』, 1942.3. 인용은 『한국근대 단편소설 대계』 3, 태학사, 1997, 470면.
27) 김남천, 「두 의사(醫師)의 소설」, 『매일신보』, 1942.16~20.

나치스의 이념을 노골적으로 주장하는 작품 「아니린」을 비판한 것도 역시 이러한 문제의식에서 나온 것일 터이다.

사상의 세계와 생활의 세계를 엇물리게 놓는 「경영」과 「맥」의 서사 구조는 거대 담론화한 추상적 논리로 당대의 지극히 구체적인 현실 — 강압적 전쟁 동원으로 인한 물질적, 정신적 피폐 — 을 초월하는 동아신 질서의 근대초극론을 다시 생활의 문제로 사유할 수 있도록 한다. 뿐만 아니라 작가로 하여금 적극적 견해표명이 이미 차단되어 있었던 동양학 담론을 우회적으로 비판하고, 협력 대신 은밀한 거부와 저항의 방식을 채택하는 것을 가능하게 했다. 이러한 서사 구성의 방식은 총동원 시대 의 시국에 대응하는 김남천의 우회적 글쓰기의 한 단면이라고 할 수 있 을 터인데 이러한 예는 일제 말기 김남천의 소설 곳곳에서 발견된다.

「맥」에서 드러나는 '보리'의 비유 역시 이러한 예에 해당한다. 이관 형은 오시형의 동양학에 대해 비판적 견해를 표명한 후 반고호의 말을 빌어 당시의 시국에 대해 취할 수 있는 태도의 유형을 제시한다. "인간 의 역사란 저 보리와 같은 물건이다. 꽃을 피우기 위해서 흙 속에 묻히 지 못하였던들 무슨 상관이 있으랴, 갈려서 팡으로 되지 않는가. 갈리 지 못한 놈이야말로 불쌍하기 그지 없다 할 것이다"가 그것이다. 여기 에 대해서 최무경은 "마찬가지 갈려서 팡 가루가 되는 바엔 일찌기 갈 려서 가루가 되기보담 흙에 묻히어 꽃을 피워 보자"28)라고 해석한다. 흙에 묻히어 꽃을 피우는 보리가 현재의 위기 속에서도 새로운 미래를 기대하며 정신적 준비를 해 가는 존재라고 볼 수 있다면 일찍이 갈려서 빵가루가 되는 보리란 전망 없는 미래를 포기하고 현재의 지배 논리 속 에 편입하는 기능적 존재를 의미한다고 할 수 있다. 이관형은 후자의 대표적 예로 하이데거를 거론한다. 하이데거는 "구라파가 몰락해 버리 는데 정신을 신장해 보는 사업에 종사해 본들 무엇하랴"29)라고 해석했

---

28) 김남천, 「맥」, 앞의 책, 786~787면.
29) 김남천, 위의 글, 위의 책, 787면.

고, 그의 이러한 허무주의는 나치즘에의 협력으로 이어졌다. 그리고 하이데거는 오시형의 최후공판에서 다시 한번 등장한다. 오시형은 "하이덱겔이 일종의 인간의 검토로부터 힛틀레리즘의 예찬에 이른 것은 퍽 깊은 감명을 주었"고 그래서 "과거의 사상을 청산하고 새로운 질서 건설에 의기를"[30] 느꼈다고 진술한다. 「맥」이 최무경과의 연애 문제와의 연결 속에서 오시형의 사상 전향을 우회적으로 비판했음을 상기한다면, 그리고 그의 사상에 영향을 미친 하이데거가 다시 등장하는 보리의 비유로 짐작하건데 김남천이 일제 말기의 시국 속에서 선택한 태도는 위기를 절감하면서도 대동아 건설의 신체제에 참여하지는 않는 것임을 알 수 있다.

김남천의 이러한 거리두기의 감각은 식민지 시기에 쓰여진 거의 마지막 작품이라고 할 수 있는 「등불」에서도 유지된다. 「등불」은 작품 말미의 우화에 포함된 "나는 살고 싶다"라는 발언 때문에 급박한 전시체제의 강압적 시대 분위기 속에서 생존의 욕구를 표명하는, 시국에 대한 순응의 암시로 읽혀지기도 한다. 또한 「등불」은 작가 자신과 거의 동일시될 수 있는 장유성이라는 전직 작가의 고백체로 쓰여져 있기 때문에 소설이라기보다는 작가의 심경고백에 가깝다고 해석되기도 한다. 그러나 「등불」은 상당히 치밀하게 짜여진 소설이며 또한 몇 겹의 우회 속에서 여전히 이전의 태도를 버리지 않은 작가의식의 면모를 은밀히 드러내고 있다. 특히 말미에 제시된 우화는 끝까지 시국에 편승하지 않으려는 작가의 의지를 매우 암시적으로 드러낸다.

「등불」을 이해하기 위해서는 작품을 둘러싸고 있는 몇 겹의 전제, 그 우회의 경로를 우선 파악해야 한다. 「등불」은 인문사 주간, 문학청년 김군, 문우 신형에게 보내는 편지, 촉탁사 구니모도 씨와 나의 만남, 그리고 누님에게 보내는 편지로 구성되어 있다. 네통의 편지와 하나의 일

---

30) 김남천, 위의 글, 위의 책, 796면.

화로 구성된 이 소설은 각각의 장이 맨 마지막에 제시된 우화를 향해
전진하는 구조로 되어 있으며 그러므로 이 각각의 장은 일제 말기 김남
천의 의식세계를 이해하기 위해 거쳐야 할 논리적 단계이다. 우선 첫
번째 "인문사 주간 족하"로 되어 있는 편지에서 작중화자인 장유성은
"작금 양년간에 걸쳐 소설가였던 내가 살아가는 방식이 다소 특이해졌
다 하여 그 새로운 생활신념과 체험에서 오는 바를 작품화시켜보라
는"31) 제의를 받았음을 명시한다. 작가였던 장유성이 보호관찰을 받으
면서 직업을 얻게 된 생활의 변화는 곧 전시체제의 특수성 속에서 직업
을 가지고 그 직업의 영역에서 전쟁에 복무하라는 '직역봉공'의 시책에
따르게 된 변화를 의미한다. 그리고 "새로운 생활신념과 체험에서 오는
바를 작품화시켜 보라는" 요구는 곧 이러한 직역봉공의 삶으로 새로이
얻게 된 신념, 시국에 대한 새로운 인식을 소설화시키라는 요구이다.
그리고 장유성은 "소설쓰는 일이 힘든 것이 되어 버렸다"32)는 우회적
고백을 통해 그러한 요구에 그대로 응할 수 없음을 밝힌다. 그 다음의
장인 '김군에게 보내는 회신'은 작가의 길을 포기하고 시국에 부응하는
직업전선에 나선 자신을 비난하는 문학청년에게 보내는 답장의 형식을
취하고 있다. 그는 작가의 삶이 생활의 삶과 분리된 것이 아니며 그래
서 작가의 길을 버렸다고 해서 자신의 뜻을 버린 것이 아니라는 사실을
강조한다. 다음의 장인 '문우 신형에게 붓치는 글'과 그 다음 장 '촉탁
보호사 구니모도 쇼오께씨와 나'는 그가 왜 작가의 길을 당분간 포기할
수밖에 없었는가에 대한 대답이라고 할 만하다. "소극적인 인생태도를
가지고 오든 분은 역시 애조나 실의(失意)나 쇠멸의 정조 같은 것"을 취
급하고 있지만 그것도 "어느 때까지 쓸 수 있을"지 알 수 없으며 아니
면 "시국편승이라고 욕먹어 마땅할 천박한 테마"33)만이 난무하는 것이

---

31) 김남천, 「등불」, 앞의 책, 460면.
32) 김남천, 위의 글, 위의 책, 460면.
33) 김남천, 위의 글, 위의 책, 470면.

일제 말기 문학의 현실이다. 이러한 상황에서 "또 한번 자기자신의 검토로부터 출발"할 수밖에 없다는 '나'의 문학이 존재할 자리는 없는 셈이다. '촉탁보호사 구니모도 쇼오께씨와 나'에서는 그의 촉탁보호사인 구니모도 씨와의 대면을 다루고 있다. 소설에서 촉탁보호사는 온화하고 이해심 넓은 인물로 그려져 있지만 실상 구니모도 씨와의 만남은 그럼에도 불구하고 거북한 것이다. 구니모도 씨의 호출은 그가 직장 생활을 별다른 불온한 생각 없이 성실히 해내고 있는가를 점검하기 위한 것이고 또한 시국에 위반되는 행위를 하지 말라는 주의를 주기 위한 것이기 때문이다. 그래서 나는 구니모도 씨와의 만남이 충분히 우호적이었음에도 불구하고 구니모도 씨의 얼굴에 안도의 빛이 흐른 것을 확인한 후에야 비로소 "공복과 가벼운 피로를 왼 몸에 느꼈"을 정도로 긴장한다.

결국 이상의 내용에서 확인할 수 있는 것은 김남천이 당시 자신의 작가 생활을 매우 우회적인 어법으로 그러나 매우 체계적이고도 섬세하게 서술하고 있다는 점이다. 시국에 부응하는 소설을 쓰라는 요구를 받았으나 그것을 쓸 수 없었으며, 작가의 길을 포기한 것이 결코 자신의 뜻을 버린 것이 아니라는 점, 그리고 써야 할 것이 한정되어 있고 또한 강요되고 있었던 당시 상황, 계속해서 호의를 가장한 감시를 받을 수밖에 없었던 자신의 처지가 작가의 길을 포기하게 된 이유라는 점이 각각의 단계를 통해 은밀히 밝혀지고 있는 내용이다. 이러한 몇 겹의 전제를 거친 후에 '누님전상서'라는 마지막 장에서 김남천은 비로소 우화를 빌어 당시의 현실에 임하는 자신의 태도를 진술한다.

하누님은 여태껏 하누님한테 쫓겨나서 쓸없지 않은 일같은데 엄벙부러 딩구는 바른 팔을 부르시었다. 쫓겨났던 하누님의 바른 팔은 어서 가 봐야겠다고 덤비면서 하누님 보좌앞에 엎들었다. 하누님은 인제야 나의 죄를 용서하실게라고 바른 팔은 생각했던 것이다. 아름답고 젊고 힘이 있는 바른 팔을 무릎 앞에 보셨을 때 하누님은 바른 팔을 용서해 주실려고 생각했었다. 그러

나 이내 옛날 일을 다시 생각하고 그편으론 얼굴도 돌리지 않은 채 이렇게
명령하였다. 「지상으로 내려 가거라, 네가 본 인간의 모양 그대로 내가 충분
히 관찰할 수 있도록 밝아숭이인 채 산 우에 서는 거다.」
　어려운 이야기였던지 창이는 곧 눈을 감습니다. 그러나 나는 혼자서 좀더
중얼거려 봅니다.
　―그렇게 할려면, 지상에 이르자 아무개나 젊은 여자가 있는 곳으로 가서
이렇게 말하라. 나직한 귓속말로, 「나는 살고 싶다」—34) (「 」은 원문)

바른팔이 기대했던 하느님의 곁이란 지상의 현실을 초월한 관념의
세계이기도 할 것이고 또한 현실의 고통과 번민에서 벗어난 안락한 순
응이기도 할 것이다. 그러므로 "나는 살고 싶다"라는 고백은 엄혹한 시
대 속에서 일신의 생존을 꾀하는 순응이 아니라 오히려 여전히 고독한
인내를 견디는 삶이야말로 진정한 삶이라는 인식의 또 다른 표현이다.
"나는 살고 싶다"라는 발언을 전달하는 이 우화는 긴긴 겨울을 흙 속에
묻혀 견뎌야 하는 보리의 비유와 상통한다. "전환기를 감시하지 못하고,
시민사회가 남겨놓은 가지각색의 왜곡된 인간성과 인간의식과 인간생
활에 눈을 가리면서 어떠한 천국의 문"35)도 두드릴 수 없다는 리얼리
즘정신은 「등불」에서도 여전히 관철되고 있는 것이다. 그러므로 지극히
내면적인 고백처럼 보이는 「등불」은 오히려 시국에 대한 우회적 발언
을 통해 현실을 냉철하게 인식하고 그 속에서도 자신의 삶을 지탱하는
것은 여전히 고통스럽고 지루한 현실의 세계에 있음을 표명하는 우회
적 글쓰기의 결과물이라고 보아야 할 것이다. 이는 또한 "4, 5년을 가지
고 종식될 줄로 믿었던 이 전환기가 한 사람의 생애 같은 것은 게눈 감
추듯이 집어삼킬는지도 알 수 없"36)다는 현실 인식에서 비롯되는 것이
기도 하다.

---

34) 김남천, 위의 글, 위의 책, 479면.
35) 김남천, 「소설의 운명」, 『인문평론』, 1940.11(I, 669면).
36) 김남천, 「전환기와 작가―문단과 신체제」, 『조광』, 1941.1(I, 682면).

4. ‘차이’와 ‘거리’, 그리고 ‘침묵’의 의미

「등불」 이후 김남천은 일문소설 「惑ろ朝(어떤 아침)」(『국민문학』, 1943.1)과 몇 편의 수필을 제외하고는 글을 쓰지 않았다. 1943년 이후 발표된 글은 거의 일제 당국의 요구에 의해 쓰여진 글로 보이는데 이 글들에서도 자발적으로 시국에 부응하는 태도를 찾아볼 수는 없다. 식민지 시기에 쓰여진 글 중 가장 마지막의 것으로 보이는 「회남공!」(『조광』, 1944.1)은 ‘산업전사에게 부치는 말’이라는 노골적인 제목이 붙어 있지만 거기에서도 김남천은 안회남에게 보내는 지극히 개인적인 사연만을 적고 있다. 농어촌 현지보고의 형식으로 쓰여진 「강원도 동해안의 바다와 산과 들」(『半島の光』, 1941.8)도 전시에 부응하는 생산증진 정책이나 정신교화사업을 보고하고 있지만 관찰자의 시선으로 보고들은 것만을 건조하게 옮기고 있을 뿐 정책에 동참하는 작가의 의견을 보태지는 않는다. 일문소설인 「惑ろ朝(어떤 아침)」 역시 마찬가지이다. 정부 고위관료인 K씨에 대해 이전에 좋지 못한 인상을 갖고 있었으나 그 인상이 이제는 변했다든가, 국민학교에 다니는 어린 아이들의 소풍 행렬을 ‘조그만 국민들의 행렬’로 바라보는 것에서 당시의 시국에 대해 긍정적인 인식을 피력하고 있는 것처럼 보이지만 실상 이 소설을 지배하고 있는 것은 자기 성찰이며 또한 획일적이고 강압적인 시국 속에서 느끼는 비감의 정서이다.

김남천이 끝까지 이러한 태도를 유지할 수 있었던 것은 국가총동원의 획일적이고 강압적인 요구에 순응하지 않고 식민지의 현실을 끝까지 직시할 수 있었기 때문이다. 그의 소설이 구체적인 현실의 총체적 반영은 아니었고, 그 속에서 명확한 저항의 태도를 보이지 않았으므로, 그리고 문학비평에서는 당대의 현실에 대한 직접적 언급이 아니라 문화와 문학에 대한 고민과 탐색을 중심에 놓았기 때문에 그의 태도가 소극적이라고 평가될 수는 있다. 그러나 대다수의 지식인들이 대동아 건설의 환상 속에서 식민지인으로서의 자신의 위치를 초극하려고 하였던 시대에, 그 환상의 허구성을 분별하면서 그로부터 거리를 두었다는 점은 분명히 적시되어야 할 것이다. 또한 검열의 시선과 노골적인 협력 요구를 피해가면서 우회적이고 암시적인 글쓰기로 자신의 태도를 유지해간 고투의 과정은 충분히 의미 있는 것으로 평가되어야 한다. 차별과 강압이 엄존하는 현실을 기반으로 하고 있는 자신의 존재를 자각하고, 식민지 근대의 이중성을 첨예하게 인식하면서, 신체제 건설의 동일성에 쉽게 편입될 수 없는 '차이'를 드러내는 김남천의 문학을 통해 우리는 탈식민의 가능성을 확인할 수 있다. 이는 '세계관의 혈육화'를 고민하면서 현실 속에서 진리의 길을 찾겠다는 리얼리즘정신의 오랜 고투가 만들어낸 비판의식과 사유의 깊이 때문에 가능한 것이기도 하다.

이육사의 사회주의 사상과 비평의식

하상일

1. 머리말

지금까지 알려진 이육사의 시는 시조 1편, 한시 3편을 포함하여 총 40
편이다.[1] 일제에 의해 강제로 폐기되었을 가능성을 고려한다 해도 1930
년『조선일보』에 처녀작 「말」을 발표한 이후 십여 년 동안 활발한 시작
활동을 펼쳤다고 보기는 어렵다. 물론 그의 삶의 이력이 한 곳에 오랫동
안 머무르면서 안정된 생활을 하기보다는 일본, 중국 등을 오가며 활동

---

1) 이육사전집은 현재까지 세 권 출간되었는데, 김학동의 『이육사전집』(새문사, 1986),
심원섭의『원본 이육사전집』(집문당, 1986), 김용직·손병희의『이육사전집』(깊은샘, 2004)
이 있다. 이 가운데 김용직·손병희가 펴낸 전집에는 이전의 전집에서 잘못된 부분을
바로 잡고 새 발굴 작품 7편도 수록하고 있으므로 현재로서는 가장 결정본이라고 평가
할 수 있다. 따라서 본고에서는 이 책을 기본텍스트로 하고 나머지 책들은 보조텍스트
로 활용할 것이다.

"

했다는 점에서 이 정도의 작품을 남겼다는 사실만으로도 상당히 의미 있는 일이 아닐 수 없다. 문제는 그가 남긴 시의 편수에 있는 것이 아니라 그 동안 그의 시를 어떤 관점에서 평가해 왔는가 하는 데 있다. 즉 지금까지 발표된 이육사 연구의 대부분이 '저항'의 맥락을 강조하는 천편일률적인 의미의 재생산에 있었다는 사실에서부터 새로운 문제제기가 필요한 것이다. 이육사의 문학적 지향이 역사적 현실에 대한 적극적 응전에 있었다는 사실은 분명하므로 문학과 현실의 관련성을 통해 그의 문학세계를 해명하려는 태도 자체를 문제삼을 수는 없다. 다만 이육사의 사회 활동에 너무 경도된 나머지 모든 작품을 역사적 사회적 문맥으로 환원시켜 해석하는 태도는 경계할 필요가 있다.2) 특히 「절정」·「광야」 등 이육사의 후기시 몇 편을 제외하고는 역사의식의 좌표를 뚜렷하게 발견하기 어렵다는 점에서 앞으로 그의 시에 대한 연구는 새로운 관점에서 접근할 필요가 있는 것이다.

또한 그 동안의 이육사 연구가 시문학에 집중한 나머지 그가 남긴 산문에 대해서는 상대적으로 소홀했다는 점도 문제시할 필요가 있다.3)

---

2) 이러한 문제제기는 1980년대 초 김흥규에 의해서 이미 제기된 바 있지만 지금까지도 크게 변화를 보이지 않고 있는 실정이다. 김흥규는 독립운동가로서의 이육사를 너무 신성화하여 그에 대한 연구마저도 신성화, 우상화의 압력을 받고 있다는 점을 지적하면서, 이육사 연구가 시 해석의 도식성과 삶과 시적 가치 평가의 혼동을 초래하고 있다고 비판했다. 김흥규, 「육사의 시와 세계인식」, 『문학의 역사적 인간』, 창작과비평사, 1980, 75~79면.
3) 지금까지 발표된 이육사의 산문에 대한 연구는 다음과 같다.
　홍신선, 「육사소설의 구조」, 『동악어문논집』 17집, 동악어문학회, 1983; 심원섭, 「이육사의 초기 문학평론 및 소설에 나타난 노신 문학 수용양상」, 『연세어문학』 19집, 연세대 국어국문학과, 1986; 김영주, 「육사수필의 문학성」, 『안동문화』 14집, 안동대 안동문화연구소, 1993; 김장동, 「이육사 소설에 대하여」, 『안동문화』 14집, 안동대 안동문화연구소, 1993; 김삼주, 「이육사의 비평론 고찰」, 『예술원논문집』 25집, 대한민국예술원, 1996; 유현정, 「이육사(1904~1944)의 시대인식—1930년대 시사평론을 중심으로」, 안동대 석사논문, 2002; 한경희, 「착종된 현실에 대한 투지의 금강심—이육사 수필을 중심으로」, 『한개의 별을 노래하자』(이육사문학축전 기념문집), 민족문학작가회의 안동지부, 2004; 홍기돈, 「육사의 문학관과 연출된 요양여행—산문 세계를 중심으로」, 『한국근대문학연구』 제11호, 한국근대문학회, 2005년 상반기.

그는 생전에 번역소설을 포함하여 소설 3편, 수필 14편, 문예·문화비평 7편, 시사평론 9편, 방문기·서간문·기타 11편을 남겼는데, 당대의 역사와 현실에 대한 구체적 인식이 직접적으로 드러나지 않는 대부분의 시와는 달리 산문에서는 삶과 문학의 일치를 선명하게 보여주고 있어서 이육사의 문학세계를 해명하는 데 있어서 중요한 텍스트로 삼지 않을 수 없다. 그럼에도 불구하고 지금까지의 연구 경향은 그의 산문을 시 연구를 위한 보조텍스트로 활용하는 데 그쳤던 것이 사실이다. 이육사 시 연구의 새로운 맥락을 찾아내는 데 있어서 그가 남긴 산문과 역사학계의 연구 성과4)는 아주 중요한 자료가 된다는 점을 결코 간과해서는 안 된다. 다시 말해 이들 자료를 바탕으로 한 실증적 검토를 통해 이육사에 대한 주관적 신비화를 걷어내고 보수적 민족주의의 압력으로 인해 편향되고 경직될 수밖에 없었던 천편일률적 해석과 오류들을 해소해 나갈 필요성이 있는 것이다.5)

본고 역시 이러한 문제의식의 연장선상에서 이육사의 산문을 중심으로 그의 사회주의 사상과 비평의식을 살펴보는 것을 연구목적으로 한다. 이는 그의 문학을 시·소설·수필 등의 전체적 지형 속에서 새롭게 해명하기 위한 전제일 뿐만 아니라, 이육사를 시인으로만 한정짓는 연구 태도에 대한 반성을 촉구하는 것이다. 한 사람의 문학세계는 그가 남긴 작품 모두를 총체적으로 살펴봄으로써 온전하게 평가될 수 있다.

---

4) 그 동안 발표된 대표적인 연구로 다음과 같은 것이 있다.

강만길, 「조선혁명간부학교와 육사 이활」, 『민족문학사연구』 제8호, 1995; 김희곤, 「이육사와 의열단」, 『안동사학』 1집, 안동대 사학회, 1994; 김희곤, 「이육사의 생애에 대한 검토」, 『한국근현대사연구』 13집, 한국근현대사연구회, 2000; 김희곤, 「이육사가 걸은 독립운동의 길」, 『한개의 별을 노래하자』, 민족문학작가회의 안동지부, 2004; 김희곤, 「이육사의 민족문제 인식」, 『한국독립운동사연구』 23집, 한국독립운동사연구소, 2004.

5) 이에 대해 김경복은, "이육사의 행적과 문학적 실천 속에는 분명한 사회주의적 의식과 실천이 나타나고 있지만 애써 그것의 중요성을 외면하려는 태도가 역력하다"는 점을 지적하고, 이육사 연구의 새로운 방향으로 "사회주의 사상에 입각한 접근"의 필요성을 제기하였다. 김경복, 「이육사 시의 사회주의 의식 연구」, 『한국시학연구』 제12호, 한국시학회, 2005.4.

이런 점에서 그 동안 이육사에 대한 연구는 부분적이고 일면적인 차원
에 머물렀음을 인정하지 않을 수 없다. 따라서 본고에서는 우선 이육사
의 생애를 따라가면서 독립운동의 행적과 사회주의 사상의 형성 과정
을 살펴보고, 이를 비평의식과 유기적으로 관련시킴으로써 그의 문학의
발생적 토대를 종합적으로 규명하고자 한다.

2. 이육사의 생애와 사회주의 사상의 형성

지금까지 이육사의 민족의식 형성은 그가 태어난 안동의 유학적 전통
과 선비정신에서 비롯된 것으로 논의되어 왔다. 즉 퇴계의 주리론적 학
맥을 계승한 이육사의 집안은 저항성이 아주 강했을 뿐만 아니라 그의
외가 친척 가운데 상당수가 의병장으로 활약했다는 점에서 그의 민족의
식은 혈연과 지연에 의해 자연스럽게 형성된 것으로 보았던 것이다. 그
는 조부로부터 한학을 배우며 성장했고, 조부가 숙장으로 있었던 보문
의숙에서 신식교육을 받기 시작하여 만 16세가 되던 1920년 도산공립보
통학교(전 보문의숙)를 졸업했다. 그 후 장인이 학무위원으로 있던 백학학
원을 다녔으며, 그곳에서 교사로 일하던 1924년 4월 무렵에 일본으로 유
학을 떠났다.[6] 이육사가 성장하고 신학문을 익히며 사회 활동을 하는
동안 유학적 전통과 선비정신은 때로는 그의 신념을 실천적으로 드러내
주는 정신적 토양이 되기도 했지만, 반면에 이러한 정신은 오히려 그의
실천을 가로막는 한계로 작용하기도 했다. 즉 민족과 민중을 말하면서
도 정작 그 내면에는 선각자적 엘리트의식과 보수적 양반의식이 굳게

---

6) 김희곤, 『새로 쓰는 이육사평전』, 지영사, 2000 참조 이육사의 전기적 사실은 대부
   분 이 책의 내용을 따랐음을 미리 밝혀둔다.

자리잡고 있어서 문학적 실천에 있어서는 관념적 한계를 드러내고 말았던 것이다. 그의 시세계가 사상적 측면에서는 철저하게 현실주의적 성격을 견지하면서도 실제 작품에서는 이를 구체적으로 형상화하지 못한 채 이미지에 갇혀버린 이유도 바로 여기에 있다.

그렇다면 '저항'의 정신으로서의 이육사의 민족의식은 어디에서 비롯된 것일까? 이를 제대로 이해하기 위해서는 그의 일본에서의 유학 생활과 중국에서의 사회 활동을 실증적으로 살펴볼 필요가 있다. 이육사는 1924년 4월부터 1925년 1월까지 9개월 정도 일본 도쿄에 머무르면서 대학 진학을 염두에 두고 중등 정규 과정을 다녔다. 채 1년도 안 되는 짧은 체류기간이었지만, 이때 그는 아나키즘을 접하면서 사상 형성의 중요한 전기를 마련하게 된다. 이러한 사실은 당시 일본에서 활약했던 노동운동가 김태엽의 증언을 통해 확인할 수 있다.

> 흑우회의 본거지는 죠시가야꾸(雜司谷區)에 있었다. 회원으로서는 서상한, 신영파, 홍진유, 최규종, 김철, 이육사(청포도의 시인, 북경에서 사망), 이기영, 이홍근, 김묵, 이경순(시인), 박홍곤, 박열, 장상중, 그 외에도 일본인으로 소우에이이치로(增永一郎), 쿠리하라이치부(栗原一夫) 등이 있었다. 흑우회에서는 일본인 무정부주의자 이와사쿠타로(岩佐作太郎), 가토오이치부(加藤一夫) 등을 밤에 초청해서 강의를 듣고 모자를 벗어서 돈을 걷어 다과회를 열곤 했다.[7]

흑우회(黑友會)는 1921년 도쿄에서 한인들이 조직한 흑도회(黑濤會)가 사회주의 계열과 아나키스트 계열로 분리되면서 후자의 계열이었던 풍뢰회(風雷會)를 발전적으로 계승하여 조직된 단체이다. 이육사가 일본에 건너간 1924년 4월에는 도쿄를 중심으로 하는 칸토 지역에 엄청난 대지진이 발생한 이후였고, 이러한 혼란 속에 일본인들은 조선인들이 폭동

---

7) 김태엽, 『항일조선인의 증언』, 동경 : 불이출판사, 1984, 90~91면; 김희곤, 위의 책, 62~63면에서 재인용.

을 일으키려 한다는 허위사실을 유포시키고 자경단(自警團)이라는 조직
을 만들어 한인들을 무수히 학살하기도 했다. 이에 저항해 이육사와 같
은 안동 출신 의열단원인 김지섭이 일본 왕궁 입구 니쥬바시(二重橋)에
폭탄을 던졌고, 지진 발생 이틀만에 독립운동가 박열이 검거되기도 했
다. 이러한 시대적 정황은 당시 이육사의 민족의식이 주자학적 테두리
를 벗어나 사회의식을 심화하고 확장하는 결정적 계기가 되었던 것으
로 보인다.

　건강상의 이유로 일본에서 귀국한 이육사는 대구 조양회관에서 신문
화 강좌를 중심으로 문화 활동을 벌이던 중 1926년 봄 이정기와 함께
북경으로 건너가 비밀결사에 참여했다. 그가 북경에서 만난 인물들 가
운데 남형우와 배천택은 '다물단(多勿團)'과 관계 있고 김창숙은 '의열단
(義烈團)'과 관계 있는 인물들인데, 이들 단체는 당시 아나키즘 사상에
주도되어 독립운동을 한 단체였다.8) 이육사는 이들 지도자들과 만나면
서 본격적으로 독립운동을 전개했다고 할 수 있는데, 주자학적 세계관
으로는 독립운동을 하는 데 한계가 있다는 자각으로 보다 실천적 운동
방법인 아나키즘을 선택한 것이다.9) 또한 그는 중국의 항일혁명운동에
긴밀하게 연루되어 있었는데, 1925년에 북경의 중국대학10)을 졸업했고,

---

8) 무정부주의운동사편찬위원회 편, 『한국아나키즘운동사』, 형설출판사, 1978, 293~294
　면; 구승회 외, 『한국 아나키즘 100년』, 이학사, 2004, 216~219면. 이육사의 시와 아나
　키즘 사상의 관련성에 대해서는 정대호의 「육사시에 나타난 아나키즘의 수용」(『현실
　의 눈, 작가의 눈』, 사람, 2004)을 참조할 것.
9) 김경복, 앞의 논문, 80면.
10) 1934년에 체포되어 작성한 '신문조서'를 보면 이육사는 1925년 8월 무렵 중국으로
　가서 "베이징의 중국대학 사회학과에 입학하여 2년에 중퇴했고"라고 기록되어 있고,
　또 다른 일본경찰 기록에도 그가 "북평 중국대학(북평은 북경)을 다니다가 1927년에
　중도 퇴학하고 귀국했다"라는 기록이 있다. 이러한 사실에 대해 김희곤은 베이징에
　'중국대학'이라는 대학이 있었다는 자취를 찾을 길이 없고, '이활'이란 한인 학생이
　1926년 후학기부터 1927년 전학기까지 광뚱의 중산대학을 다녔던 사실이 있다는 점에
　서 이육사가 중산대학을 다녔을 것으로 추정하여 정리하였다. 이에 대해 김재용은
　2005 이육사문학축전(민족문학작가회의 안동지부, 2005.7.28)의 발제를 통해 이육사가
　중산대학을 다닌 것이 아니라 1925년 북경의 중국대학을 졸업한 것이 사실이라고 밝

김원봉이 이끄는 '유월한국혁명동지회'에 가입하고 이를 흡수하여 상하이에서 결성된 '중국본부한인청년동맹' 집행위원으로 활동하기도 했다.

그런데 이육사는 1927년 4월 장지에스(蔣介石)의 쿠데타로 한인 청년학생 대다수가 좌익분자로 몰려 핍박받는 상황에서 더 이상 학업을 수행할 수 없어 그 해 8월 귀국한다. 이후 그는 장진홍의 조선은행 대구지점 폭파 사건에 연루되어 검거되었고, 1931년 대구 시내 배일격문(排日檄文) 사건으로 다시 옥고를 치르기도 했다. 이처럼 거듭된 현실적 고통 속에서도 그는 사회주의운동에 대한 확신과 조직의 활성화를 모색하는 글을 발표했는데, 1930년 10월 이활(李活), 대구 이육사(大邱 二六四)라는 필명으로 잡지 『별건곤』에 발표한 「대구사회단체개관」이 바로 그것이다.

전국적으로 폭풍우같이 밀려오는 탄압이 나날이 그 범위가 넓어지고 그 도수가 앙양됨을 따라 曾前에 보지 못하든 수난기에 있는 조선의 사회운동이란 것이 일률적으로 침체라는 불치의 병에 걸려 있으니, 다같이 관심하는 바와 같이 이 艱難苦極한 국면을 대국적으로 어느 신방향에 타개하기 전에는 혹 지방을 따라 다소의 차이는 있을지언정 도저히 활기 있는 진출을 보기가 어려울 것이다. (…중략…) 대체로 이 침체라는 것은 그 원인을 두 곳에서 가려 볼 수가 있는 것이니, 그 하나를 외래의 억압이라면 다른 하나는 자체의 부진이란 것도 피할 수 없는 엄연한 한 사실이다. (…중략…) 西北鮮의 일반사회 운동이 南鮮의 그것보다 얼마나 더 활기 있는 진출을 하고 있다는 것을 들을 때 다같은 억압의 밑에서도 남북의 이만한 차이가 있다는 것은 남조선 지방의 전투분자가 아직도 그 보무가 용감치 못한 자체의 부진이란 책임을 안질 수가 없는 것이다. 항상 前衛에 나선 勇者가 희생을 당하면 連해 곧 진영을 지키고 후임을 계승할 만한 투사가 끊어지지 않어야 할 것이니, 새로운 용자여, 어서 많이 나오라.[11]

혔다. 그 근거로 당시 북경의 관공서, 학교 등을 상세하게 표시한 지도를 입수해 살펴본 결과 분명히 '중국대학'이 당시 지도에 명시되어 있었다는 것이다.

11) 「대구사회단체개관」, 『별건곤』 1930년 10월; 김용직·손병희 편, 앞의 책, 277~278면.

이육사가 이 글에서 소개한 단체는 〈대구청년동맹, 대구소년동맹, 신간회 대구지회, 근우회 대구지회, 경북 형평사 대구지사, 경북청년연맹〉이다. 이 가운데 〈대구청년동맹〉은 고려공청 경북위원회 책임비서였던 장적우(본명 장홍상)를 중심으로 대구에서 학생운동을 주도한 단체로 1927년 조선청년총동맹의 '전선적(全鮮的) 합동운동' 방침에 의해 조직되었는데, 특히 장적우는 학생비밀결사조직을 결성하여 학생들에게 사회주의를 전파하고 전위활동가를 양성하기 위해 활동한 인물이다.[12] 이육사는 이 글을 통해 당시 대구의 사회단체들이 더욱 투철한 사회주의 사상을 고취하고 조직의 기틀을 더욱 굳건히 마련해야 한다는 점을 강조하고자 했다.

이육사의 사회주의 사상이 더욱 심화된 계기는 그가 1932년 10월 의열단에서 세운 '조선혁명군사정치간부학교'[13]에 제1기생으로 입교하면서부터이다. 그는 1932년 3월 29일자 『조선일보』에 취재기사를 게재하고 4월 하순에 다시 펑티엔(봉천 : 지금의 심양)으로 갔고, 그곳에서 의열단[14]의 창립멤버요 핵심 인물이었던 윤세주[15]를 만났는데, 그의 권유

---

12) 김일수, 「1920년대 경북지역 청년운동」, 『한국근현대청년운동사』, 풀빛, 1995, 307~308면.

13) 조선혁명간부학교는 모집 대상 학생들을 민족해방운동 경력이 있는 사람들로 하였다. 이 학교의 주임은 의열단의 단장인 김원봉이었다. 학교의 교육 내용은 의열단의 정신이 그대로 반영되었다. 이 시기의 의열단은 초기의 무정부주의 사상에서 공산주의 사상을 많이 수용하였다. 당시 약산의 강의 내용을 보면 첫째, 사회주의자들의 용어를 사용했으며 혁명의 동력을 노동자, 농민에서 찾으며 민족해방이 달성되면 프롤레타리아 혁명을 전개해야 한다고 강의함으로 큰 틀에서 사회주의들과 인식을 같이했다. 둘째, 사회주의자들이 배척하던 소시민·민족주의자, 적으로 규정하던 토착 부르주아, 지주들의 혁명성(반일성)을 높이 사고 그들을 적극적으로 끌어들여야 함을 강조함으로써 당시 사회주의자들과 차이점을 가졌다. 셋째, 국내의 사회주의자들과 마찬가지로 노동대중조직 건설을 강조하면서도 한 걸음 더 나아가 전민중적 무장투쟁을 강조함으로써 의열단 창단 이래의 노선이던 국내 민중폭동노선을 계승·발전시켰다. 염인호, 『김원봉 연구』, 창작과비평사, 1993; 정대호, 「육사시에 나타난 아나키즘의 수용」, 앞의 책, 144면.

14) 의열단은 1919년 11월 10일 길림성에서 결성되었다. 단장 김원봉을 비롯하여 윤세주·이성우·곽경·강세우·이종암·한봉근·한봉인·김상윤·신철휴·배동선·서

에 의해 군사간부학교에 입교하게 되었다.16) 당시 이육사와 윤세주의
관계는 그가 남긴 수필 「연인기(戀印記)」를 통해 충분히 짐작할 수 있다.

　나는 내 고향이 그리울 때나 부모형제를 보고저울 때는 이 인장을 들고
보고 七月章을 한 번 외워도 보면 속이 시원하였다. 아마도 그 翡翠印에는
내 향수와 혈맥이 통해 있으리라.
　그 뒤 나는 상해를 떠나서 조선으로 돌아오게 되었고, 언제 다시 만날런지
도 모르는 길이라 그곳의 몇몇 문우들과 특별히 친한 관계있는 몇 사람이
모여 그야말로 최후의 만향을 같이 하게 되었는데, 그중 S(석정 윤세주: 필
자 주)에게는 나로부터 무엇이나 기념품을 주고 와야 할 처지였다. 금품을
준다 해도 받지 않으려니와 眞正을 고백하면 그때 나에겐 금품의 여유란 별
로 없었고 꼭 목숨 이외에 사랑하는 물품이래야만 예의에 어그러지지 않을
경우이라, 나는 하는 수 없이 그 귀여운 비취인 한 면에다 “贈 S · 一九三
三 · 九 · 一0 · 陸史”라고 새겨서 내 평생에 잊지 못할 하루를 기념하고 이
따를 돌아왔다.17)

상락 등이 가담했다. 행동강령인 ‘공약 10조’의 내용을 살펴보면, 정의를 실행하고, 조
선의 독립과 세계의 평등을 위하여 신명(身命)을 희생하며, 충의의 기백과 희생정신이
확고한 자라야 단원이 될 수 있으며, 단의(團義)를 우선하고 단원의 의무를 급히 하며,
죽지 않으면 단의를 다하며, 한 사람이 아홉 사람을 위하여 아홉 사람이 한 사람을 위
하여 헌신하고, 단의를 배반한 자는 학살을 한다는 것이다. 즉 이는 조선의 독립을 위
한 비밀결사단체임을 알 수 있다. 송건호, 『의열단』, 창작과비평사, 1985; 정대호, 위의
글, 146면.

15) 경남 밀양 출신인 그는 호를 석정(石正)이라 했는데, 밀양 3 · 1운동에 참여하고 망
명했다가 신흥학교를 다닌 일이 있고, 1919년 11월 지린(吉林)에서 의열단 결성에 참
여하였다. 1920년 국내에 잠입했다가 일경에 잡혀 옥고를 치르고 1927년 2월에 서대
문형무소를 출옥하였다. 이후 신간회밀양지회에서 활약하던 그는 이육사가 펑티엔으
로 갔던 무렵인 1931년에 그곳으로 갔고, 11년 만에 의열단에 합류하였다. 그는 김원
봉의 지령를 받고 펑티엔과 톈진 그리고 베이징을 중심으로 활약했는데, 1931년에 의
열단이 난징으로 이동하여 군사간부학교 설립에 몰두할 무렵에는 그 역시 학교 입교
생 모집에 동분서주하고 있었다. 김희곤, 앞의 책, 112~113면. 윤세주에 대한 더욱 자
세한 논의는 성춘복의 「석정 윤세주의 생애와 사상」(『밀양문학』 제14호, 2001.11)을 참
조할 것.
16) 강만길, 「조선혁명간부학교와 육사 이활」, 『민족문학사연구』 제8호, 1995, 169면.
17) 「戀印記」, 『조광』, 1941년 1월; 김용직 · 손병희 편, 앞의 책, 180면.

군사간부학교에서의 교육 내용은 정치·군사·실습과목으로 구성되었다. 정치과목은 세계 정세와 혁명이론에 초점이 맞추어져 있었는데, 특히 지도그룹은 국공합작 기간에 황푸군관학교를 이수하면서 이미 공산주의 혁명 논리를 상당히 수용하였기 때문에 자연히 교육 내용이 공산주의 색채를 강하게 띨 수밖에 없었다. 이들 교과 속에는 항일투쟁에 필요한 특무공작의 지침이 포함되어 있었고, 입교생들은 주 1회의 토론모임을 통해 혁명의식의 강화와 혁명이론 연구에 초점을 두었다. 군사간부학교 졸업 무렵 이육사가 가진 사회주의의식은 상당히 강성이었는데, 김원봉이 중국 부르조아계급인 국민당과 타협을 하고 있어 사상이 애매하고 비계급적이라고 비판한 점이나, 졸업기념으로 공연한 세 편의 연극 가운데 이육사가 직접 썼다고 알려진 「지하실」의 줄거리를 통해 그의 정치적 성향을 엿볼 수 있다.[18] 그가 이 연극을 통해 말하고자 했던 것은 바로 '조선혁명의 성공'이었던 것 같다. 이는 파업투쟁을 통해 토지를 국유화하고 평등분배를 실현함으로써 공산제도를 구현하는 데 있었다는 점에서 당시 그가 지닌 사회주의의식이 상당히 급진적이었다는 사실을 알 수 있다.

졸업 후 이육사는 크게 두 가지 임무를 가지고 국내로 들어왔는데, 하나는 국내의 노동자, 농민에 대해 혁명의식을 고취하는 것[19]이고, 다

---

18) 경성의 모 공장 지하실의 어두운 방에서 노동자 일동이 일을 하고 있는데 라디오 방송으로 '모월 모일 우리 조선혁명이 성공하다'라는 보도가 있고, 계속하여 지금 용산의 모 공장을 점령하였다든가, 지금 평양의 모 공장을 점령하였다든가, 지금 부산의 모 공장을 점령하였다든가 하는 방송을 해오고 마침내 공산제도가 실현되어 토지는 국유로 되어서 농민에게 공평하게 분배되고 식당, 일터, 주거 등이 노동자 등에게 각각 지정되어 완전한 노동자, 농민이 지배하는 사회가 실현되었으므로 농민, 노동자는 크게 기뻐하여 '조선혁명성공만세'를 고창하고 폐막하였다. 「金公信 신문조서」(제2회), 『한민족독립운동자료』 제31권(국사편찬위원회 편), 1997, 149~150면.

19) 그는 조선혁명간부학교에 입교(1932년 10월)하기 이전부터 급진적 사회혁명론에 입각해 있었다. 1933년 4월 『대중』 창간호에 발표한 「자연과학과 유물변증법」은 이러한 사회의식을 구체적으로 밝힌 글이다. 주로 레닌의 말을 인용하여 자신의 말을 부연하여 설명하는 방법으로 글을 전개하였는데, 자본주의를 앞세운 제국주의의 침략 과정에서

른 하나는 군사간부학교 2기생을 모집하는 것이었다. 귀국 후 그는 이 러한 임무를 효과적으로 수행하기 위해서는 신문기자가 될 필요성이 있다고 생각하여 1934년 3월 20일『조선일보』대구지국 특파원으로 채 용되었는데, 이틀 후 일본 경찰에 의해 체포됨으로써 그의 임무와 계획 은 완전히 무산되어 버리고 말았다. 감옥에서 풀려난 후 그는 시사평론 쓰기에 집중하여 모두 9편을 발표하였는데, 1934년부터 1936년까지 2년 동안 시 4편, 수필 1편을 발표한 것을 감안하면 당시 그가 여기에 상당 히 매진했었다는 사실을 알 수 있다. 그 내용은 중국의 정치동향이나 국민운동 및 농촌 문제가 대부분으로, 이를 통해 그는 중국 유학과 군 사간부학교를 거치며 형성된 정치의식과 사회의식을 시사평론을 통해 실천하고자 했던 것으로 보인다. 그리고 1938년부터 그는 영화·시나리 오·중국문학사 등에 관한 문학평론을 주로 발표하였고 시와 수필 등 을 꾸준히 창작하였다. 이처럼 1930년대 중반부터 1940년대 초반까지 이육사의 활동 영역은 문단 활동에 집중되었는데, 당시 대부분의 문인 들이 일제에 굴복하면서 변절자의 길로 들어선 반면, 이육사는 대구청 년동맹의 재조직을 위해 노력했고 1943년 4월 본격적인 항일투쟁의 길 을 선택하여 북경으로 다시 갔다는 점에서 가장 의지적인 독립운동가 요 문학인이었다고 평가할 수 있다.[20] 이후 그는 모친과 맏형의 소상(小

등장한 자본가계급을 비판하고, 자연과학적 유물론과 사적 유물론을 통일된 이론으로 발전시킨 것이 레닌의 유물변증법임을 강조했다. 따라서 계급투쟁에서 승리하기 위한 철학적 근거로 유물변증법의 확대와 발전을 주장하였다. 이는 군사간부학교를 졸업하 면서 김원봉에게 밝힌 자신의 투쟁목표인 "도회지의 노동자층을 파고들어서 공산주의 를 선전하여 노동자를 의식적으로 지도 교양하고, 학교에서 배운 중·한 합작의 혁명공 작을 실천에 옮겨 목적을 관철"(국사편찬위원회 편, 위의 책, 192면)하겠다는 의지와 직 결된다. 한 가지 덧붙여 수정해야 할 점은, 지금까지 이육사의 평론 「자연과학과 유물 변증법」이『대중』1934년 4월에 발표된 글이라고 정리되어 있었다는 사실이다. 이에 대해 김재용은 앞의 발제문에서 이 평론이 1933년 4월에 발표된 글이라고 실증적으로 밝혔다. 김재용, 「이육사 문학의 저항성 다시 읽기」, 『2005 이육사문학축전 문학토론회 자료집』, 2005.7.28, 39면.
20) 1943년 육사의 마지막 북경행이 가지는 의미는 두 가지로 집약된다. 하나는 임시정

祥)에 참여하기 위해 잠시 귀국했다가 일경에 체포되어 북경으로 압송 1944년 1월 16일 베이징 감옥에서 순국하였다.

이상에서 살펴봤듯이 이육사의 독립운동은 사회주의 사상의 형성 과정과 아주 밀접하게 관련되어 있다. 즉 일본에서의 아나키즘 체험에서부터 잦은 중국 여행21)에 이르기까지 그는 민족의식과 사회주의의식의 결합을 모색하는 데 주력했다고 할 수 있는 것이다. 하지만 지금까지의 이육사 연구는 이러한 사회주의적 성격에 대해서는 사실상 함구하고 있었다. 반공주의의 감옥에 갇혀버린 우리 현대사의 억압으로 인해 이육사의 민족주의는 보수적 민족주의에 기반한 주자학적 전통주의에 바탕을 두고 있는 것으로 획일화되어 버리고 만 것이다. 물론 그가 성장 과정에서 자연스럽게 체득한 주리론적 사유는 감정과 관계되는 '흥(興)'을 중시하는 주기론과 달리 이성과 도덕성과 관련된 '지(志)'를 강조한다는 점22)에서 사회주의의식과 전혀 무관하다고 할 수는 없다.23) 하지

부와 조선독립연맹을 연결시키는 일에 관련된 것이고, 다른 하나는 국내로 무기를 반입하여 무력항쟁을 도모하려는 것이다. 전자에 초점을 맞춘다면, 결국 육사는 좌우합작·협동전선을 추구하고 있었다는 사실을 유추해 볼 수 있다. 1930년대 중반 이후로 민족적 사회주의 성향을 가진 그로서 민족문제를 해결하는 방안으로 좌우합작이 절실하다는 판단을 가지게 되고, 이를 풀어나가는 일에 그가 나서거나 동참하려 했다는 점으로 이해된다. 이러한 성향은 1930년대 중·후반에 민족운동계의 전반적인 지형과 동일한 것으로, 육사도 민족문제를 풀어나가는 첩경이 좌우합작·협동전선 구축에 있다고 판단하고, 이를 실천하려 나선 것이다. 김희곤, 「이육사의 민족문제 인식」, 앞의 책, 160면.

21) 홍기돈은 이에 대해 독립운동 자금을 운반하기 위한 '연출된 요양여행'으로 보고 있다. 즉 국내외 독립운동 단체에 자금을 지원하기 위해 설립한 백산상회가 1927년 일제에 의해 정체가 발각되어 문을 닫게 됨에 따라 독립자금을 전달하는 새로운 방법이 필요했는데, 이육사의 잦은 중국 출입의 목적이 바로 거기에 있었다는 것이다. 홍기돈, 앞의 논문, 295~303면 참조.

22) 이러한 관점에서 이육사의 시세계를 연구한 논문으로 박현수의 「이육사의 시학과 주리론적 미학체계」(『현대시와 전통주의의 수사학』, 서울대 출판부, 2004)가 있다.

23) 이에 대해 조두섭은 이육사의 시가 현실의 구체성을 매개하지 않았기 때문에 사회주의적 담론구성체와 무관하다고 보는 것은 잘못이라고 하면서, 그의 시에서 사회주의적 현실 인식은 최종의 순간에 주자학의 담론구성체 내에서 관념화된다고 보았다. 즉 그의 시는 주자학적 사유와 사회주의적 현실 인식이 상호작용을 하면서도 최종 심

만 이러한 해석의 결과 역시 '민족적 저항시인 이육사'라는 동어반복에서 결코 벗어날 수 없다. 뿐만 아니라 그가 남긴 산문의 성격과도 다소 배치된다는 점에서 이육사의 문학세계를 총체적으로 해명하는 데도 걸림돌이 된다. 따라서 앞으로 이육사 연구의 방향은 시문학 중심의 논의에서 벗어나 산문 중심의 연구를 통해 시문학을 다시 점검하는 차원으로 새롭게 전개되어야 할 필요성이 있다.

3. 현실주의 문학관과 비평의식

　이육사가 남긴 평론은 모두 16편인데, 시사평론 9편, 문예·문화비평 7편으로 분류된다. 1936년까지 그는 시사평론을 주로 썼는데, 「노신추도문」[24]을 발표한 이후 문예비평에 대한 관심이 두드러지기 시작한다. 「노신추도문」은 노신의 사망 소식을 듣고 곧바로 『조선일보』에 연재한 것으로, 이육사의 문학관이 노신의 강력한 영향 아래 형성되었음을 보여주는 실증적 사례가 될 수 있다. 이 글은 노신 약전(略傳), 노신과의 만남에 대한 회고, 그의 생애와 문학 활동의 전 시기를 개략적으로 살펴본 작품론 등으로 이루어져 노신 평전의 성격을 지니고 있다. 뿐만 아니라 이육사의 시사평론 가운데 5편[25]이 중국 정세를 비판적으로 살

급의 초담론은 주자학적 담론이 된다는 것이다. 조두섭, 「초인의 시학」, 『대구·경북 근대문인연구』(이강언·조두섭), 태학사, 1999, 130~131면.

　24) 『조선일보』, 1936년 10월 23, 24, 25, 27일.

　25) 「五中全會를 앞두고 外分內裂의 中國政情」(『신조선』, 1934년 9월), 「危機에 臨한 中國政局의 展望」(『개벽』, 1935년 1월), 「公認 "깽그"團 中國靑幇秘史小考」(『개벽』, 1935년 3월), 「中國의 新國民運動 檢討」(『비판』, 1936년 8월), 「中國農村의 現狀」(『신동아』, 1936년 8월).

펴본 글이고, 노신의 첫 소설집 『납함(呐喊)』에 수록된 「고향」을 번역하여 『조광』 1936년 12월호에 싣기도 했다는 점에서, 그는 노신을 비롯한 중국문학에 대한 소양을 자신의 문학관 형성의 중요한 토대로 삼았던 것으로 보인다.

이육사가 노신의 문학관을 통해 가장 우선적으로 정립하고자 한 것은 문학과 현실, 혹은 예술과 정치의 관계에 있었다. 독립운동과 사회주의 사상에 기반을 둔 문학 활동을 전개하고자 한 실천적 문학인으로서 이러한 문제에 대한 구체적 인식은 가장 본질적인 문제제기가 되지 않을 수 없었던 것이다.

> 오늘날 우리의 조선 문단에는 누구나 할 것 없이 예술과 정치의 혼동이니 분립이니 하야 문제가 어찌 보면 결말이 난 듯도 하고 어찌 보면 미해결 그대로 있는 듯도 한 현상인데, 노신같이 자기 신념이 굳은 사람은 이 예술과 정치란 것을 어떻게 해결하였는가? (…중략…)
> 노신에 있어서는 예술은 정치의 노예가 아닐 뿐만 아니라 적어도 예술이 정치의 선구자인 동시에 혼동도 분립도 아닌, 즉 우수한 작품, 진보적인 작품을 산출하는 데만 문호 노신의 위치는 높아갔고, 아Q도 여기서 비로소 탄생하였으며, 일세의 비평가들도 감히 그에게는 함부로 머리를 들지 못하였다.[26]

노신의 주장의 핵심은 "예술이 정치의 선구자"라는 점과 "우수한 작품, 진보적인 작품을 산출하는" 것이 예술 창작의 당면목표가 되어야 한다는 것이다. 다시 말해 문학의 효용적 가치를 강조하면서도 우수하고 진보적인 작품을 평가하는 기준이 정치에 예속되어서는 안 된다는 점을 분명히 하고 있다. 즉 예술과 정치의 관계는 서로 뒤섞여 구별되지 않는 '혼동'의 상태가 되어서도 안 되고, 서로 별개로 취급되는 '분립'의 상태가 되어서도 안 된다는 것이다. 결국 예술은 정치를 선도하는 기능을 담당하는 선구자의 위치에서 민족정신을 개조하는 계몽적

---

26) 「노신추도문」, 앞의 책(김용직·손병희 편), 214~216면.

효용성을 지녀야 한다고 보았다. 이런 점에서 노신이 생각하는 우수한
작품, 진보적인 작품의 판단 근거는 '예술의 선구성'을 얼마나 효과적
으로 구현했느냐 하는 점에 있었다. 여기에서 말하는 예술의 선구성이
란 투철한 현실 인식과 미적 형상화의 결합에서 비로소 성취될 수 있는
것이다.

> 푸로 문학가는 반드시 참된 현실과 생명을 같이하고 혹은 보다 깊이 현실
> 의 맥박을 감수하지 않으면 안 된다. (…중략…)
> 그러나 구사회를 조그만치 공격하는 작품일지라도 만약 그 결점을 분명히
> 모르고 그 病根을 투철히 파악치 못하면 그것은 유해할 뿐이다. 애석한 일
> 이나마 현대의 푸로 작가들은 비평가까지도 왕왕 그것을 못한다. 혹 사회를
> 正視해서 그 진상을 알려고도 않고, 그 중에는 상대자라고 생각하는 편의
> 실정도 알려고 하지 않는다. (…중략…)
> 옛것을 분명히 알고 새로운 것에 看到하고 과거를 了解하야 장래를 추단
> 하는 데서만 우리들의 문학적 발전은 희망이 있다. 생각건대 이것만은 현재
> 와 같은 환경에 있는 작가들은 부단히 노력할 것이고, 그래야만 참된 작품이
> 나오는 것이다.27)

이육사는 노신의 말을 직접 인용하면서, 참된 작가는 역사의 진상을
올바르게 이해하는 현실주의적 관점을 지녀야 하고 이를 바탕으로 투
철한 역사의식을 담아내는 작품을 써야 한다고 주장했다. 즉 작가는 당
대의 현실에 나타난 "결점"과 "病根"을 비판적으로 성찰함으로써 사회
적 · 역사적 모순을 바로 잡는 선구자의 역할을 담당해야 한다는 것이
다. 결국 이육사가 노신의 문학관을 통해 얻고자 한 것은, 예술 창작에
있어서 현실을 진실하고 명확하게 묘사하는 태도를 가져야 한다는 '창
작모랄'의 차원으로 귀결된다.28) 이런 점에서 그의 비평의식은 무엇보

---

27) 「노신추도문」, 218~219면.
28) 심원섭, 앞의 논문, 160면.

다도 '리얼리즘'을 가장 중요한 문제로 쟁점화하였다.

> 19세기의 廣大한 소설문학의 가치도 결국 一言으로 말한다면 그것이 인간생활의 진실한 기록이었든 때문이 아니든가. (…중략…) 중요한 사실은 자연주의 '레알리즘'의 발생이다. 이것이 이때까지의 모든 '로―맨스'를 파괴하면서 현실에 충실한 기록으로 소설을 변모시키고 말았다. (…중략…) 문필이란 수공업적 형식에 의한 사진인 것이다. 내계와 외계를 그냥 그대로 묘사하여 내려는 표현수법은 그것이 넉넉히 존재할 수 있든 그 사회의 생산과학의 방법에 의해서만 가능하였든 것이다. 그리고 그 표현의 원리가 사진을 목표로 했을 때 그 원리를 규정한 과학은 사진을 부여하였고 사진은 자연주의의 원리의 가장 간단한 구체화이였다.[29]

"인간생활의 진실한 기록", "현실에 충실한 기록", "문필이란 수공업적 형식에 의한 사진"이란 말에서 분명히 알 수 있듯이, 이육사가 생각하는 창작의 기본적 태도는 소박한 의미에서 모방론적이고 반영론적인 성격을 명확히 드러내는 데 있었다. 즉 리얼리즘을 바탕으로 한 소설, 이를테면 자연주의소설, 보고문학적 소설 등에 관하여 아주 깊은 관심을 표명한 것이다. 또한 그는 소설의 구조에 있어서도 현실 구조의 반영을 무엇보다도 중요한 요인으로 설정하면서 소설은 당대 사회에서 폐기되어야 할 모순 구조를 담아냄으로써 독자들에게 비판적 태도와 인식을 심어주어야 한다고 보았다. 이런 점에서 그는 노신의 작품 가운데 「광인일기(狂人日記)」를 높이 평가했다.

> 이 문제의 소설 「광인일기」의 내용은 한 개 妄想狂의 일기체 소설로서 이 주인공은 실로 대담하게 또 명확하게 봉건적인 중국 구사회의 악폐를 痛罵한다. 자기의 이웃사람은 물론 말할 것도 없고 특히 자기 가정을 격렬히 공격하는 것이다. 가정―가족제도라는 것이 중국 봉건사회의 사회적 단위로서

---

29) 이육사, 「예술형식의 변천과 영화의 집단성―'씨나리오' 문학의 특징」, 『청색지』, 1939년 5월; 김용직·손병희 편, 앞의 책, 231~233면.

일반에 얼마나한 해독을 끼쳐왔는가. 봉건적 가족제도는 固型化한 儒敎流의 宗法 사회 관념하에 당연히 붕괴되어야 할 것이면서 붕괴되지 못하고 근대적 사회의 성장에 가장 근본적인 장애로 되어 있는 낡은 도덕과 인습을 여지없이 통매했다.30)

이육사는 노신의 "대작은 모두 辛亥革命 전후의 봉건사회의 생활을 그린 것으로, 어떻게 필연적으로 붕괴하지 않으면 안 될 특징을 가졌는가를 묘사하고, 어떻게 새로운 사회를 살아갈까를 암시하고 있다"고 보았다. 또한 그의 소설은 "당시의 혁명과 혁명적인 사조가 민중의 심리와 생활의 '디테일스'에 어떻게 표현되는가를 가장 '레알'하게 묘사한 것"31)으로 분석했다. 따라서 그는 사회의 모순상과 폐악에 대한 구조적 접근과 반영, 이상적 전망의 제시, 인물의 전형성 등을 소설이 갖추어야 할 기본적 토대로 인식했다. 이러한 점은 에밀 졸라 이후 자연주의 리얼리즘이 사회주의 리얼리즘으로 연결되는 초기 사회주의 리얼리즘의 성격에 근접한 것으로 평가되기도 한다.32) 물론 그의 리얼리즘적 인식과 태도를 두고 명확히 사회주의적이라고 판단할 객관적 근거는 미약하다. 다만 그가 앞서 발표한 시사평론의 성격이나 독립운동 과정에서 형성된 사회주의의식과의 유기적 관련성을 염두에 둘 때, 그가 생각하는 리얼리즘의 방향은 사회주의적 성격을 강하게 드러내고 있었을 것으로 짐작할 수 있다.

그의 리얼리즘론은 영화 장르의 특성을 설명하는 데서 더욱 발전적인 면모를 보여주는데, 영화야말로 집단의식을 고취하는 가장 효과적인 장르임을 강조했기 때문이다. 즉 "영화에 있어서는 개인의 운명보다는 집단의 운명이 주요한 테마"이므로, "수직적으로 역사를 말하는 대신 水平線的으로 지리를 말하고 개인을 묘사하는 대신에 집단을 묘사하는

---

30) 「노신추도문」, 211~212면.
31) 「노신추도문」, 213면.
32) 김삼주, 앞의 논문, 45면.

것”이라고 보았다. 다시 말해 영화는 무엇보다도 “집단의 심리와 성격과 운명이 描出되어야 한다”33)는 점을 가장 중요한 장르적 특성으로 삼고 있다는 것이다. 따라서 그는 수공업적 형식에 의한 사진으로서의 자연주의 소설은 기술공학적 형식에 의한 사진으로서의 영화에 의해 해체된다는 점에서 영화를 소설보다 우월한 장르로 인식했다.34)

　‘팔·박크’의 소설 『대지』는 말할 것도 없이 ‘阿蘭’이란 一女性이 주요한 ‘테－마’로 되어 있는 것이고 영화「대지」는 그것을 각색 촬영한 것이지마는 ‘아란’의 운명을 그려내는 데 있어서는 소설 같은 것은 이 영화에 멀리 미치지도 못하는 것이다. 王龍의 일가가 부침하는 그 운명은 소설에 있어서는 결국 소설적인 내용인 것이었고, 영화에와같이 울어지지 않는 것이었다.
(…중략…)
　영화「대지」에 있어서 가장 생생한 ‘레알리틱’를 느끼게 한 장면은 무엇보다도 기근의 大群이 기차를 향하여 쇄도하는 장면과 약탈 때문에 군대가 內動하는 곳과 蝗虫의 대군이 글자 그대로 운하같이 襲來하는 곳이었다. 그런 장면에는 왕룡 일가의 운명보다도 중국 민중 전체의 운명이 놀랄 만한 ‘레알리틱’를 가지고 보는 사람들을 육박하는 것이다. 그 중에도 황충의 대군과 필사적으로 싸우고 있는 민중의 雄姿, 이러한 자연의 暴威와 싸우는 때에 개인간의 사소한 감정적 쟁투 같은 것은 전체를 위하야 소멸되고 사람들은 모다 일치단합하야 당면의 적을 퇴치하는 것이다. 여기에 인간과 자연과 투

---

33) 이육사, 앞의 글, 232면.
34) 1930년대 말 이육사는 소설 장르에 대해 근본적으로 회의하면서 자신도 소설 창작을 포기한 것으로 보여진다. 이에 대해 심원섭은, “육사가 소설창작을 시작하게 된 직접적인 동기는, 노신의 성공적인 문학적 투신에 있지만, 개인적인 취향이나 어릴 때부터 이미 체질화해온 문학적 기질의 차이, 또 소설을 통한 당당한 현실대응이 날로 어려워지는 여건이라고 할 수 있는 1930년대 후반이라는 시기상의 난점을 무릅쓰고 육사가 실제로 창작한 ‘소설적인 글’은, 노신의 어두운 폭로소설들이 불러일으켰던 사회적 충격이나 소설기법상의 원숙미를 뒤따라 가기에는 역부족이었으며, 더구나 「고향」과 같은 작품이 지닌 주제의 역기능적인 면에 깊이 빠져드는 주제면의 파탄을 보여줌으로써, 결과적으로는 소설의 창작을 더 이상 계속해 나갈 수가 없었다”(심원섭, 앞의 논문, 28~29면)고 파악한다. 당시 이육사는 이러한 소설 창작의 한계를 극복할 수 있는 장르가 바로 영화라고 보았던 것 같다.

쟁하는 장대한 서사시가 있고 영화예술의 기록적 우월성이 있는 것이다.[35]

　이육사가 소설보다 영화를 우월한 장르라고 인식한 가장 중요한 기준은 어느 것이 독자들이나 청중들에게 더욱 사실적으로 다가가느냐 하는 점과 개인의 운명보다는 집단의 운명을 담아내는 데 어느 것이 더욱 적합하느냐 하는 데 있었다. 즉 현실의 모습들을 문장으로 묘사하는 것은 독자의 상상력 속으로 굴절되어 일종의 이미지로 전달되지만, 영화는 현실의 정황들을 바로 눈앞에 펼쳐진 현재적 사건으로 인식하는 직접성을 지니고 있어서 소설 장르보다 더욱 사실성을 강하게 부각시킨다는 것이다. 또한 자연주의 소설이 개별적 인물들의 사실적 묘사에 국한되는 데 비해 영화 속 인물들은 한 개인의 운명을 통해 전체 집단의 운명을 드러낸다는 점에서 리얼리즘의 '전형성'을 가장 두드러지게 보여준다는 것이다. 따라서 "소설에 있어서의 작중의 인물과 독자와의 친밀관계" 이상으로, 영화에서는 관객이 영화 속 인물들을 실제 인물과 같이 인식하므로 "이성과 판단을 마비시키는 감각적 표상"으로 환원된다는 것이다. 이처럼 이육사는 자연주의의 종언을 확신하고 소설의 생명력을 의심할 정도로 영화의 기록문학적 우월성을 특별히 강조하였다.

　이러한 그의 리얼리즘론은 여러 가지 이질적인 요소가 혼재되어 있고 논리적 충돌이 많아서 성격을 명확하게 규정하기는 사실상 어렵다. 한 가지 분명한 사실은, 그가 서사시와 소설의 역사적 차이를 언급하면서 특정한 개인을 추구하고 개성을 묘사하는 데 그치는 소설과는 달리 집단적인 제재를 취급하는 서사시의 우월성을 주목함으로써 영화를 서사시의 차원에서 이해하려 한다는 점이다. 즉 "집단 전체가 힘을 합하야 건설적인 목적을 향해서 투쟁하는 서사시적 '테-마'가 영화에서 발전하였다"[36]고 함으로써 자연과 인간의 대립과 분열에서 빚어진 총체

---

35) 이육사, 앞의 글, 238~239면.
36) 이육사, 위의 글, 237면.

성의 상실에 맞서는 예술 장르의 효용성을 가장 중요하게 여겼던 것이다. 이러한 계몽적 성격은 문학과 예술이 역사를 선도하고 미래의 방향을 제시하는 '정치의 선구'로서의 역할을 담당해야 한다는 그의 문학관과 온전히 일치한다. 그의 수필 「계절의 오행」에는 이와 같은 행동주의적이고 현실주의적인 문학관이 분명하게 제시되어 있다.

> 내가 들개에게 길을 비켜줄 수 있는 겸양을 보는 사람이 없다고 해도 정면으로 달려드는 표범을 겁내서는 한발자욱이라도 물러서지 않으려는 내 길을 사랑할 뿐이오. 그렇소이다. 내 길을 사랑하는 마음, 그것은 내 자신에 희생을 요구하는 노력이오. 이래서 나는 내 기백을 키우고 길러서 金剛心에서 나오는 내 시를 쓸지언정 유언은 쓰지 않겠소. 그래서 쓰지 못하면 죽어 화석이 되어 내가 묻힌 척토를 향기롭게 못한다곤들 누가 말하리오. 무릇 유언이라는 것을 쓴다는 것은 팔십을 살고도 가을을 경험하지 못한 俗輩들이 하는 일이오. 그래서 나는 이 가을에도 아예 유언을 쓸려고는 하지 않소. 다만 나에게는 시를 생각는다는 것도 행동이 되는 까닭이오. 그런데 이 행동이란 것이 있기 위해서는 나에게 무한히 너른 공간이 필요로 되어야 하련마는 숫벼룩이 끓앉을 만한 땅도 가지기 못한 내라 그런 화려한 팔자를 가지지 못한 덕에 나는 방안에서 혼자 곰처럼 뒹굴어 보는 것이오.[37]

그가 무엇보다도 강조하는 문학정신은 자신을 해치려는 들개와 같은 약자에게는 겸양을 베풀 수 있지만, 정면으로 달려드는 표범과 같은 강자 앞에서는 결코 물러서지 않겠다는 강인한 투쟁정신이다. 즉 "그가 의도하는 시란 공격자를 향한 저항행위이며 '금강심'과 같은 기백의 표출"[38]에 있는 것이다. 따라서 이육사의 문학관과 리얼리즘론은 역사적 모순이 심화된 당대의 현실에 대한 정직한 묘사와 인물의 전형성 창출을 통해 1930~40년대 우리 민족의 상처와 고통을 초극하려는 의지적이

---

37) 「계절의 오행」, 김용직·손병희 편, 앞의 책, 162면.
38) 김삼주, 앞의 논문, 51면.

고 계몽적인 효용성을 지향하였다. 그의 말년작인 「절정」[39]에는 이러한 그의 문학적 의지가 비교적 선명하게 드러나 있다. 이 작품은 근원적인 면에서 자기극복의 과정에서 비롯되는 갈등과 고뇌의 절정에서 현실 인식과 대결정신, 그리고 예술의식의 비극적 화해를 성취함으로써 새로운 출발을 다짐하는 것이고,[40] 조국 상실과 민족 수난이라는 역사의 극한적 상황을 배경으로 한 사람의 투사가 자신의 삶에 더 이상 물러설 수 없는 최종적인 의의를 부여하는 결단의 자리를 형상화한 것이다.[41] 결국 "강철로 된 무지개"에서 "강철은 그냥 무지개가 황홀하고 따뜻하고 밝은 느낌을 주는 것에 비해 차갑고 단단하게 날카로운 느낌을 주는 것으로, 당대 일본 제국주의가 새로운 세기로 전환되어 가는 소멸의 존재이긴 하나 당대의 역사적 존재에게는 새로운 생명을 옥죄는 비정한 통로임이 분명하다는 인식의 표현"으로 이해할 수 있다. 따라서 이 시의 의미는 "겨울이라는 세계사적 전환의 시점을 맞아 제국주의라는 비정한 현실에 대해 그만큼 강인한 혁명정신으로 넘어가야"[42] 한다는 자각과 다짐을 선언적으로 드러낸 것이라고 할 수 있다.

4. 맺음말

지금까지 이육사의 문학을 새롭게 접근하기 위한 전제로 그의 생애와 사회주의 사상의 형성 과정을 살펴보고, 이를 토대로 그가 남긴 비

---

39) 『문장』, 1940년 1월.
40) 김재홍, 「육사 이원록—투사의 길, 예술의 길」, 『한국현대시인연구』(김용직 외), 일지사, 1986, 273면.
41) 김흥규, 앞의 논문, 101면.
42) 김경복, 앞의 논문, 106~107면.

평, 수필 등 산문을 분석함으로써 현실주의 문학관과 비평의식의 방향을 논의해 보았다. 우선, 그 동안 이육사 연구의 대부분이 시문학을 중심으로 전개되었다는 점과, 이에 대한 논의 대부분이 '저항'의 맥락을 강조하는 획일적 시각에서 재단되었다는 점에서 새로운 연구방향이 필요하다는 문제제기를 하였다. 물론 그의 문학세계 전반을 해명하는 데 있어서 저항의 문맥을 제외하고 논의한다는 것은 사실상 불가능하다. 근본적으로 그의 문학관은 현실주의적 세계관에 바탕을 두었을 뿐만 아니라, 그의 비평의식 또한 현실과의 치열한 대결을 바탕으로 한 리얼리즘의 정신을 지니고 있었기 때문이다. 하지만 지금까지 이육사 연구에서 강조된 '저항'은 보수적 민족주의의 입장에서 제기된 주관적 신비화의 경향을 불식시키지 못함으로써, 그의 문학에 내재된 사회주의의식을 의도적으로 배제하는 편향된 담론의 재생산에 머물렀다는 비판에 대해서는 충분히 귀기울일 필요가 있다.

본고는 이와 같은 이육사 연구의 문제점들을 비판적으로 성찰함으로서 새로운 연구의 방향을 찾아보고자 했다. 이를 위해서는 무엇보다도 그가 남긴 산문을 시 연구를 위한 보조텍스트로 활용했던 그 동안의 잘못된 연구 태도부터 바로잡을 필요가 있다. 따라서 본고에서는 평론과 수필을 중심으로 이육사의 문학관과 비평의식을 살펴보았는데, 그 결과 그의 문학관은 일본과 중국에서의 독립운동과 사회 활동의 경험을 바탕으로 우리 민족의 암울한 현실을 초극하기 위한 구체적 방법론으로 문학을 선택하였다는 점에서 철저하게 현실주의적 성격을 지녔음을 확인할 수 있었다. 그의 비평의식 역시 이러한 현실주의적 성격을 가장 효과적으로 드러내기 위한 방법론으로 '리얼리즘'을 선택함으로써 현실의 정확한 묘사와 인물의 전형성을 예술 창작의 가장 중요한 원리로 삼았다. 결국 이육사의 현실주의 문학관과 비평의식은 문학과 예술이 역사를 선도하고 미래의 방향을 제시함으로써 정치에 예속되지 않고 오히려 정치를 선도하는 올곧은 역할을 다해야 한다고 보았다.

　이상에서 살펴봤듯이 이육사의 문학적 태도는 사회주의 리얼리즘의 성격을 다분히 지니고 있었다. 그럼에도 불구하고 반공주의의 논리 안에서 신비화된 그의 시세계는 저항적 민족주의의 관점으로만 평가될 뿐이었다. 따라서 앞으로 이육사 연구는 이러한 문제에 대한 비판적 문제제기를 통해 새로운 방향을 찾아야 할 것이다. 특히 그의 시와 산문 사이에 가로놓인 괴리와 모순을 어떻게 논리적으로 분석할 것인가에 대해서는 더욱 체계적인 연구가 필요하다. 그의 문학세계 전반을 일관되게 논리화하는 종합적인 연구의 필요성이 그 어느 때보다 절실하게 요구되고 있는 것이다.

고명철 : 성균관대학교 국어국문학과를 졸업하고 동 대학원에서 「1970년대 민족문학론의 쟁점 연구」(2002)로 박사학위를 받았다. 현재 광운대학교 교양학부 교수로 재직중이다. 저서로『칼날 위에 서다』(실천문학사, 2005),『비평의 잉걸불』(새미, 2002),『1970년대의 유신체제를 넘는 민족문학론』(보고사, 2002),『'쓰다'의 정치학』(새움, 2001)이 있으며, 공저로서는『한국현대시문학사』(소명출판, 2005),『한국소설 읽기의 열두 가지 시각』(성균관대 출판부, 2004),『주례사비평을 넘어서』(한국출판마케팅연구소, 2002),『근현대문학의 사적 전개와 미적 양상(2)』(보고사, 2000) 등이 있다.

고인환 : 경희대학교 국어국문학과를 졸업하고 동 대학원에서 「이문구 소설에 나타난 근대성과 탈식민성 연구」(2003)로 박사학위를 받았다. 현재 경희대학교 교양학부 교수로 재직중이다. 저서로『결핍, 글쓰기의 기원』(청동거울, 2003)이 있으며, 공저로는『글쓰기의 이론과 실제』(경희대 출판국, 2005)가 있다.

김재용 : 연세대학교 영어영문학과를 졸업하고 동 대학원 국어국문학과에서 「일제하 프로문학사론 연구」(1992)로 박사학위를 받았다. 현재 원광대 교수로 재직중이다. 주요 저서로는『민족문학의 역사와 이론』1, 2(한길사),『북한문학의 역사적 이해』(문학과지성사, 1994),『분단구조와 북한문학』(소명출판, 2000),『협력과 저항』(소명출판, 2004) 등이 있으며, 공저로는『한국 근대민족문학사』(한길사, 1993),『친일문학의 내적 논리』(역락, 2003),『식민주의와 협력』(역락, 2003),『식민주의와 비협력의 저항』(역락, 2003),『재일본 및 재만주 친일문학의 논리』(역락, 2004) 등이 있다.

박수연 : 충남대학교 국어국문학과를 졸업하고 동 대학원에서 「김수영 시 연구」(1999)로 박사학위를 받았다. 현재 카이스트 강사로 재직중이다. 저서로『문학들』(실천문학사, 2004)이 있으며, 공저로는『친일문학의 내적 논리』(역락, 2003) 등이 있다.

서영인 : 경북대학교 국어국문학과를 졸업하고 동 대학원에서 「김남천 문학연구」(2003)로 박사학위를 받았다. 현재 경북대학교 강사로 재직중이다. 저서로『충돌하는 차이들의 심층』(창비, 2005)이 있으며, 공저로는『황석영 문학의 세계』(창비, 2003),『우리 영화 속 문학읽기』(월인, 2003) 등이 있다.

하상일 : 부산대학교 국어국문학과를 졸업하고 동 대학원에서 「1960년대 현실주의 문학비평 연구」(2005)로 박사학위를 받았다. 현재 동의대학교 문예창작학과 교수로 재직중이다. 저서로『타락한 중심을 향한 반역』(새움, 2002),『주변인의 삶과 시』(세종출판사, 2005),『전망과 성찰』(작가마을, 2005)이 있으며, 공저로는

『주례사비평을 넘어서』(한국출판마케팅연구소, 2002), 『한국문학권력의 계보』
(한국출판마케팅연구소, 2004), 공편으로는 『고석규 문학의 재조명』(세종출판
사, 2000) 등이 있다.

홍기돈: 중앙대학교 국어국문학과를 졸업하고 동 대학원에서 「김동리 연구」(2004)로 박
사학위를 받았다. 현재 중앙대학교 강사로 재직중이다. 저서로 『페르세우스의
방패』(백의, 2001)가 있으며, 공저로는 『북한문학의 이념과 실제』(국학자료원,
1998), 『1930년대 문학과 근대 체험』(이회출판사, 1999), 『주례사비평을 넘어
서』(한국출판마케팅연구소, 2002), 『한국문학권력의 계보』(한국출판마케팅연구
소, 2004) 등이 있다.